Conqueror of
the dying kingdom. 3

シャム
リリー

「お邪魔しとるよ～」

「……だが、よくやった。見事である」
キャロルは、不敵にニコっと笑って、
軽く手を差し出してきた。
キャロル
ユーリ

亡びの国の征服者

魔王は世界を征服するようです

3

著

不手折家

イラスト

toi8

Conqueror of the dying kingdom.

CONTENTS

第一章　全学斗棋戦 —— 003

第二章　商売 —— 055

幕間　キャロルとミャロ —— 153

第三章　観戦隊 —— 190

第四章　旅路 —— 257

終章　そのころ —— 298

Conqueror of
the dying kingdom.

3

第一章　全学斗棋戦

なんのかんので、俺は十六歳になった。

十六歳ともなると、学院の中でも〝上級生〟という扱いを受けるようになり、いろいろとやらなければいけないことが増えるようだ。

やらなければいけないことが増える、というのは嫌な響きだが、真面目にやっている学生であればそろそろ単位にも終わりが見えてくる時期である。入学当初はギッチリ詰まっていた時間割にも開いたコマが増えてきて、同級生の中には平日に暇が出来て丁度よい遊びを探す者も増えてきた。

上級生になって新たに始まるものには、〝全学斗棋《とうぎ》戦〟と〝騎士院演武会〟がある。

騎士院演武会というのは、騎士院の中で最も強い者を決めるという、天下一武◯会もかくやというイベントである。

二十五歳以下十六歳以上の学生から選抜された二名が武を競い合う。そのマッチングがメインイベントになるわけだが、もちろんそれだけではすぐに終わってしまって寂しいので、その他にも十名くらい優秀なやつが選ばれて前座をする。

演武会に出場するのは騎士として何よりの名誉らしいので、二十歳くらいで武術に熱心な奴《やつ》らは、夏の時期メチャクチャ頑張って稽古に励むらしい。

だが十六歳ではさすがに選抜の芽そのものがないので、元より興味のない俺は別にしても、うちの寮内の雰囲気にはそう変わりはなかった。

全学斗棋戦というのは、騎士院よりもむしろ教養院向けの催しで、騎士院も教養院もごっちゃになってトーナメント戦をする。

が、実際は二院の対抗戦という趣が強い。騎士院のほうは、十六歳以上二十三歳以下の学年の寮から、一人ずつ代表者を出さなければならない。

演武会と違って、うちの寮から一人は必ず出るのだ。二十三歳が上限となるのは、二十歳を超えると少しずつ院生が卒業していくので、候補者が減っていくためであるらしい。

なので、この時期は学生寮でめちゃくちゃ斗棋をやることになる。

むろん、斗棋に興味がないやつというのもいて、そいつらは元より関係がないわけだが、俺はそういうわけにはいかなかった。なぜかというと、この寮では、完全に俺とミャロが二強になってしまっているからだ。

これでは俺が代表者選抜戦に参加しない、というわけにはいかない。

寮内での選抜方法は完全に自由なので、寮内の斗棋愛好者が協議し、トーナメント戦ではなくリーグ戦でやることになったのだが、ゲームの上手下手というのは残酷なもので、俺もミャロも、なんと一敗もしなかった。

これなら最初から俺とミャロが一局指せばそれで終わりだったのに……と思わないでもなかったが、やはりこれは選抜も含めたお祭り騒ぎを楽しむ催しであるわけで、それを言うのは野暮であろう。

というわけで、最終決戦は俺とミャロの戦いとなった。

「さぁて」

俺は手を組んで軽く揉《も》んだ。

「ユーリくん、先に言っておきますよ」

「ん？」

「ボクはこの勝負、負けません」

ミャロは珍しくやる気まんまんらしい。望むところじゃないか。

「そうだな。お互い頑張ろうじゃないか」

「はい。それでは、サイコロ振りますね」

ミャロはコロコロとサイコロを振った。

六だ。

「ロクか。やられたな」

出目の多いほうが先手である。斗棋は、一般的に先手がやや有利とされている。

次に俺がサイコロを振った。二だった。

「残念でしたね」

「そうだな」

俺は内心で多少の嬉《うれ》しさを感じていた。サイコロの出目で勝負が決まるわけではないが、不利になるには違いない。

俺は負けるつもりだった。

ただでさえ忙しいのに、なぜこんな大会に出なければならないのか。

俺の強さは寮に知れ渡っているから、棄権することも連戦連敗することも憚《はばか》られたが、ミャロ相手であれば誰に憚ること無く負けられる。多少不自然な手を指して負けたとしても、そもそも俺とミャロのレベルに達している者は誰一人として居ないのだから、気づかれるはずがない。

「では」

ミャロはちょこんと端の槍《やり》を前に出した。


??


このゲームでは、駆鳥兵《カケドリヘイ》と王鷲兵《オウワシヘイ》というコマがいわば飛車角のような役目を持っている。そして駆鳥兵のほうは、将棋の歩兵にあたる前進しかできない槍兵《ソウヘイ》というコマに、初期状態で進路を塞がれている。

将棋と違って一刻も早く穴熊のような囲いを完成させるという戦法はないので、初手といえば、王鷲《おうわし》を動かすか駆鳥《カケドリ》の道を開けるか、普通はどちらかなのだ。

つまり、端の槍を前に出すというのは、通常では考えられない悪手である。

何を考えている？　月の下で端歩に拘《こだわ》る漫画を思い出してちょっと愉快な気持ちにはなったが。

俺は少し考えて、駆鳥兵の道を開ける手を指した。

◇　◇　◇

どうやって自然に負けるか。

盤の上に手を置いて「負けました」と言うにも、状況というものがある。

こちらが絶対的優勢な局面で「負けました」と言っても、どう詰まれているのか説明しなければ、周りは納得しないだろう。

その状況に陥るのはまずい。

観客となっている寮の連中が、かろうじて納得する範囲で、自然を装って負ける。

そうすれば一番良い形で大会から逃げられる。

俺はそう考えていた。


だが、ミャロは技巧の全てを振り絞って、その状況を作れないようにしていた。

傍目《はため》には、斗棋を始めたばかりの素人が、ルールを確かめながら指しているように見えただろう。

だが、俺たちの間では、かつてないほどに高度な技の応酬がされていた。

でたくない、でたくない。大会になんて出たくない。

だが、ミャロはどこまでも執拗《しつよう》で、徹底的だった。いつもと勝手の違う指し方を要求されるというのに、驚くべき冷静さと正確な読みだった。

あまりにも巧みだったので、途中から真剣勝負のような気分になり、滅茶苦茶《めちゃくちゃ》な手は勝負を穢《けが》すような気がして指せなくなってしまったほどだ。

そして、通常の二倍もの時間をかけて、二百三十数手という前代未聞の手数を指した末、ついに誰の目にも明らかな三手詰の形が現れてしまった。

もちろん、詰ませているのは俺のほうだ。

キャロルどころかドッラにさえ詰みが見えたようで、なんかいつもは盤を見てるあいだじゅう、戦局を分析するのに無い頭を振り絞ってしかめっつらをしてやがるのに、スッキリした顔でうんうんと頷《うなず》いている。

負けた。

ある意味で納得しながら、俺は詰ます手を指した。すると、すぐに「参りました」とミャロが言った。

覚悟が違ったのだ……。

〝負ける〟という覚悟を、ミャロは最初から心を決めていた。

俺のほうは、最初の数手、ミャロが真面目にやっていると信じこんでしまっていた。それが勝負の分かれ目だった気がする。

「ゴホ、ゴホ」俺はわざとらしく咳《せき》をした。「なんか急に体調が悪くなってきたぞ。明日は寝込むかも」

本戦は明日、王城で始まる。

「そんなことにはならないと信じていますよ」

ミャロはニッコリと微笑《ほほえ》んだ。

「そんなに出たくないのかよ……」

俺が読み違えていたのは、そこだった。

ミャロは斗棋が好きだし、そんなに本戦に出たくないとは思わなかった。

この局で負けるために、おそらく一週間くらいは研究したんじゃないのか。

やっている最中に、そうとしか思えない、才能というより努力の足跡を感じさせるような、閃《ひらめ》きというより重厚さを感じさせるような手が、何度かあった。そんなことをするくらいなら、大会に出たほうが楽だろうに。

つーか、それ以前に途中で二戦負けていれば、俺の勝ちは確定になって……。

いや、そうしたら、俺のほうも適当に負けて調整していたか。

イタチごっこになり、結局は最後、この一戦をやることになっていたに違いない。

「ボクは、ユーリくんの奮闘ぶりを楽しみにしているので」

ミャロは邪心のかけらも見えない笑顔で再び微笑んだ。

「私も最近、我ながら達者になってきたと思っていたのだが」

相変わらず中の下のキャロルが、一戦を論評した。

「今の一局はわけがわからなかった。狐《きつね》に化かされたようだ」

わけがわかってたら俺はぶん殴られてただろうな。他と比べれば別格の強さを持った二人の対局だから、誰も口を出さなかっただけだ。

◇　◇　◇

翌日、王城でトーナメントが始まった。

休日だというのに、俺はなぜか椅子に座り、人々の前で並ばされていた。

ミャロのせいだ。あいつがズルして負けるから。

「それでは、２３１６年度全学斗棋戦を開始します！　ここに並んだ学院の選手たちに、どうか惜しみない拍手をお贈りください!!」

女性の開会式進行役の人が言うと、観客から拍手があがった。

といっても、観客のほうは、思ったほどには居ない。

五百人程度だろうか。

大会は、入学式に使う王城の大広間でやっているので、広間の後ろのほうはだいぶ寂しかった。

ほとんどが出場する友人を応援する学院生であり、大人は斗棋好きの暇人がいくらか来ているくらいだ。

今日やる試合はさほど重要とは見なされていないのだろう。見どころなのは明日の決勝戦であり、今日は前哨《ぜんしょう》戦でしかない。

「トーナメントはここに並んでいる順が組み合わせとなります」

司会役が言った。

何故《なぜ》こんな並び順なのかと思ったが、得心がいったよ。

椅子は、男と女で互い違いに座っているのだ。

俺、というか男たちは全員、両側を女の子に挟まれている。合コンかなんかかよ、と訝《いぶか》しく思っていたが、そういうことか。つまりは、初戦は必ず騎士院と教養院で当たることになっているわけだ。

そんなに喧嘩《けんか》にしたいのかよと思う。

事前に聞いたところによると、出場するのは十六歳から二十三歳まで、寮から一人ずつ選ばれた八人の騎士候補生と、同数の教養院生であるらしい。

教養院のほうの寮は、青猫寮と白樺《しらかば》寮とで男女に分かれているのだが、どう代表者を選んでいるのだろう。

並んでいる選手を見るに、教養院の代表者に男はいないようであった。

どう選んでいるのか、詳しいところは知らんが、教養院生は全員が俺より年上のように見えるし、そもそも白樺寮はこっちのように寮が学年ごとに分かれていたりはしないので、おそらく完全実力制で選んでいるのだろう。

選び方の時点でこっちのほうが不利に感じるんだが。

斗棋は頭脳戦なので、もちろん体を使う武術ほど際立った傾向はないが、学年が上のほうが腕も上、という傾向はもちろんある。その点で、騎士院は年齢別の寮代表者という縛りがあるのだから、傾向としては教養院のほうがやはり有利であろう。

トーナメント戦なので最終的には一番実力のあるものが優勝するにしても、これはどうなんだろうと思う。

会場には綺麗《きれい》に整えられた卓が四つあり、先に第一回戦の八人が四局を指し、次に俺を含めた残りの八人が残り四局を消化するらしい。

会場から離れて控室に入ると、だれもいなかった。他の選手は、観客に交じって他の試合を見学しているのかもしれない。

これ幸いと上等のソファで横になり、眠っていると、小一時間して叩《たた》き起こされた。

「ユーリ選手ですね。前の試合が終わりましたので、お越しください」

係員らしき人がそう言った。

「分かりました」

やれやれ。

しばらく係員さんについてゆき、大広間へ入る。

「開けてください、選手です」

という声を聞きながら、人の波をかきわけて、中に入っていった。

係員さんが簡単な腰丈の柵に張られた太いロープを取り外すと、

「どうぞ」

と促されたので、俺は柵の中に入った。

ここまで来てしまっては、さすがに真面目にやったほうがいいだろう。

別に、めんどくさかったから出たくなかっただけで、出るのがどうしても嫌だったというわけでもない。一応は、寮を背負って立っているのだから。

卓には既に対局相手が座っていた。

「よろしくお願いしますわ」

と、わざわざ立ち上がって挨拶してくれたのは、妙齢の女子であった。

二十歳ちょっとくらいか？

教養院のスカートの両裾をちょいとつまみ上げて、女性の挨拶をされた。

「……こちらこそ、よろしく」

俺のほうも、普通に頭を下げ、挨拶を返した。

席に着くと、向こう側の席の後ろに陣取った女子たちが、「頑張って～」と黄色い声援を送っていた。

俺の相手は、その声援ににこやかに応じて、振り返って手をぱたぱたと振って返したりしている。

こっちからも同じような声援が聞こえる気がするが、それは全て荒れた男のダミ声だった。嫌になるぜ。

サイコロを転がして先手を取られると、勝負が始まった。

　とんとんとん、と指していくと、たった四手で相手の戦法が知れた。

　イッカク槍衾《やりぶすま》という戦法だ。

　これは将棋でいうと棒銀みたいな戦法で、先手イッカク槍衾というのは、素人が上手《うま》くなっていく過程で誰もが一度は通る道だ。

　駆鳥《カケドリ》と王鷲という大駒の他に、槍と馬車でもう一つ攻めの要となる柱を作る。槍と馬車は非常に相性がよく、同時に突き出すというのは実に合理的な戦術で、単純に強く、崩すのに厄介というところがある。

　だが、それゆえに対策が練られていて、序盤の特徴的な駒運びから即座に戦術がバレてしまうことから考えると、玄人には逆に扱いが難しい。

　身近なところでいうと、キャロルがイッカク槍衾教の信者で、先手だと馬鹿の一つ覚えのようにこれを使ってくる。キャロルはやはり中の下なので工夫も何もない。

　この相手は、名前は忘れてしまったが、さすがに代表としてでてくるだけあって、中の下とは違い、なかなか工夫を凝らしていた。

　だが、終わってみれば、こんなものか。という印象だった。

　ミャロと比べればだいぶ格下に思える。

　終わったといっても、俺が勝手に終わったと思っているだけで、相手は劣勢を知りつつも粘る気満々のようだが、気づいていないだけで、俺が間違っていなければ、もう詰んでいる。

　王がどちらに逃げても、五手で終わるか七手で終わるかの差があるだけだった。

　この勝負にはどうも時間制限がないようで、相手は長考を繰り返している。

　十分くらい迷って、七手で詰めるほうの手を指してきたが、俺に次の手を指されると、しばらくして詰み筋が見えたようで、「参りました」と投了した。悔しさで感極まってしまったようで、俯《うつむ》いてポロポロと涙をこぼし、嗚咽《おえつ》を漏らしはじめた。

友達と思われる周りの観客がすぐに慰めに入り、柵を越えると背中を撫《な》でさすったりして、励ましはじめた。


十六人のトーナメントということは、全部で四回戦になるわけだ。最終戦は明日なので、今日は三回対局をすることになる。

二回戦の相手も一回戦と同じような腕前だった。

俺が最後の手を指すと、

「参りました」

と言って、

「うふふ、やっぱり情け容赦ありませんのね……イメージ通りですわ……」

などと意味不明なことを述べながら、今度はあまり残念そうでもなく、退席していった。


俺はあっさりと準決勝にコマを進めた。


「よろしくお願いします」

「ええ、よろしく」

本日最後となる対戦相手はやはり女性で、なんとも落ち着きのある雰囲気の淑女だった。

ここまで全員女なのだが、騎士院の男たちは、一体なにをしているのだろうか……。

その女性は、何を言うでもなくコロコロとサイコロを転がした。続いて、俺も同じように転がす。

四と六で、俺のほうが先手であった。

「それでは、始めさせていただきますね」

「どうぞ」

俺は第一手を指した。


中盤になるにつれ、俺は無心になっていった。無心になって考えざるをえないほど、相手は強かった。

明らかに、俺と同じくらい強い。

中盤まで意図的に甲とも乙とも取れぬ戦法を使われ、俺の戦法はかき乱され、常なら終盤になっているような手数を数えながら、いまだに盤上は混沌《こんとん》としていた。

いまだに優勢とも劣勢ともつかないのは、俺も混乱させられたが、そうさせるために相手も相応の犠牲を払ったからだ。

相手は、駒数の上では俺より優位に立っているものの、その代償として駆鳥《カケドリ》の大駒を失い、攻めの柱となる駒が欠けたために勢いがなくなっている。

俺が、とん、と大駒を動かすと、相手が話しかけてきた。

「早指しですのね」

と。

早指しというのは、時間制限が設けられていない場合は、相手を舐《な》めているとか、急《せ》かしているようにも取れる。

といっても、俺も少しは考えているので、相手に失礼にならない程度に間は開けているはずだが。

「女性を待たせるものではないと、父から教わったもので」

教わってはいないが、こう言っておくのが無難だろう。

「そうですのね。よい心がけだと思いますわ」

「ご気分を害したようであれば失礼」

「咎《とが》めるつもりはありませんのよ。でも、早指しができるということは、手が読まれているということ。いささか自信をなくしますわ」

確かにそれは、この女性の言うとおりであった。

早指しということは、相手の手を見てすぐ次の手を指すわけで、それが全く奇想天外な手であれば、こっちも考える必要がある。

時間制限が迫れば、最善の手か確信できずとも次の一手を指さなければならないわけだが、これはそういうわけではないのだ。

言ってみれば、相手の手番の間に、次にどこに指してくるか分析が済んでいて、「こう指してきたらこう指そう」という考えが終わっているから、すぐに指せるわけだ。

逆を言えば、相手が長考しなければこちらの考える時間もないので、そのようなことはできない。

俺とてミャロとの対局のときは人並みに考えたりもする。俺もミャロもさっさと指すので、相手の手番の間に考えをまとめることができないのだ。

「僕も内心では舌を巻いていますよ。幸いなことに、顔には出ていないようですね」

「あらそう？」

こちらは真面目にやっているつもりだし、俺のほうは負けたら負けたで構わないので、リラックスできているのかもな。


「――参りましたわ」

と、言われた瞬間、どっと疲れた気がした。

「ありがとうございました……」

詰ますのにこれほど頭を使った勝負は、本当に久しぶりだった。

「こちらこそ。楽しい対局でしたわ」

あっさりとした礼をいい、女性は席から立ち上がった。俺のほうはまだ精神的に疲労困憊《こんぱい》で、すぐに立とうという気が起こらない。

「それはなによりです……」

「それでは、名残惜しくは思いますが、失礼させていただきますわね」

名も知らぬ対局相手は、そのまま観客のなかに消えた。

もう日が暮れているだろうし、少し休んだら、俺も帰るか。

「ユーリくん、お疲れ様でした」

背中から聞き覚えのある声がかかった。

柵の向こうにミャロがいた。

「見てたのかよ」

「準決勝ですから、皆で応援していましたよ」

気が付かなかったが、周りをよくよく見回せば、キャロルとかもいた。

見覚えのある顔がちらほらいるし、他にも騎士院の制服を着た奴らがたくさん見守っている。

考えてみれば準決だったな。

向こうもやたらと応援が多いと思ったが、こちらにも多かったようだ。準決くらいまで上がれば、騎士院生にとっちゃ期待の星ってところか。

「暇人め」

「ユーリくんの晴れの姿を見たくて、あれしたわけですから」

　あれ、というのは、わざと負けたことだろう。面倒臭かったとか他に用事があったからとかじゃないのか。

「おめでとう」

　次はキャロルだ。キャロルは柵の最前線にいて、こちらを見ていた。

　大げさなもんだなほんとに。

　さて、こんなに大勢が見守っているのであれば、相応の礼を尽くさねばなるまい。

　俺は将家の長男だし、キャロルは女王陛下の長女だ。

　知人より他人が多く見ているような場であれば、相応の態度というものがある。

　俺はすっと席を立った。

　キャロルのそばまで行くと、キャロルも慣れたもので、すっと手を差し出してきた。

「ありがとうございます、殿下」

　俺はしゃがみながらキャロルの手をとって、柵越しに跪《ひざまず》くと、手の甲にくちづけをした。

　そっと手を放して立ち上がると、キャロルは怒ってんだか愕然《がくぜん》としてんだか、よくわからんような顔をしていた。

　なんだ、そのつもりで手を差し出してきたんだろうに。

「く、苦しゅうない」

　妙な言葉を吐いて、キャロルは踵《きびす》を返して背中を向けてどっか行った。

　考えてみりゃ、ここはキャロルん家《ち》だったな。

「ぷっ……くくっ……」

「なにを笑っとるんだ」

　ミャロに言う。

「い……いえ……プッ。今のは……クッ……手を差し出したんじゃなくて肩を叩こうとしたんですよ」

「……そうだったのか」

やっちまった。

肩を叩こうとしたら手の甲にキスされたもんだから面食らってたのか。

とはいえ、跪いて手の甲にキスをするというのは、世間的に特段おかしな対応というわけではないはずだが。


対局が終わった後は特に式典などもなく、そのまま王城の外に出ると、すっかり夜が更けてしまっていた。

ちょっと高級な乗合馬車のようなものが、城の前に何台もつけてある。続々と学院生が乗りこんでいるところをみると、学院からのバスみたいなもんらしい。

俺はそれには乗らずに、ミャロが乗ってきたという黒塗りの馬車に乗せてもらった。これはギュダンヴィエルの家から出ている馬車なのだろうか。

「先ほどの方は、当代随一と呼ばれる指し手だったんですよ。さすがですね」

馬車の中でミャロが言う。

石畳のせいで馬車の縦揺れはひどかったが、ふわふわとした座面がとんでもなく柔らかかったので、普通に話すことが出来た。

「当代随一といっても、素人学生の中での話だろ」

大人の中にはもっと上手いのがゴロゴロいるはずだ。

将棋と同じで、学生大会で優勝したからといって、名人戦で優勝した名人からしてみれば、有象無象のアマチュアの一人でしかないのだろう。

俺は趣味でやっているだけなので、そいつらと張り合いたいとは思わない。それをやろうとすれば、それこそ人生を犠牲にするほどの努力が必要なはずだ。

「それはそうですけれど」

「でも、さすがに強かったな。あのレベルになると、何度かやったら負けが込みそうだ」

「でしょうね。さすがに、百戦百勝とはいかないでしょう」

「お前より上手くは感じなかったがな」

強いといっても、ミャロと比べれば格段に扱いやすい相手だった気がする。

序盤から中盤にかけて踊らされている間も、荒らされてる、攪乱《かくらん》されている、という感覚はあったが、主導権を奪われた感じはしなかった。

ミャロの場合は、こっちが主導権を握っていると思っていても、そう思わされているだけ、ということがあるので裏の裏まで読まなければならない。

「ユーリくんにそう言われると、もっと頑張ろうという気持ちになるから不思議です」

夕闇で薄暗かったが、ミャロは嬉しそうに微笑んでいるように見えた。

「これ以上強くなったら、俺も相手をするのが辛《つら》くなるからな。かんべんしてくれ」

「斗棋の話じゃないんですけどね。ホントにユーリくんは人誑《ひとたら》しが上手くて、まいってしまいます」

なにをいっているんだこいつは。

「どうだかな……あ、ちょっとこの辺で降ろしてもらえるか」

「え？　今日はご実家でお休みになるんですか？」

馬車は別邸の近くの道に差し掛かっていた。別邸にはルークもスズヤもいないので、特に用事はない。

「いや、社のほうに野暮用があってな」

「ああ」

社といっても、水車小屋のことではない。

今のホウ社は、別邸から通りを挟んで向かいの建物を事務所兼商品倉庫として一棟借りている。

ミャロが御者席への窓を開け、止まるように指示を出すと、御者はすぐに馬を止めた。

俺は馬車のドアを開けて、石畳の上へ下りる。

「お泊りは寮なのですよね」

「そのつもりだ」

「では、ここで待ってます」

「そうか？」

先に行っていてもいいのに。

「夜中までかかるようなら考えますが」

「いや、一言ことづてを残すだけだ。すぐ戻るよ」

さっさと用事を済まそう。俺は急ぎ足で社の中に入ると、たまたまいたビュレに伝言を託し、再び馬車に戻った。


そのまま学院まで行って、寮の食堂に着くと、なにやら食堂の隅で見慣れない学生がたむろしていた。

そいつらは体格が大きく、上級生に見える。

上級生が下級生の寮に入ってきてはいけないという決まり事があるわけではないのだが、物珍しくはある。

「おっ、来たようだな」

だいぶガタイのいいお兄さんが俺を見つけて、そう言ったのが聞こえた。

今まで背中を向けていた連中も、一斉に振り向いて俺のツラを見る。

ひーふーみーよー……七人か。

あーね。

よくみりゃ、開会式で見かけた野郎どもだ。

七人のうち三人は、講義や修練で一緒になったことがあるので、名前は覚えていないが、顔見知りだった。

「ほら、こっちこっち。座れよ」

オタクっぽい兄さんが俺を手招きする。

あのー、拒否権はないんですかね。

つーか、微妙に酒の匂いがするんですけど。

こいつら、下級生の寮くんだりまできて酒盛りかよ。別に負けたって構わねーけど、なんでうちの寮まで来て酒盛りしてんだ。

「えーっと……どうも、ユーリです」

俺は近くまで歩いていって挨拶をした。

「えらい疲れているな。迷惑だったか？」

ガタイのいいあんちゃんが言ってくる。

そりゃ迷惑だろ……。

俺も疲れてないわけではないし、なんでこんなところで気の向かない職場の飲み会みたいのに付き合わなきゃならんのだと思う。

「夕食を食べていないもので、お腹《なか》がすいているんです」

「そうか、じゃあ店にでも繰り出すか？」

おい、かんべんしてくれよ。

「いえ。そもそも、なんの催しなんですか？　これは」

「きみの祝勝会だよ」

オタク風の兄さんが言った。祝勝会だ？

「気が早すぎるのでは？」

俺が準決勝に勝った祝勝会だとしたら、志が低すぎる。優勝してからならまだしも。

「君は知らないかもしれないが、今日君が勝利した相手は、リーリカ・ククリリソンといって、ここ三年間優勝を守り続けてきた女だ。優勝は決まったようなものさ」

なんだ、あの対戦相手はそんなに凄《すご》い人だったのか。どうりで強かったわけだ。

だが、彼女がバケモノクラスだとしたら、この寮にはたまたまバケモノクラスが二人いることになってしまう。

勝敗比率でいったらミャロのほうが俺より若干強いことになるのだから、これはもう異常事態といえるだろう。

どういうこっちゃねん。

「だとしても、気を緩めたくはありませんので、祝勝会は遠慮させていただきますよ」

二十になるまで酒は飲まないことにしてるし。

「殊勝な心がけだな。そうでなくては困る」

しかし、なんだろうこの人は。

なんだか自然に偉そうだ。

偉そうというか、生まれつき偉い人特有の話し方に思える。よっぽど身分が高いのか。

実はこの人とも、槍だの剣だのの実技で何回かやりあったことはあるんだが。誰だったっけ。

「じゃあ、明日の対戦相手の話だけ聞いてくれ」

オタク風の兄さんが言った。まあ、一応聞いておくか。

「明日の対戦相手は、ジューラ・ラクラマヌスという女だ」

「そうらしいですね」

それはもう知っていた。

俺の三戦目の少し後に試合が終わり、決勝進出が決まったらしく、それはミャロから聞いていた。

決勝の相手は、ホウ社にさんざん有形無形の嫌がらせをしかけてきている、ラクラマヌス家の女なのだ。

他の試合を見ていなかった俺も悪いのだが、なんでよりにもよって。と思ったものだ。

「そうだ。ラクラマヌス現当主の長女筋の孫に当たる。つまりは当主の長女の長女だな」

ガタイのいい男が言う。

長女筋の孫ということは、順当に行けば次の次の当主ということになる。

だが、当主が短い間にコロコロ変わると混乱のもとになるので、一代スキップして孫に継がせるという選択肢も、魔女家ではわりと頻繁に取られることを、俺は知っている。

そういった事情は商売の役に立つし、ミャロが非常に詳しいのでよく知っているのだ。

つまり、もしそうなった場合は、母をスキップしてジューラ・ラクラマヌスが直接次の当主になるわけだ。

そうはいっても、それは順当に行けば、の話である。

魔女家は長子存続が絶対というわけではない。謀略の家系らしく、基本的には能力重視である。

長女が無能なので、次女にする。

でも、待っているうちに、長女が子供を産んで、その子供が優秀そうなので、やっぱり長女を飛ばして子供を当主にすることにしよう。

そういった決定の変更は魔女家当主の心のうちで行われ、当主が不意の事故に備えて用意している遺書に書き残される。

　だが、周囲がどう見るかという観点から言えば、明らかに出来が悪くない限りは、やはり次の次の当主として見られるわけだ。


　俺は、ジューラ・ラクラマヌスのことは良く知っていた。

　年齢は二十二歳、容姿端麗で、白樺寮内での派閥は上から二番目の大きさのものを持っている。

　母親はラクラマヌス家の家業《シノギ》の中で、羊皮紙ギルドのほか、いくつかのギルドの管理を任されているが、どうにもしまらない。

　母親の年齢と血筋から考えれば、もっともっと大きなギルドをいくつも支配しているのが普通である。そもそも、教養院の卒業と同時に任ぜられた官職も、数年で辞めている。ミャロからの情報によれば、これはやむにやまれぬ事情があったわけではなく、単に能力的に務まらなかったので辞めさせられたらしい。

　つまりは無能である。母親には二人の妹がいるが、こちらもやはりパッとせず、任された組織も現状維持がせいぜいで伸ばすことはできていない。

　教養院の卒業年齢は、三人姉妹全員が二十五歳。満期卒業であり、努力を惜しまず勉学に取り組んだ才女であれば、十七歳ごろには卒業してしまう教養院では、あまりよろしい成績とは思えない。

　そのせいで、ラクラマヌス家で大きな官職についているのは、現当主ひとりだけという有り様らしい。

　縄張《シマ》りに対する管理も行き届いていないところをみると、ラクラマヌス家は人材不足という評価をするのが妥当だろう。

「よく使う戦術は、先手番でイッカク風車、ジャミコ包囲戦、王鷲交換槍備えだ。特にイッカク風車からの槍衾押しをよく使う。後手番でヒッグス突撃槍、マルコ迂回《うかい》戦、場合によってはサルーアン自陣包囲を使う」

……なにをいっているのだ、こいつは。

半分も分からない。

こういう連中ってけっこういるんだよな。

主要な戦型でも、実戦での扱いは人によって変わってくる。その変わってくる、言わば変形用法に、さらに固有名詞を付けたがる人々だ。

分類学でいえば、亜種で済ます部分まで固有名をつけるようなものだ。全部覚えていたら切りがない。

よっぽど斗棋が好きなんだろう。

そんなに斗棋が好きなら、ジューラを途中で蹴落としてくれればよかったのに。

「なるほど。勉強になりました。ありがとうございます」

俺は思ってもいないことを言いながら、ぺこりと頭を下げた。

「よし。あまり長居するのもなんだ。帰るか」

ガタイのいい兄さんがそう言って、立ち上がる。

「そうだな」「そうですね」などといって、他の連中も席を立った。

よかったよかった。これで寮も平和になる。

ＯＢじゃないが、先輩が寮に居座っているという状況は、誰だって気分がいいものではない。

「自己紹介がまだだったな。もう知っているかもしれないが、俺はリャオ・ルベという。明日は応援しているぞ」

ガタイのいい兄さんは、去り際にそう言って握手を求めてきた。

「もちろん存じ上げていますよ。応援よろしくお願いします」

俺は息をするように嘘《うそ》をつくと、グッと力強く握手を握り返した。

こいつ、ルベの人間か。

名前に記憶はないが、五大将家《ファイブブレイブス》の一つだ。言わば俺の同類ということになるか。

◇　◇　◇

翌日、定刻に王城に着いた。時刻は朝ではなく夕刻で、日は暮れかけている。

決勝戦は、今までのように一本勝負ではなく、三番勝負ということになっているらしい。どちらかが二タテを喰《く》らえば二戦で終わる計算になるが、三戦となると長引くと日付が変わってしまうのではないだろうか？

普段ミャロとやっているときなどは三十分くらいで終わることが多いが、長考が挟まると対局時間というのは際限なく延びてしまう。

昨日の対局では、それでも二時間以上にはならなかったが、決勝戦ともなると勝ちへの執念も変わってくるだろう。

そんな心配をしつつ開かれた王城の門に近づくと、

「決勝に出場されるユーリ様ですね。お待ちしておりました」

入り口で待っていた謎の女性に声をかけられた。

「本日はご案内させていただきます。よろしくお願いします」

「ああ、はい」

なんだ、わけがわからんが、そういうことになっているのか。

「こちらでお色直しをさせていただきます」

なにやら鏡のある個室に通されたと思ったら。

お色直しということは、この人はメイドとか役人ではなく、美容師ということか。

それにしても、お色直しとは。結婚式の花嫁じゃないんですから。

「いいですよ。俺はこのままで」

俺は昨日と同じ服装で、つまり騎士院の制服を着ていた。

「ですが……」

「慣れない化粧などをされて集中できなくなったらコトですから」

俺がそう言うと、

「では、せめてお顔を洗わせてください。それと寝癖も整えさせてください」

と言われた。寝癖なんかついてたか。

「まあ、それくらいは」

寝癖くらいは整えてもいいかな。アマチュアの大会くらいに大げさな。とは思うが、なんだかやたらと格調高いみたいだし。

俺はおとなしく椅子に座った。

すぐに湯で蒸した布を押し付けられ、寝癖を整えられ顔を洗われると、やはりさっぱりした気分になった。

「え、何を塗ろうとしているんですか」

美容師さんは、なにやら瓶のようなものからグリースのような油を指で取って、俺の髪に塗りつけようとしていた。

「少しだけですから」

「ちょ、要らないって言ったじゃないですか」

「ちょっとだけだから。毛先だけだから」

なんか変に興奮しているようだ。わけがわからない。

「……べつに、減るもんじゃないしいいですけど、なんの油なんですか、それ」

「熊です」

ちょ。

熊の油とか。なんてもんを塗りたくろうとしとんねん。

「ご安心ください。これは冬眠前の大穴熊の脂肪を精製した油で、牛の脂なんかと違って臭くありませんし、きちんと湯で落ちるのです」

う、うーん。

何一つ安心できる要素がないのだが、塗らないことには美容師さんの気がすまないようだ。

「……分かりました。いいですよ」

もう断るほうがめんどくさい。

油を撫で付けられて、櫛《くし》をいれられると、みるみるうちに髪にツヤが生まれていった。最終的に、七三分けを少し崩したような髪型に収まる。

軽く油の匂いはしたものの、確かに臭いというほどではない。

「では、お召し物を」

なぬ？

「さすがに、そのお召し物では……」

苦言を呈された。

なにが悪いっちゅーんじゃい。

騎士院の制服は、着ているうちにボロボロになったり、体が大きくなって仕立直しが限界にきたりして、何度か交換している。今着ているのは四着目だが、これはつい半年くらい前におろしたばかりの、一番いい制服だ。

俺も多少気を使って、一番いい服に軽くブラシをかけてきたのだ。埃《ほこり》やトリの羽がついているということもない。

「これじゃいけませんか？」

どこがおかしい？　という風に聞くと、美容師さんは困り果てた顔をした。

「失礼ながら申し上げますと、上着の所々に食べ物かなにかのシミができていますし、下衣の裾などは色落ちしていて、ほつれだらけでございます」

「……」

俺は無言でズボンの裾を見た。

きちんと洗濯はされているので、泥汚れがついているわけではないが、確かに染めが多少落ちてはいる。何度も強くゴシゴシ洗ったからか、裾もほつれてしまっていた。

汚れたのは、この服を着たまま、石畳舗装のしていない上流の水車小屋に何度も何度も足を運んでいたからだ。雨の日など靴ごとグチャグチャになったりしていたものだが、その度に寮の洗濯係に押し付けて、嫌な顔をされていた。

そうはいっても、一般庶民の世界でいったら、よほど裕福な商人であっても、平気でもっと悪い服を着ているんだが。

決勝戦ともなると、これじゃだめか。美容師が出てくるほどだもんな。

「お召し物はお着替え願います。そうでないと、わたしが怒られてしまいます」

　哀れを誘う口調で言われた。

　しょうがねえな。別にこだわりがあるわけじゃないし。

「じゃあ、お願いします」

　俺は折れた。

「かしこまりました。それでは……これを」

　お色直し要員が持ってきた服は、俺の目からみてもだいぶ古式ゆかしい服だった。あの……。

　これは、大皇国時代に晴れ着中の晴れ着というような位置にあった伝統服である。

　俺の感覚で言えば裃《かみしも》に近い。

　田舎の屋敷にあるにはあるが、ルークあたりがよっぽど堅苦しい席に出るときでも、着ているのを見たことがない。

　おいおい、勘弁してくれよ。

「ふざけてるんですか？」

「え？　あの、いいえ」

　ふざけているわけではないらしい。

「俺も服にこだわりがあるわけじゃありませんが、流石《さすが》に大げさに思えます。この制服くらいの程々なものはないんですか」

「あ、それでしたら……」

　と、持ってきたのは、黒光りするように美しく染め上げられた燕尾服《えんびふく》のような服だった。

　これは、ルークが着ているのを見たことがある。

　背中側の上着の裾が伸びているわけではないので、燕尾服というのもおかしいが、まあ、夜間用の礼服である。

　当然ながら、ほつれや歪《ゆが》み、傷などは一切ない。

「これでどうですか？」

「これなら、まあ」

　これならいいか。

　これと比べると、確かに制服もみすぼらしく見える。

「よかった」

　ほっと一安心というふうに、美容師さんは息をついた。

「なんで最初からこれを出さなかったんですか？」

ほんと聞きたい。あんなもの着て出て行ったら、晒《さら》し者だよ。

「ユーリ様はとても格式高いお家の生まれと聞きましたので……」

なにが格式高いだ。こちとら農夫の生まれだっつーの。

美容師さんの助けを借りて服を着替えると、会場へ向かった。

◇　◇　◇

大広間には、昨日とは比較にならないほど沢山の人々が集まっていた。

両脇に赤い縄のついたポールが並べられ、じゅうたんが敷かれた花道が用意されていて、そこを歩いて盤へ行くようだ。

なんじゃこりゃ。たかが学生の大会だろ。どうなってんだ。

俺は、学院に入ってから六年、まったくこの大会に興味を示してこなかった。

同級生たちは、食堂でワァワァ言って話題にしていた気がするが、王城まで行って観戦したいとも思わなかったので、記憶にも残っていない。

こんな大騒ぎだったのか、と内心でびっくりしつつも、腰が引けてもみっともないので、俺は堂々と歩いて盤まで向かった。

途中、昨日会った七人の先輩や、同寮の連中、いろんな人が脇道に立っていて、俺に声をかけてきた。

「がんばれよ！」

「がんばってくださいね！」

「応援してるからな！」

中には、ロープから身を乗り出して握手を求めてくる少年もいた。

みんな笑顔であった。

背中がむず痒《がゆ》くなると共に、壮絶な居心地の悪さを感じる。

俺の居場所って、こういう場所じゃなくて、もっと暗くてジメジメしたところな気がする。間違えて太陽の下に出てしまったモグラみたいな気分だ。

盤まで辿《たど》り着くと、なんと盤から少し離れたところに女王陛下が座っていた。

……アマチュアの学生大会にどんだけ大げさなんだよ。

天皇杯かなんかじゃないんだから、わざわざ見に来なくてもいいよ。女王陛下も暇なのか。

その隣にはキャロルがおめかしして座っていて、反対側にはカーリャもいた。

少し離れたところに、何故かシャムも座っている。家族枠で誰かが連れてきたのか。

そして、客席にも立ち見席と貴賓席の別があり、分かれているようだ。

対局席と貴賓席との間には柵はないが、立ち見席のほうには昨日と同じ、腰丈の柵が置かれている。

俺から見て右側が貴賓席で、立ち見席のほうにはもう一つ小さな机と椅子があって、そこには既に人が座っていた。

時間計測係、なのか？

そこに座っていたのは、中年の痩せた女性で、その前には砂時計が大きなものから小さなものまで、幾つか並んでいる。

昨日のように時間無制限だと、どうしてもダラダラした戦いになりがちなので、女王陛下が見ている御前では流石にまずかろうという判断なのだろう。

特に誰に言われたわけでもなかったが、俺は盤に座る前に女王陛下に膝をついて礼をした。

立ち上がってみると、女王陛下はニッコニコ微笑んでいて、キャロルのほうは面白いものでも見つけたみたいに意地悪そうな笑みを浮かべていた。

シャムはなんだかぼーっとしている。

誰が連れてきたのかしらんが、そもそもがシャムは斗棋に一切の関心がない。コマの動き方くらいは知っているにしても、戦術は間違いなく一つも知らないので見ていてもつまらないだけだし、この場がどういう意味を持つのかも分からないだろう。

ミャロはここにいてもおかしくないと思うが、いなかった。

と思って見回していたら、いた。立ち見席のほうで見物している。俺と目が合うと、小さく手を振ってきた。

それ以上やることもないので、目の前にある椅子に座った。

ふっかふかの椅子だった。肘掛けにまでクッションがついている。大人用の椅子で、まだ若干身長が伸びるであろう俺には少し大きい。

椅子に座り、背もたれに背中を預け、ホウ家の本宅にあるものより更に上質と思われる盤駒を眺めて目を肥やしたりしていると、向こうから対戦相手の女性がやってきた。

おいおい、と笑ってしまいそうになった。

俺が最初提案されたような、十二《じゅうに》単《ひとえ》もかくやというような、たいへんご立派な服を着ている。

さらに、銀でできてるっぽい、ちょっとした冠までつけていた。

すげーな、おい。

そのまま王様にでもなるつもりかよ。女王陛下より派手なんじゃねーの。

彼女は、椅子の手前で女王陛下に立礼をして、着席した。服がご立派すぎて、着席するのも若干大変そうだったくらいである。

近くで見るジューラ・ラクラマヌスは、キツい顔をした美人であった。

なんかナチュラルにサドっ気がありそうな顔というか。

俺は今十六歳だが、ジューラは二十二歳のはずなので、歳下《としした》と思って舐められているのかもしれない。

「……始めよ」

女王陛下が言った。

さ、なんだかしらんが女王陛下の命令があったことだし、始めるか。

でも、今思ったが、卓上にサイコロがねえな。

普通、サイコロはプレイヤーが転がすものだ。今までの対局では、全てそれをやってきた。

サイコロがなきゃ、先手が決められない。

おい、サイコロが用意されてねえぞ。係員なにやってんだ。

——と思ったら、横でコロコロという音がかすかに聞こえた。

「……ジューラ選手が先手です」

あれ。

なんか妙な声が聞こえたぞ。中年女の声だ。

間髪入れず、コトリ、と駒を動かしたのは、ジューラである。

先ほど勝手に先手を決めた時間計測係が、砂時計をひっくり返したりしている。俺の持ち時間が減っていっている。

俺は一瞬、めまいに似た症状を起こした。発作的に全てが馬鹿馬鹿しくなった。

あのさぁ。

これが公平じゃないって、馬鹿でも分かることだと思うけど？

なんで時間計測係がサイコロ転がすのよ。

誰かサイコロ見てたの⁇

見てたのは当の計測係だけで、立ち見からは係の背中が邪魔でサイコロなんざ見えないし、一番近い俺からでも、奴の手元にあるちっさなサイコロの出目なんて見えねえよ。

公平かどうかは、見ず知らずの係員を信用しろと？

不正したらハラワタが爆発して死ぬ体質の人だったら信頼できるが、こいつはそうじゃねえだろ。

……まあいいけどよ。先手取られたからって、すげー不利になるわけでもねえし。

でも、誰かおかしいと思わないのかよ。


俺は駒を動かした。

◇　◇　◇

「参りました」

二戦目、俺は自ら盤の上に手をおいて、投了した。

ジューラの顔に喜色が浮かぶ。

一戦目は俺の勝ちだったから、これで一勝一敗だ。三戦目が決戦ということになる。

「それでは、休憩に入ります」

時間計測係が宣言をした。

「ユーリくん、どういうつもりですか」

休憩室に、なんでかしらんが入ってきたミャロは、珍しく怒っていた。

いつも薄《う》っすらと浮かべている笑みが消えている。

ミャロにこんな表情を向けられるのは、考えてみれば初めてのことだな。

「なんのことだ？」

「シラをきらないでください。ボクには……いえ、ボクでなくとも、腕に覚えのある人なら誰にだってわかります」

「そうか」

まあ、そうでなければ困るんだけどな。

「わざと負けるつもりですか？」

やっぱりバレてた。

「今のところはな」

俺はあっさりと肯定した。

「何故ですか。脅されているとか？」

「いいや、そんなことはない」

「じゃあなんで！」

「七大魔女家《セブンウィッチズ》を敵にまわしたくないんだ」

それが答えの全てだった。

敵に回す、というのはおかしな表現かもしれないが、無用な不興を買いたくない。

俺と商売上バッティングしないギュダンヴィエルあたりと違って、よりにもよって相手はラクラマヌスなのだ。敵対をより深めて得るものなど一つもない。

「理由が解《わか》りません……まさか、ユーリくんほどの人間が、怖気《おじけ》づいているのですか？　魔女家ごときに？」

魔女家は〝ごとき〟で済まされる勢力ではない。

俺は甘く見てはいない。

「怖気づいてはいないが、連中の機嫌を悪くする理由がない。逆に、俺にとっては恩を売る理由がいくらかある」

というか、勝って得るものがないのだ。

これほど大げさなイベントだ。勝てば大げさに褒められ、ご大層な喝采を浴びることができるのだろう。

それは分かる。

ミャロは、たぶん、俺をその栄誉に浴させたいのだろう。

だが、俺はそんなものはどうでも良い。勝てば名誉だが、負けても不名誉にはならない。

残念がる奴はいるだろうが、この年齢で決勝まで進んできたのは立派と、褒められるのが普通だろう。

ホウ家の威信に関わる、というのであれば話は別だが、そういうわけではない。勝てばプラスになるものが、ゼロになったというだけの話だ。

逆に、ジューラが優勝を重要視しているのは、気負い方からして明らかだ。譲ってやれば大きな貸しになる。

俺にとってはどうでもよく、相手にとっては重要なら、貸しにしてやらぬ手はない。

申し訳ないとすれば、俺を代表にした寮の連中に対してだが、その辺は諦めてもらうしかないだろう。どの道、俺とミャロ以外では準決の相手には勝てなかったのだから。

「シャムさんの白樺寮でのお立場を心配されているのであれば、心配ありませんよ。寮内では……」

「ミャロ」

　俺は言葉を遮った。

「俺にとっては大事の前の小事だ。俺はこの場の優勝で得られる栄誉なんぞ、求めてはいない。ラクラマヌスはいけ好かないが、やつらが欲しがってるなら譲ってやるさ」

「ボクは、ユーリくんに……」

　ミャロの気持ちは分からないでもない。

　こいつは、俺に将家の当主となるべき人間として、英雄的な役割を演じてもらいたいのだろう。

　なぜ、こいつは自分にとって何の得にもならないのに、そんなことをしているのか。

　それは、こいつの趣味だ。

　生まれ育ちに反して騎士院に入ったのも趣味なら、俺を立てようとするのも趣味なのだ。

　こいつは、利害が絡んでいるわけでもなく、誰に言われているわけでもないのに、ただ自分の願望を充足するためだけに、労を厭《いと》わず動いている。英雄をプロデュースする、といったらアレだが、趣味に殉じた愉快犯なのだ。

「俺は、お前の道楽のために生きているわけじゃない。お前の思った通りに動くつもりもない」

　ぴしゃりと言うと、俺の言葉に胸を砕かれたように、ミャロは辛そうな表情でうつむいた。

「そんなつもりでは……」

「そんなつもりだろ、どう考えても」

　俺がそう言うと、ミャロは口をつぐんだ。

　そして、ただただ立ち尽くした。

　五分ほどもそうしていただろうか。

「……すいませんでした。ユーリくんにとっては、ボクの行動は迷惑だったんですね」

　悲しそうに、ミャロはぽつりと呟《つぶや》くように言った。

　それは、吹けば消えてしまう儚《はかな》い灯火《ともしび》のような響きだった。

「迷惑に思うわけないだろ」

「……え？……でも」

「なんで俺が、お前のやることを迷惑になんて思う。今回のことだって、俺は感謝しているくらいだ。俺のためにやってくれたんだろ」

「はい……それはそうですが」

「だけど、俺は、お前がなってほしい俺にはなれない。何かを期待されても困る」

「……そうですか」

　ミャロは現実的でありながら、根っこのところで奇妙なほどに夢見がちでもある。

　ミャロに釣られて俺のほうまで夢見がちになってしまえば、待っているのは破滅だ。

　いくら俺に好意的で、有能に見えようとも、ミャロの行動が全て最善という保証はないし、そもそも目指しているものが違う。

　ミャロはシャルタ王国を改革、前進させていこうと思っているのだろう。この小さな大会で俺に栄光を摑《つか》ませようとしたのは、その一要素に違いない。

　それは、俺が抱いている思惑とはベクトルが違う。

　どちらが正しいかは分からない。

　だが、俺は、自分よりミャロのほうが正しいと考えて行動することはできない。それは精神的に従属するということであり、悪い言い方をすれば奴隷の考えなのだ。

「分かってくれたか」

「はい。ユーリくんの言うことも、もっともです。……ボクも、全部が自分の思い通りになる人なら、ついていく意味がないんです。考えてみれば、当たり前のことでした」

「そうか」

　本当に分かってくれたのかは分からないし、いまだに不満があるのかも、表情から読み取ることはできない。

　だが、ひとまずは納得してくれたらしい。

今はそれでいい。

ミャロは、おずおずと口を開くと、

「あの……最後に、一つだけ聞いていいですか」

と言った。

「一つでも三つでも」

「ユーリくんは、魔女家に怖気づいているわけではないんですよね」

「ははっ」

思わず笑いが漏れた。

「なんであんな連中を怖がる必要がある」

「それなら、いつかは、倒すつもりでいるんですね」

倒す？

やはり、ミャロは根本的に俺とは考えが違っている。

「連中は寄生虫だよ。寄生虫は、宿主には強気でも、宿主が死のうというときには何も出来ない。なにもやらなくても、勝手に自滅する運命だ」

寄生虫は、宿主に対しては強くても、その宿主が危機に晒されれば、ほうほうの体で逃げ出すか一緒に死ぬしかない。

魔女家の反応がそれに酷似することは、六つの先例がものの見事に証明している。

「そうですか……ボクには、よく分かりません」

よく分からないらしい。

まあ、そのうち嫌でも分かるだろう。

トントン、とドアが叩かれた。

「入れ」

「失礼いたします」

王城のメイドさんだった。

第三戦の呼び出しだろう。休憩も終わりか。

「ユーリ様、お客様がお出《い》でになっていますが」

違った。

「……じゃあ、ボクはこれで」

「あ、ああ……それじゃあな」

ミャロはメイドさんと入れ違いに、部屋を出て行った。

「緊急の用件だそうです。お会いになりますか？」

◇　◇　◇

休憩時間が終わり、俺は席に戻った。

目の前には、既に座っているジューラがいる。

「左が先手です」

よろしくの一言も言わぬうちに、一方的に時間計測係に宣告される。

これで三回連続先手取られちゃったなー。参ったなー。

とん、と駒を動かしてきたので、こちらもそれに応じて手を指した。

十五手ほど進むと、戦型が明らかになってくる。

向こう側は、王鷲交換槍備えのようだ。

王鷲兵は、将棋でいうと角と同じ斜めの動きをするが、特殊な性質を持っている。

敵味方の駒と、中央を走って侵攻路を制限している川とよばれる地形を、ガン無視して飛び越えることができるのだ。

俺は内心では狙撃兵と呼んでいる。

ただし、全ての駒を飛び越えられると王様が容易に狙撃されてしまい、王鷲から王様が逃げまわるだけのゲームになってしまうので、言うまでもなく面白いわけがない。

なので、初期配置で王の右前と左前に配置されている、近衛《コノエ》兵《ヘイ》と親衛兵という駒だけは飛び越せないルールになっている。

だが、それでも駒を飛び越せるという特性の効果は絶大で、これのために斗棋では囲いという戦術がほとんど意味をなさない。

というより、初期配置で王鷲兵に対しての囲いができているので、これを安易に崩すと王が詰まされるリスクが高まってしまう。という言い方もできる。

　王鷺交換槍備えというのは、最初に数手を使って、相手の王鷺兵をこちらの王鷺兵で仕留めてしまう戦法である。

　数手を浪費するぶん若干の不利はあるが、相手の戦法を限定できる。

　俺はだいぶ王鷺兵を使うのが上手いというか、得意だから、こういう戦法を取ってきたのだろう。

「ねえ、あなた」

　と、そこでジューラが話しかけてきた。

　なんだ？

　決勝戦では挨拶もしない約束でもあったんじゃなかったのか。

　思えば、こいつの声は初めて聞いた気がする。

「大丈夫？」

　なにがだ。

「さて、体調は悪くありませんが」

　俺がそう答えると、ジューラはわざとらしく口に手をあてて、クスクスと笑った。

「いいえ、心当たりはないのかしらってね。心配事はない？」

「特にありませんね」

「そうかしら？　あなたがやっている……その、なんでしたっけね？　小さなお店」

「ホウ社ですか」

「流れ者の平民を沢山雇っているんですってね。今頃大変かもしれないわよ？　火事になったりとか」

　あーあ……。

　なんつーか……ほんとにクズだな。

　俺はクズが嫌いというわけじゃない。

　俺自身、クズみたいなものだし、美学のある悪党というのは、逆に好きなほうかもしれない。

　だが、こいつはダメだ。

　美学がない。

「ふーん……まあ、驚きました」

　ジューラはニヤニヤと微笑んでいる。

「あら、なにが？」

「はあ、まさかここまで頭の回転が悪いとはね」

俺が馬鹿だったわけだ。

勝ちを譲る？

恩を売る？

なんだそりゃ。まるで話になっていないじゃないか。

ここまでハッキリと勝ちを譲ってやれば、相手は当たり前に気づくだろう。そう思っていたが、そもそも気づいてもいなかったわけだ。

それほどに鈍感であれば、せっかくの恩も売り込みようがない。相手は、実力で勝ったとしか思っていないのだから、負けてやっても恩とは思われない。

「先ほど報告を受けましたよ。家屋四軒全焼、怪《け》我《が》人《にん》なし。被害はまあ……軽微で済みました」

「……あらそう？」

ジューラは余裕を装ってはいるが、驚きを隠しきれていない。

作り笑顔が強張《こわば》っている。

俺が知らないとでも思ったか？

馬鹿め。

「しかしまさか、僕の動揺を誘うために放火をしかけ、こういう場でそれを口に出してくるとはね……やれやれ」

「……私がやったと、いつ言ったのかしら？」

ジューラは声を抑えているわけではなかった。なにを考えているのか知らないが、こういう勝ち方こそが魔女家の誉れと思っているのだろうか。

この会話は、前のほうの観客には筒抜けだ。

「どのみち、被害の届け出を出すつもりもない」

どうせ握りつぶされ、犯人は特定されない。

「どうでもいいことです。放火だろうが失火だろうが」

「そう？　じゃあなにが言いたいのかしら？」

「あなたは、品性下劣にも程がある」

「なっ……！」

ジューラは恥辱で顔を赤くしながら、俺を睨《にら》んだ。

「こんなことをせずとも、僕は負けて差し上げるつもりだった。先ほどの勝負は、どうもお気づきでないようだから申し上げるが、わざと負けてさし上げたのだ。それに違和感もないとは、魔女とも思えぬ図抜けたお気楽ぶりだ」

「なにを減らず口をっ……！」

ジューラは顔を真赤にして怒っていた。

だが、俺の口は止まらない。

「わざわざ負けて差し上げても、恩を恩とも解さずに、人の家を燃やし、こういった手口で舌戦を仕掛けてくる。これでは、負けて差し上げる甲斐《かい》もありませんね」

俺はああいう衝突を避けたくて、二戦目でわかりやすく負けてやったのだ。

恩を売ってやれば、将来的に衝突は避けがたくとも、引き伸ばすことはできると。

だが、実際に放火で全焼してしまった今となっては、もう負けてやる義理はない。

百歩譲って、放火で工場を全焼させたのは構わない。

奴らの身になって考えてみれば、これは仕事なのだから。

間接的な嫌がらせが効果を発揮しないとなれば、直接的な行動に出ざるを得ないこともあるだろう。こちらが、向こうが発している分かりやすい警告を頭から無視しているのだから、それはそうなっても仕方ない。

ラクラマヌスは羊皮紙ギルドからリベートを受け取っているのだから、その権益を保護しなければならない。

ギュダンヴィエルの糞婆《くそばばあ》も「守ってやる」と言っていたが、金を貰《もら》う以上は、その相手を庇護《ひご》する責任も負わなくてはならない。その責任を厄介だからと投げ出してしまえば、別の魔女家に庇護を求めることになり、いずれラクラマヌスの家勢は衰えるだろう。

子の権益が脅かされたときは、たとえ恨んでいない相手でも、攻撃する。それは当たり前のことで、こいつらはそれを仕事にしているのだ。

だから、大切に育ててきた工場に火をかけられようと、俺は恨みつらみを言うつもりはなかった。俺にとっては卑劣に思えるが、ラクラマヌスにとっては家業なのだ。いまさら止めるわけにはいかないことだ。

だから、火をかけるのはいい。

俺が今、ここに座って動けないことを利用して、留守を狙うのもいい。

だが、なぜそれを口に出して動揺を誘う？

ホウ社を潰す〝ついで〟で、俺を貶《おとし》めようとする？

それは、強欲だ。

俺からホウ社を奪い、優勝の栄誉も奪い、泥に塗《まみ》れさせて高笑ってやろう。

そういった意図が透けて見える。

いいだろう。

「審判ッ、こんな侮辱には耐えられませんわ」

ジューラがそう言うと、時間計測係（なんと審判だった）は、

「ユーリ殿は口を閉じるように。そして、罰則として持ち時間をゼロとする」

などと、ふざけたことを抜かしてきた。

もうなんでもありだな。

よほど強力に買収されているのだろう。女王のほうをチラリと見ると、かなり眉をひそめた顔をしている。

きっと、これで職を失うことになっても生活に困らない程度の金は懐に入るのだろうな。

持ち時間がゼロの場合、約三十秒以内に指さなければ、失格となる。これは大変な不利だ。

あまりに面白かったため、思わず笑みが浮かんでしまった。

「フフッ……構いませんよ。しかし、いいのですか？」

「なにがッ」

俺はトントン、と人差し指で盤の隅を叩いた。

「同じ負けるにしても、このような低俗な小細工を弄し、不利までも課して、その上で負けるので

は……立場がないのでは？」

負ける気がしなかった。

◇　◇　◇

俺はもう盤面も見ずに、ひじ掛けに頬杖《ほおづえ》をついて、ジューラの顔を無表情に眺めていた。

こうしてみれば、ジューラは歳相応の顔をして、泣きそうになりながら盤とにらめっこしている。

だが、もう道はない。そもそもの腕前が二枚も三枚も劣るのだ。

皆が口を揃《そろ》えて言っていたとおり、これなら準決勝の相手のほうが余程強かった。

彼女と十番勝負をすれば、こいつは運が良くて一本取れればいいほうだろう。同じ寮に住んでいる相手だ。寮内では何度も対局をしているはずだ。

その相手に勝って、さらに一局目で腕の差を見せつけた俺に対して、何故あの二局目を自力で勝てたと思ったのだろう。

そして、俺の動揺を誘えば、三局目は余裕を持って勝てる、となぜ思えたのだろう。

物事を好都合なほうに考えてしまう性格なのか、予《あらかじ》めの計画を修正することを考えつかなかったのか……。

寮内ではろくに対局をしていないとか、血筋を考えて手加減をされていたということも考えられる。

分からないな。

それにしても、本当に詰めろがかかり、必死になるまで続けるつもりだろうか。

盤をひっくり返して俺にぶつけ、一矢報いるとか。

それもありえなくはない。

ガキみたいな行動だが、俺がモロに盤と駒を浴びせられ、椅子から転がり落ちでもすれば、相当みっともないことになる。

この最悪の状態からの巻き返しとしては悪くはない。俺の無礼への報復ということで多少の言い訳もつく。

一応、警戒しておくか。

「参り……ました……」

ジューラは、下唇をかみながら、目に涙をため、悔しそうに盤の上に手をおいた。


終わった。


終わった瞬間に、立ち見席のほうから爆発が起こったように歓声が上がった。

騎士院の連中が、文字通り飛び跳ねながら嬉しがっている。

歓声のなか、それからの手続きが分からず座っていると、キャロルが貴賓席から立ち上がり、こっちへ向かってきた。

キャロルは黒に近い藍色のドレスを着ていた。頭には、琥珀《こはく》と銀で出来た繊細な髪留めをつけている。

髪飾りで装った金髪が、ドレスの暗い色合いによく映えていた。

靴もヒールのついた靴を履いていたので、立ち上がるとなにやら普段とは別人のように見えた。

「まったく、お前はふつうにやれんのか」

中身は変わらないらしい。

「厄介が向こうから押し寄せてくるんだ。しようがない」

「それは、お前がひねくれものだからだ」

「……そうかな」

急に自信がなくなった。

そうかもしれん。

キャロルの言うとおりなのかも。

良く分からんが、これから酷《ひど》く厄介なことになりそうだし。

「……だが、よくやった。見事である」

キャロルは不敵に笑いながら、軽く手を差し出してきた。

今度は肩を叩くつもりではないだろう。

「そうかい」

すっと立ち上がると、手をとりながら跪き、俺はそっと口づけをした。

◇　◇　◇

すぐに会場を抜け、服を制服に着替えさせてもらうと、俺はそのまま走り去るように王城から出た。

そう急いでいるわけではないが、できるだけ早く水車小屋のほうに向かいたかった。

「ユーリくん」

王城の門の外に、ミャロがいた。

カケドリの手綱を握っている。別邸から調達してきたのか、カケドリにはホウ家の鞍《くら》がかけてあった。

「申し訳ございませんでした」

ミャロは頭を深く下げた。

「なにを謝る」

「ボクの考えが足りませんでした。ボクがユーリくんを大会にひっぱり出したせいで、大切な建物が放火されてしまい……」

「ミャロ」

俺は強い口調で言った。

「あれをお前のせいと思うほど、俺は落ちぶれちゃいないぞ」

どのみちいつかやられていたことだ。

強いて言えば俺のせいであって、社が荒稼ぎをした代償とも言える。

ミャロのせいではない。

「……それだけじゃありません。控室まで乗り込んで、あんな見当違いの文句を言うなんて。言い訳のしようもありません」

ミャロは、ずっと頭を下げたままだ。

「顔を上げろよ」

「……はい」

頭を上げて、顔が見えた。

親の説教を待つ子供のように、情けなさそうに歪んだ顔は、いつもの人を見透かした笑顔ではない。

そこには歳相応の幼さがあった。

主人に見捨てられるのを恐れる子犬のようだ。

カケドリを用意しているということは、これも償いのつもりなのだろう。

まだ決勝が終わって二十分も経《た》っていない。決勝が終わってからカケドリを調達したのでは間に合わない。ということは、ミャロは序盤にやりとりを聞き、火災を知るとすぐ会場を離れ、別邸まで行き、どうにかして事情を話し、トリを調達してきた。ということになる。

いわば気を利かせたわけだが、その気遣いが俺には哀れにすら感じられた。

十六歳のすることか。

「馬鹿だな」

俺は、ミャロに近づくと、その体をぎゅっと抱きしめた。

ミャロのか細い体は、同じ年齢でも細く、すっぽりと俺の胸のうちに収まった。

「あ、あの……」

「そんなに気負うな。俺はお前がどんな失敗をしても、嫌ったりしない」

「……はい」

腕の中で、安心したようにミャロの体が弛緩《しかん》した。

「あの、こ、この際だから言ってしまいますけど……ボ、ボク、実は女なんです」

なんか言ってきた。

「男と思っていてこんなことをするか。気持ち悪いだろ」

「そ、そうですよね……で、でも、離してください……」

俺はミャロを離した。

「こ、こんなことをされると……勘違いしてしまいます」

ミャロは頬を赤らめていた。

慰めたつもりだったのに、なんか変な方向に……。

「ゆ、ユーリくん、お急ぎなんでしょう？　ほら、早く行ってください。ボクのことはいいですから」

「そうか。そうだな」

俺は膝を上げて鐙《あぶみ》を踏みつけると、ひらりと鞍に跨《またが》った。

やはり騎士院の制服は動きやすい。

「どうぞ」

ミャロから手綱を受け渡されると、

「じゃあな。カケドリ、助かった」

そう言って俺は鳥を走らせた。

◇◇◇

水車小屋周辺の社屋は、見事なまでに燃え落ちていた。

川に浸っている水車だけは原形をとどめているが、それ以外は屋根もドアも、木造の部分は全て燃え落ちている。

むろん、放火されたといっても、川のほとりで人も張り込んでいたのだから、すぐに消火にあたれば、こんなに燃えるわけがない。

あえて消火をしないよう言い含めておいたのだ。

それは、ラクラマヌスも羊皮紙ギルドも、対外にアピールできる成果が必要だからだ。それを与えてやれば、与えてやらぬよりも、溜飲《りゅういん》の下がり方が違ってくる。

ここはもう俺たちには必要ない場所だった。

「かかったか」

「ああ」

到着するなり尋ねると、カフが短く答えた。

もう日が暮れた後だというのに、カフをはじめ、二十名以上の人間が、燃え落ちた社屋の跡地にいる。

なにか思い入れがあるのか、赤い熾《おこ》り火を発している燃え落ちた工場を見ながら涙している者もいる。

廃墟《はいきょ》の真ん中で盛大に焚《た》き火が燃えさかってい

るため、あたりは明るく照らし出されていた。

焚き火のそばには、一人だけ様子がおかしい者がいる。猿轡《さるぐつわ》をかまされ、後ろ手に縄で縛られている。

そいつが、俺の前まで引きずられてきた。

半死半生になるまでボッコボコにされたらしく、元の顔が分からなくなるほど顔が腫れていた。

こいつが放火犯の一人らしい。

とはいえ、様子がおかしいのは、外傷のせいだけではない。

黒装束に黒頭巾で、まるで忍者みたいな服を着ていた。

顔がアレになっているせいで良く分からないが、おっさんの年齢に見える。

「ふーん、かかるもんだな……猿轡を外してやれ」

「自害するぞ」

死ぬのか。

「そうか。じゃあやめとこう」

舌を噛《か》み切られちゃかなわん。

「死のうとしたのか？」

「短刀を腹に突き立てようとしたからな、その前に木の棒でボコボコにして猿轡を噛ませた」

カフの声には、隠し切れない怒りが滲《にじ》んでいた。

やはり放火について思う所があるのだろう。

「気合入ってるな」

敵も味方も。

「寝たままじゃなんだ。座らせてやれ」

男は、社員の一人に無理やりに上体を起こされ、地面に座らせられた。

足には縄を打たれていないので、座ることも歩くこともできる。が、この状況では逃げようもないだろう。

男は、おとなしく胡座《あぐら》をかいて座った。

「ま、とりあえず尋問を始めるか」

俺は男の前でしゃがみこんだ。

「お前、近衛《このえ》第二軍の者か？　頷くか首を横に振れ」

「……」

　男はこちらを睨んだまま、どちらにも首を振らなかった。

「じゃあ、ラクラマヌスの私兵か?」

　そう問いかけても、やっぱりなにも反応を示さない。

「まあいいさ。いやな、こんな罠《わな》に引っかかるやつは、どちらの者なのか、気になってな」

　こいつが引っかかった罠は、単純な人捕りトラップだ。

　工場の近くにある木の、太い枝を十分にしならせ、ロープで地面に繋《つな》いでおく。

　繋いだ先の部分を輪っかにし、遊んでいる輪っかを留め具にかぶせる。

　曲者《くせもの》が留め具を蹴っ飛ばすと、しなった枝が戻る力で、輪っかになったロープが浮き上がり、首《くび》吊《つ》りの要領で足が縛り上げられ、人間を一本釣りにする。

　どうせ攻めてくるのは夜だからと思い、面白半分に作らせておいた罠に、こいつはまんまと引っかかった。自害しようとしたが、よってたかって棒で打ち据えられ、すぐに猿轡を噛まされたので死にきれなかったのだろう。

　分類でいえば特殊工作員というようなジャンルになるのだろうが、こんな素人が作った罠にかかるようでは、あまり練度が高いとは言えない。

「んー……」

　しかし、どうするかな。

　別に、吐かせたいことって、ないんだよな。

　殺すか。

　殺して埋めれば、向こうを混乱させられるかもしれない。

　捕虜になったはずの人間が行方不明になるというのは、意外と処置に困るものだ。

　吐いたのか、殺されたのか、裏切ったのか、向こうからしたら分からないわけで、どうなったのか不安になる。

　それとも、解放すれば、魔女家に対して貸しの一つになるか。

　それはないような気がする。

　うーん……。

「猿轡を外せ」

　迷った末、俺は言った。

「いいのか」

　カフは訝しそうに眉をひそめている。

「拷問をするのも面白いが、聞き出すネタがない。近衛第二軍の軍人か、それとも私兵か、なんてのはどうでもいいことだしな。雇い主は明白だし」

「それもそうか」

　納得してくれたようだ。

「猿轡を外す前に言っておくが、俺は死体を晒してやったりしないからな。舌を噛んで死ぬのはいいが、そのあとは裸にして森の中に埋める。そうしたら、お前は行方不明の裏切り者として処理される。俺にとっちゃ、それが一番得をするんだ。悪く思うなよ」

　つまりは、どうせ吐かせることはないんだから、自殺しようが構わないってことだ。

　わざわざ手を下さなくとも、自分から死んでくれるのだから、そちらのほうが労が減っていいくらいだ。

「よし、猿轡を」

　外せ、と言おうとしたところで、俺は言うのをやめた。

　宙吊《ちゅうづ》りにされたとき、こいつはなんで自殺しようとした？

　こいつからしてみれば、行方不明という形で殺されるより、仲間に死を確認してもらったほうが、色々と都合がよいのは明らかだ。

　どういう組織なのかは知らんが、あいつは実は生きていて逃げた。とか、裏切った。とかいう可能性を考えなくてよくなる。

　それだったら、仲間のほうも、どちらのほうに転んだか、確かめたくなるのが心情じゃないのか？

「ちょっとまて、やっぱり、焼けた水車小屋の中でやろう」

「なんでだ？」

「遠くに誰か潜んで、こちらを見ているかも知れない」

今夜は月光が明るく、割と遠くまで見渡せるが、草むらに伏せられれば、こちらからは見えない。

焼けた水車小屋は、中は煤《すす》だらけで天井も落ちているが、日干しレンガの壁が残っているので間《かん》諜《ちょう》の目からは隔てることができる。

「運べ」

社員に引きずられて、曲者は工場の中に入れられた。

重油の樽《たる》に松明《たいまつ》の先を突っ込んで火を付けた明かりも運ばれてくる。

火持ちが良くて便利なんだが、けっこう派手に黒い煙が出るのが難点なんだよな……。

「入り口に人垣を作れ」

入り口のドアは焼け落ちているので、ここが開いていたら丸見えである。

「よし、猿轡をはずせ」

人垣ができたのを確認してから合図をすると、猿轡が外された。

「……」

こちらを睨んではいるが、舌を噛む様子はない。

なぜか？

こいつの中では、死ぬにしても死体を仲間に対して明かす必要があり、それが為《な》されない可能性のある状況では、自害を選択できないのだろう。

「ふうん、死なないか……なるほどな」

自害には、二種類の動機が考えられる。

一つは、自害をしなければ酷い余生が待っているので、自ら生を断ち切るというケース。

これは、一般的な自殺、つまり人生を悲観しての自殺が含まれる。

たとえばクラ人に捕まったので死ぬ。

一生を奴隷、女の場合は性奴隷として生活しなければいけない。それを苦にして自ら死ぬ。

または、人の形をとどめないような拷問をする連中、たとえば魔女家などに捕まった場合、どのみち将来には苦痛しか待っていないので、自ら命を断つ。

　こいつがよほどの馬鹿だとしても、俺達《たち》がそういう類の鬼畜だとは思わないだろうから、これは当てはまらない。

　もう一つは、生きることで大切なものが損じられるのを恐れるケースだ。

　家族に保険金を残すために自殺するなどというケースも、これに当てはまるだろう。

　あるいは、拷問にかけられることで、情報を吐き、そのせいで仲間や仕える者を裏切るのを恐れて死ぬ。

　だが、それであれば、こいつは猿轡を解いた瞬間に舌を噛んでいたはずだ。

　ということは、ためらっているのには別の理由がある。

　裏切りが味方に知れたら、自分の守りたいものが味方に損じられるという場合だ。

　だから、俺に「死んだらお前が裏切ったように工作する」と予防線を張られ、死をためらっている。

「さあて、どうするかな。お前が裏切ったことになると、かーちゃんが死ぬのか、その齢《よわい》だとガキでも殺されんのか？」

　俺がそう言うと、こいつはちょっと驚いたような顔をした。

　案外、顔に出るタイプだな。

「連中の好みそうなやり口だな」

　さて……どうしたもんか。

　このまま逃してもいいが、それだと示しがつかないな。

　カフなんかだいぶ怒ってるし。

「よし、お前を逃してやろう。その変わり、お前には魔女家が握っている人質を連れて戻ってきてもらう」

「……なんだと？」

　喋《しゃべ》った。

殴られて口の中が腫れているせいか、聞き取りにくい声だが、確かに喋った。

「生きるも地獄、死ぬも地獄。お前は裏切り者として、家族を守りながら逃げ続けるんだ」

「………」

「おい、ユーリ」

カフは納得行かないようだった。

「こいつを戻したら、そのまんま元の鞘《さや》に収まるだけだろうが」

「分かってるさ。だから、こいつが戻らなかったら向こうに噂《うわさ》を流す。ホウ社は裏切り者を手に入れた。情報は筒抜けだ、ってな」

「………」

おっさんの顔色がこわばった。

「ボッコボコにされたツラで戻って、何もありません逃されました。で向こうも信じると思うか？　それに加えてそんな噂まで流れれば、こいつは買収された密偵で確定だよ。とてもじゃないが生きちゃいられない」

そう言っても、カフは難しい顔をしていた。

「だが、なんでそんな周りくどいことを」

「別に、コイツを殺したところで、うさが晴れるだけだろ」

「……まあ、そうだが」

「コイツが過去にどんだけの悪事を働いてきたかは知らんがな、悪事を働いたら働いただけ知らないほうがいいことを知ってしまっている。それだけ追手も多くなるんだ。こいつにとっちゃ、この場で殺されて、そこらの木にでも晒されたほうがよっぽど楽なはずさ。少なくとも、裏切り者扱いはされなくて済むわけだからな」

「……お前がそう言うなら、俺も嫌とは言わんがな」

よし。

「おい、お前。行っていいぞ。早く立て」

俺は蹴っ飛ばして立たせると、おっさんは後ろ手に縄で縛られながら、逃げていった。

「それで、地下倉庫は無事なんだろうな？」

「たぶんな」

「たぶん？　確かめていないのか？」

　カフにしちゃ珍しい手抜かりだ。

　地下倉庫には、漉桁《すきげた》を始め、分留装置、おおまかに分留された石油の樽、いろいろなものが収められている。

　扉は土をかぶせた上に水を撒《ま》いた防火仕様で、穴も深く作られているから、よほど地上が勢い良く燃えても、中は大丈夫なはずだった。

　地下倉庫に退避させた設備さえあれば、こんな水車小屋や掘っ立て小屋などなくとも、別の場所で素早く運営を再開できる。

「燃えた家が落ちて自然な感じになっているからな。瓦礫《がれき》をどかして開くと、扉があるのが一目瞭然になっちまう」

　ああ、そういうことか。

「できれば今日中に、馬車で本社まで運びたいんだが」

　俺がそう言うと、カフは首を傾《かし》げた。

「地下倉庫はバレないだろう。放っておいてもいいんじゃないか」

「流れで必要以上に連中のメンツを潰しちまった。念入りに報復をしてくるかも知れん」

　それは十分にありえる。

　地下倉庫はバレないといっても、じっくりと探せば扉を見つけるのは難しくない。防火扉には鍵もついているが、斧《おの》で叩き壊せば普通に入れる。

　連中がそこまでしないとは言い切れない。

「ああ……そういえば、勝ったのか？」

「勝ったよ。向こうさんが席上でアホな挑発をしてきたもんだからな。せっかく花を持たせてやろうとしたのに」

　ほんとに、なんでこんなことになったんだろう。

負けてやれば向こうの溜飲も下がり、あと二ヶ月くらいは大丈夫かなと思っていたのに。

「そうか……それなら、念を入れたほうがいいかもな」

「一応な。万一にもあれがなくなったら、再稼働がだいぶ遅れる」

「じゃあ、一度市街に戻って馬車を調達するか」

やはり頼むツテはあるらしい。

「カケドリの二人乗りならすぐだ。俺の後ろに乗れよ」

まだ夜もふけきっていない。ついでに酒でも買って、酒盛りに持ってきてやればいいだろう。

「その前に、一つだけ言っておかなきゃならん」

「なんだ?」

「お前、甘いぞ。つけ込まれないように気をつけろ」

厳しい叱責だった。

ああ、やっぱりコロッと騙《だま》されはしなかったか。

俺とて分かっている。

あの男は、殺して埋めるのが正解だ。

生きるも地獄、死ぬも地獄、とかなんとか言ったが、奴には、このままラクラマヌスの屋敷の玄関先へいって、切腹でもなんでもして命を断つという選択肢がある。

そうすれば、潔白は証明できるだろう。

その場合、殺して埋めることで相手に与える心理的効果は、望めなくなる。

たとえ、あいつが首尾よく人質を連れてきて、その後流浪の旅に出たとしても、俺に得るものはなにもない。

だが、殺しておけば、確実に一つ、俺に有利となる効果が期待できる。

俺は、人質が取られていると思い、情が出たのだ。

「分かっているさ」

そう口にしても、実感は伴わなかった。

本当に分かるときが、はたして来るのだろうか。

第二章　商売

I

星屑《ほしくず》に乗って上空まで来ると、既に工事が始まっているのが見えた。

ここは、貿易屋のハロルが出港した大西洋の街スオミから、川沿いに山にさかのぼっていったところにある、大きな湖のほとりである。

ここに新たな拠点を構えたのには、様々な理由がある。

森林地帯であり、製紙に必要な木材がいくらでも取れるから。

少し遠いところに石灰が取れる山があるから。

大きな湖があるおかげで、川の水が途絶える心配がなく、水車を常に使えるから。

いろいろと要素はあるが、最も大きな理由は、ここがホウ家本家の飛び領地だからである。

ホウ家の領地は半島の南部一帯に広がっていて、それを全てホウ家の領地と言うのは間違いではないのだが、その大部分は傘下の騎士家に封土として与えている。

与えているといっても、その家が領を私有することを認めているわけではなく、統治を任せているという扱いなので、明らかにヘマをしたとか領民を虐げたとか、そういった正当な理由があれば没収をしたりすることもある。

だが、そういった落ち度がなければ基本的に統治には口を出さない約束になっている。要するに、あまり口うるさいと煙たがられるわけだ。

そういうわけで一から十までホウ家が直接仕切っている土地は、全体の一部、カラクモ周辺の地域でしかない。

が、ここは例外的に、飛び領地としてホウ家が直接管理している。

やっぱり、直接に管理している土地でないと、現在統治を委任している騎士家を立てながら仕事をする必要があるので、つきあいが色々と面倒なのである。

星屑が近くの空き地に降り立つ。

工場建設予定地では、王都で買ってきた大工道具を使って、社員一同が汗を流して働いていた。

その近くには、カラクモの屋敷から借りてきた軍用天幕が張ってあり、臨時の宿舎となっていた。

安全帯を外し、星屑から飛び降りると、カフがのんびりと歩いてくる。

「よう、やっと着いたか」

「どうだ、進み具合は」

星屑の手綱を引きながら言った。

「予定よりはかどっている。やはり木材に困らないのはいい」

ここらの漁村では、湖で漁をするかたわら、林業もしている。

この国では森はどこにでもあるが、かつ水運の便が良いというところはなかなか少ない。

木は伐採してすぐ建材に使うことはできず、干して水分を抜かなければならないので、建築木材のストックが十分にあったのは助かる。

なんといっても、木造建築は造るのが楽でいい。

「前職が大工だった奴《やつ》が何人かいてな。まあ、当分は大工仕事をしてもらうことになるだろう」

「そいつらは、暇になったら荷馬車でも作ってもらうか」

そろそろ紙に限らず多方面に展開を広げる時期だろう。

結局のところ、紙の一大消費地は王都だから輸送する必要があるしな。

「荷馬車を？」

「そろそろ、紙以外にも商売を拡張したくてな。馬車は一部鉄で作って、板バネで懸架する。乗り心地も数段良くなるはずだ」

今の馬車は荷台に車輪を直付《じかづ》けしているため、振動が直にくる。

サスペンションを介してやれば、振動はかなり軽減されるはずだ。

サスペンションは油圧シリンダや鉄の板バネを使ったものじゃなくても、丈夫な木材を重ねて板バネを作り、その上に載せたものでもよい。

何トンもの荷物を運ぶわけではないのだから、それで十分だ。

社内の需要をまかないつつ研究して、いいものができれば、それ単体で商人連中に売ってもいいだろう。

「よくわからんが、また新しいことを考えついたのか」

「会長は考えるのが仕事だからな」

「それもどうなのかと思うが……」カフは呆《あき》れたような顔をしていた。「とりあえず、大工方に説明しないといけないぞ。といっても、建物を建て終わってからだから、着手するのはずっと後になると思うがな」

「暇を見てやっておくよ」

「わかった、じゃあ、連中には紙漉《す》きの練習はやらせないでおく」

均一な紙を作るためには、最低限二週間かそこらの練習期間が必要だ。

カフは、大工の仕事が一段落したら、そちらのほうの練習にも入ってもらうつもりだったのだろう。

「それでいい。人も、金が許す限りどんどん雇えよ。ここには魔女どもはいないんだ。思う存分やって誰に咎《とが》められるわけでもない」

◇　◇　◇

その後、汗をかきながら槌《つち》やカンナをふるう従業員を見回っていると、川下のほうから、なかなかの勢いで迫ってくる影があった。

カケドリだ。

俺は年がら年中乗っているが、カケドリに乗る人間というのは、実はそう多くない。

カケドリに乗るのは騎士家の人間と、あとは王城に仕えている、王命を届ける急使の役人くらいだ。

　あとは、以前のルークのようなカケドリを生産している牧場の人間だが、こっちは大抵山奥や田舎でやっているので、更に人目につくことが少ない。

　カケドリは、俺の目の前で止まった。止まるとき、カケドリがタタラを踏んで爪が土を削った。

　思わず眉をひそめる。

　轢《ひ》かれるコースではないので失礼というわけでもないが、トリを粗雑に扱っている。

　こういった急停止をすると、カケドリは足を壊してしまうことがある。カケドリの足はヒズメになっているわけではないから、急停止の場合、ツメを地面に突き立てて止まることになる。ただでさえ足を酷使する動物なのだから、そういった負担をかければ悪い影響が出るに決まっている。

　まあ、自分のトリをどうしようが、その人の勝手といえば勝手だが。

　騎上の人物は、乱れたカケドリを落ち着かせると、鞍《くら》から飛び降りた。

　そして、突然に土の上にひざまずいた。

　俺に向かってだ。

「ハァ、ハァ……た、ただいま参上しました。遅れまして申し訳ございません」

　？？？

　なんだこいつ。

　俺はこいつの上司になった覚えはないのに、なぜ俺に最敬礼をしてくるのだ。

「もしかして、ジャノ・エクさんですか」

　俺は恐る恐る尋ねた。

「ハッ、その通りです。ユーリ様」

　ユーリ様??

　俺はお前にユーリ様と呼ばれる筋合いはないのだが……。

「頭を上げてください。僕はここに父上の息子としているわけではありませんから……」

「そ、それでは失礼して……」

　ジャノ・エクは恐縮した様子で頭を上げた。

なんか思っていたのとタイプが違うな。

ジャノ・エクは、以前ホウ家の継嗣会議のときに俺にハメられ、会議の場で刃傷《にんじょう》沙汰に及んだラクーヌ・エクの甥《おい》だ。

エク家は結局あの後、当たり前だが改易というか取り潰しになった。

ここは、あのエク家の封土であった土地なのである。


エク家は、藩爵というご立派な爵位を与えられており、その封土は広大であった。

具体的に言うと、この大きな湖の周辺一帯から、川を下って大西洋に続く河口のスオミまで、およそその流域の周辺全てが領地だった。

だが、取り潰しに際して、当然だがその封土は全て没収された。

没収というと聞こえが悪いが、言ってみれば契約違反によって臣従契約が切れたので、元からホウ家の土地であったものを返してもらった。ということだ。

だが、元より借りたものであっても、百年も二百年も借りたままであれば、返却を強制されれば奪われたと感じるのは当然の心理なので、感覚的に言えば没収というのが正しいかもしれない。

その辺の処置は、当時はルークが当主に任命された直後であったため、ほとんど全てサツキがやったらしい。


ラクーヌは、あの後地下牢《ちかろう》に入れられると、しかる後に一本の短刀を与えられた。

そして、それを腹に突き立てて自害した。

そこからがエク家の凄《すご》いところで、ラクーヌの父親にあたる引退した前家長は、スオミでその報を聞くと、ラクーヌの嫁と息子と一緒に、一家揃《そろ》って自刎《じふん》してしまった。自刎というのは、刃物で自らの首を切って死ぬことだ。

ただ、その一家心中は、エク家の受けた屈辱に耐え切れず……とかではなく、ホウ家へ許しを請うためにやったことであったらしい。その意図は、残った遺書というか直訴状のようなものにハッキリと書いてあった。

それを聞いたサツキは、筋金入りのキ◯ガイ一家や……と思ったのかは知らんが、エク家に対し寛大な措置を取った。

屈辱に耐え切れず……ということであれば「あっそ」で済むが、仮にも名家中の名家と言われている家が一家心中をしてまで許しを請うたわけだから、多少の手心を加えてやらないわけにはいかなかったのだ。

というわけで、サツキはラクーヌの妹夫婦の息子を暫定的に領の代官に据えてやった。

それがこいつ、ジャノ・エクである。

つまりは、何代か真面目に頑張れば、エク家を復興できるかもしれない可能性を残したわけだ。

とはいえ、代官は代官なので、アパートの管理人みたいなもんで、土地を持ってるわけでもなければ騎士団に籍があるわけでもない。経緯と血筋の尊さから、他の人々からは下にも置かない扱いを受けているはずだが、正確に言えば貴族ですらない。

初めて見るジャノ・エクは、騎士にしてはヒョロっとした男だった。

四十に届こうかという年齢のはずだが、シャン人特有の天然若作り体質により三十くらいにしか見えない。

「こちらから伺わなければいけない立場でしたのに、申し訳ありません」

「そんな！　ユーリ様をお迎えするのは当然でございますから」

うーん。

まあ身分のことを考えれば、この反応は人によっては当然と感じられるものなのかも知れないが、難しいな。

公人としての立場と、私人としての立場というか。

向こうからしてみれば、俺の人となりを知らないわけだし、俺が公私を分けて考えないタイプだったら大変なことになるわけで、この反応は正しい。

それに、こいつは首都とは離れた土地に暮らしているわけだから、ホウ社のことなどまったく知らないだろう。

もちろん、ホー紙なんて存在すら知らないはずだ。

「これからご面倒をお掛けすることになるとは思いますが……」

「滅相もございません。ユーリ様のお世話をさせていただくのは、むしろ幸いでございますから。何かご用命がありましたら遠慮なく、お申し付けください」

お前はどこぞのホテルのホテルマンかと言いたくなる。

「はい。それでは、なにかあったら、遠慮なくご相談に伺わせていただきます」

「もちろんでございます」

まあ、こういうタイプが代官であれば、むしろやりやすいか。少なくとも、社の行動を阻害するような真似《まね》はしそうにない。

欲を言えば、もう少しざっくばらんな性格のほうがよかったけど……。

◇　◇　◇

それから、ジャノ・エクのたっての願いで、川を下って海辺の街、スオミにまで赴くことになった。

現在代官所とされているのは、エク家の邸宅である。

エク家は私有財産を没収されたわけではないので、この邸宅はエク家の財産の一つだ。

言ってみれば、領主でもない私人の邸宅を代官所として使っていることになり、俺の感覚では公私混同というか、少し気持ちが悪い感じがするが、この国ではその辺りはあまり厳しく分けて考えないようだ。なんせ貴族制の社会だからな。

「まあ、そういうわけで、王都の生産拠点が放火に遭いましてね」

　などと、営業が雑談をするように、俺はエク家の応接間で適当な話をしていた。

「ほう、災難でございましたねえ」

　相槌《あいづち》を打ってくる。

「いえいえ、どちらにしても、いつかはこちらに移転するつもりでしたから。なにせ、王都は商売がし辛《づら》いところで」

　王都で商売を続けるのは変わらないが、生産拠点を移せば魔女家に見せる弱みが圧倒的に少なくなる。

　王都での生産はいつかは頭打ちになるのは明らかだったので、この話は本当だった。

「なるほど。そういう事情があるのですか。ユーリ様はお若いのに本当に優秀でおられる。これでホウ家も安泰ですね」

　こんな国際情勢で安泰もクソもあるかと言いたくなるが、俺は言わなかった。

　こういうトークではお互いにトゲが刺さらない話をするのが肝心だ。

　それにしても、やたらとヨイショしてくるな。

「いえいえ、僕などはまだまだ未熟者で。社を通じてお家《いえ》に貢献できれば良いのですが」

「いやいや、立派なものです。このジャノ・エク、感じ入りました」

　そつのねえ野郎だな。

「……それにしても、エク家のお屋敷は立派なものですねえ」

　俺は話すことがなくなったので、家を褒めはじめた。

　実際、立派な家なんだが。

「いえいえ、ホウのお屋敷などと比べれば、まこと粗末なもので……」

　というような中身のない会話をしていると、応接間のドアがノックされた。

「入れ」

ジャノが言うと、メイドさんがドアを開けて入ってくる。

「失礼いたします。お茶の準備が整いました」

しずしずと入ってきたメイドさんが、カチャカチャと茶器を整えてゆく。

騎士家風の作法であった。

騎士家風では、カップに茶が入れられて出てくるのではなく、給仕が目の前でポットからお茶を注ぐ。その上で、客のほうから先にカップを選んで良いことになっている。

これは毒殺を予防するための礼法である。王都の喫茶店などではまず見られない。

「ユーリ様は、酒のほうがよろしかったでしょうか」

ジャノが言った。

シャン人は酒飲みなので、たしなむ程度の酒は昼間から飲む慣習がある。

「いえ、これからやることがあるので」

「少しくらいなら構わないのでは？」

「いえ、まだ未熟者なので、酒を飲めば破廉恥な真似をしでかさぬとも限りません」

という言い訳である。

未成年での飲酒は脳の発達の妨げになる（かもしれない）からだ。

シャン人の人生は長いので、二十代でぱっぱらぱぁになるのは、できるなら避けたいところだ。

「さすがでございますね。素晴らしい心がけです」

はいはい。

その間にも、メイドさんは茶の準備をしていた。

メイドさんはかなり若く、緊張しているのかあまり良くない手際だった。ポットを持つ手が震えていて、震えるポットがティーカップに当たり、チャチャチャチャ……と音が鳴っている。

「あっ」

案の定、盆を引き上げようとしたときに、カップの端にあたって倒した。

俺のほうにドバっと流れてきた湯を、とっさに避ける。

足にはかからなかったが、上着が少し濡《ぬ》れた。

「わっ、すいません！　申し訳ありません！」

メイドさんは、何故《なぜ》か俺ではなくジャノに向かってペコペコと頭を下げだした。

「なにをやっておる！」

ゴッ、という音がした。

わお。

びっくりした。ジャノ・エクは、メイドさんの頭をグーで殴ったのだ。

あまりに突然のことで、止める隙もなかった。

「うっ……すみません……」

メイドさんは殴られた痛みで崩れ落ち、腰を床につけてしまっている。

おいおい、頭っからグツグツ煮えた熱湯をぶっかけられて大火傷《おおやけど》ってなら別だけど、避けたんだから別にいいのに。

「貴様ぁ……何をしでかしたか分かっておるのか！」

ジャノ・エクは、更にメイドさんの細腕をぐっと摑《つか》んだ。

「痛っ、痛いですっ」

メイドさんは激しく取り乱している。

ちょっと。

ちょいちょいちょい、ストップ。

このメイドさん十五歳かそこらなんだから、鍛えた騎士がそんなガッて握ったら腕が折れちゃうよ。

「やめなさい」

俺は命令口調で言った。

「あっ……見苦しいところをお見せしまして……」

ジャノは、怒りに我を忘れたような顔から、一瞬で気を取り直したのか、すっかり応接用の顔に戻った。

メイドさんの腕も離した。

なんやこいつ。温和な顔しといて、唐突に豹変《ひょうへん》しおった。

キレやすいのは家系か……？

「もういい、下がりなさい」

　俺はこの家の主人でもないのに、メイドさんに命令した。

「はっ、はい……失礼いたしました」

　メイドさんは逃げるように部屋を立ち去り、俺に向かってぺこりと一礼すると、ドアを閉めた。

「大変失礼を……あの娘にはよく言っておきますので」

　そういう問題じゃねーだろ。

「そういう問題ではない。この地の領民は、我がホウ家の持ち物です。みだりに殴ったり腕を折ったりして傷つけるのは、いかがなものかと思いますよ」

　そもそも女性をためらいなく殴りつけた時点でかなりアレと思うが、それは躾《しつけ》や教育の一環として、残念ながらこの国ではどこでもやられていることだ。

　カフあたりはやらないが、そこらの商店では、小間使いのガキの頭を事あるごとにポンポン殴っている親方などはよく見かける。

　だから一方的に悪いとは言わない。

　だが、あれはやり過ぎだ。

　他人の領地の人間であれば、俺も口を出す筋合いのことではないが、ここは現状はホウ家の直轄領であって、領民もこいつの持ち物ではない。

　こいつ何か考え違いでもしてんじゃねーかと思う。

「はっ……その通りでございます。このジャノ・エク、以後肝に銘じておきます」

　どうせ、まったくわかってねーんだろうな、こいつ。

　こいつの代では領主に戻るということはありえないからいいが。

　要注意だな。

◇　◇　◇

俺は宿泊を勧めてくるエク家の屋敷から、早々に退散した。

少しスオミの街を見物してから、宿で一泊して帰るか。などと考えながら、港へ向かう。

港では人々が盛んに動いていた。

この港は、ハロルがアイルランドとの交易の拠点に使っているが、元より山の背側の諸都市との交易でそこそこ栄えており、造船なども盛んだ。

初期型の天測航法は、ついこの間やっと形になった。中型の精密時計が完成し、存分に費用はかかったが、とりあえずは仕組みを整えることができた。

天測航法があれば、広い大海原を自由に航行することができるようになる。

少なくとも、行った場所にもう一度行くことは、そう難しいことではなくなる。

天測航法をどう活かして事業を作るか考えながら、海を眺めつつ岸べりの石積みの堤防を歩いていると、一人の浮浪者が堤防に座って、夕日の差し込む海を見ていた。

顔中がひげぼーぼーで、整えられていない蓬髪《ほうはつ》は、海風にやられてボサボサになっている。泥だらけの上着が、髪と一緒にたなびいていた。

漫画とかだと、こういうのが意外と天才軍師だったり、有名な哲学者だったりするんだよな。主人公の師匠になる武芸者だったり……。

なんか懐かしいな。

そう思いながら、通り過ぎようとしたところ、浮浪者が歌うように何かのフレーズを口ずさんでいるのが聞こえた。

「……主はおっしゃった。海にあるものは海に、山にあるものは山に還《かえ》せ。陰府《よみ》への道をまよひたくなくば、そのものが産まれたところより去れ。さもなくば、道に迷うことになろう。と……」

なんと、テロル語でイイスス教の聖典の一節をブツブツと暗唱していた。

俺はギョっとして、クラ人か？　と疑い、耳を確認すると、ぼっさぼさに伸びた蓬髪で隠れてしまっていた。

　俺は後ろ腰に差していた短刀を握った。いくらなんでも怪しすぎる。

「おい、お前、何者だ」

　テロル語で声をかけた。

　のっそりと振り返った男の顔は、日に焼けて赤くなっていた。

　風呂にも入らず顔も洗っていないようで、日焼けで崩れた皮膚がそのまま垢《あか》としてこびりついたような、酷《ひど》い容貌をしていた。

「あんだ？」

　虚《うつ》ろな目で答えた男は、なんとなく見覚えのある顔をしていた。

「……おまえ、まさか、ハロル・ハレルか？」

「……お前かぁ」

　久しぶりに会ったハロルが発したのは、魂の抜けたような、腑抜《ふぬ》けたような声であった。

　俺は、ハロルを引っ張って、なかば無理やりに近くの酒場に引っ張りこんだ。

「一体全体、なにがあったんだよ」

　卓の上には、運ばれてきたビールが既に載っている。

「………」

「答えろよ。ほら、ビールでも飲め」

　ビールのジョッキをハロルのほうへ押しやった。

　ハロルはよっぽど酒に飢えていたのか、ジョッキを持つと、がっと煽《あお》るように傾けた。

「ゲッ、ガハッ、ゴホッ」

　激しく咳《せ》き込み、せっかく飲んだビールをこぼし、汚れた上着にしみを作った。

　潮気に喉でもやられていたか。

　気を取り直して再度酒に挑むと、今度は咳き込まずにゴクゴクと飲み干した。

「すみません」

　俺はウェイトレスの人を呼び止め、

「ビールおかわりお願いします」

と言った。

「蒸留酒だ」

おっとぉ、タダ酒を飲んでる男から注文が入ったぞ。

「……すいません、やっぱビールじゃなくて蒸留酒をジョッキで」

もう好きなだけ飲ませてやろう。

「えっ、ジョッキでですか」

流石《さすが》にジョッキで蒸留酒を頼む奴は少ないのか、ウェイトレスさんは驚いた様子で聞き返してきた。

まあ、飲む量を間違えて死んだら、そんときゃそんときだ。

「ジョッキで。あと、ツマミに肉をいっぱいください。あまり辛くないやつを。お代はこれで」

銀貨三枚を握らせた。

さすがに蒸留酒をジョッキでとなると、だいぶ値が張るはずなので、先払いのほうがいいだろう。

「かしこまりました」

少し待ってジョッキで蒸留酒が来た。

ハロルがソレをゴクリゴクリと飲み下し始めたのを見て、俺は口を開いた。

「それで、何があったんだよ」

「……俺のふれが、ふれがぁ……なくなっちまっらんらぁ」

ハロルは、舌足らずな酔っぱらい声で言った。

ふれ。

フレンドがいなくなっちまったのか。

悲しいよな。

いや、違うか。フネのことかな？

船がなくなっちまったか。

こんなに凹《へこ》んでるということは、つまりは沈没かなんかして損失したのかもしれない。

「海賊にでもやられたのか？」

「いや……そうらんして、俺とほうはいひろじっちゃんひらいがらんらんおこして、船からほーろで放りらされひまっら」

そうなんして、自分とほうはいひの爺《じい》ちゃん、ひらいがらんらんをおこして……。

えーっと、らんらんってのは反乱のことか？

遭難して、反乱が起きて、航海士のおっちゃんとコンビでボートで放り出された……かな？

船で反乱があって、船長が殺されたりボートで放り出されたりするというのは、漫画や小説ではよく見かけた話だったが、知り合いがそういう目にあったのは初めてだ。

本当にあるもんなんだな。

といっても、乗組員を非難するのは酷だろう。

そもそもが、勘で外海に出て行くこと自体が無謀なのだ。

外海に出て行くというのは、四方陸地の内海や、常に岸が見えている沿岸を航海するのとはワケが違う。迷子になったら死ぬのだ。海水は飲めないから、食料と水が尽きれば問答無用で飢えて死ぬ。

そんな状況で、陸地は見えて来ず、食料と水は日に日に目減りする。

船員は不安になる。

事前に十日の航海と言われていたところを、二十日経《た》っても陸地にたどり着かなければ、当たり前だがどないなっとんじゃいということになるだろう。

現実に遭難しているのだから、船員が納得できる説明をすることも困難を極める。

その結果、食料と水が尽きれば、ふざけんなやこらぁ、責任とって海の藻屑《もくず》になりやがれ。ということになるのは、当たり前の話だ。生きたまま海の中に投げられず、ボートを与えられただけ良心的ともいえる。

「それで、船のほうは」

「かえってこねえ」

船のほうは帰ってこないらしい。

死んだな。

今頃は餓死した船員を乗せ、幽霊船となって海原を海流に任せて漂っているのかな。

それとも、岩壁や暗礁に乗り上げたり、船底に穴があいたり嵐で横転したりして、沈没しているか……。

南無三。

しかし、ボートに乗せられて大海原に放り出され、つまりは処刑されたほうが生きて帰るというのも皮肉な話だ。

食料を与えられたわけはないだろうし、放り出された地点からすぐ近くに陸地はあったのだろう。航海士のほうは陸地の方角の見当がついていたのだろうか……。

「まあ、なんだ。大変だったな」

と言いつつ、俺は半ば以上自業自得のように思っていた。

ハロルがやっていたのは、自覚をしていたのかは知らんが、遠当ての的を鉄砲で撃って、的を外したら全財産を失う。というようなゲームだ。

言語の関係でハロル自身が船に乗らなければお話にならないのだから、他人にやらせて自分は利益だけもらう。十回船を送り出して、一回くらい返ってこなくても九回分の儲《もう》けで埋め合わせができる。というような儲け方はできない。

自然、船には自分自身の命を乗せることになる。ということは、将来的には破滅からは逃れられないのだ。

いくら鉄砲の上手で、遠当ての的に何度も命中させても、いつかは失敗するだろう。そのときは命まで持っていかれる。

リスキー以前に、ビジネスモデルとして破綻していたのだ。

鉄砲を外したとき全財産は失ったが、命まで持って行かれなかったのは幸運だった。

アイスランドもといアイサ孤島の往還船も似たようなことをしているが、こっちは往復で五割から七割ほどの生還率と言われており、死出の航海とも言われている。

「おれぁもう終わりら……イーサせんせいに海で死んだって言っておいてくんねえか……」

なんだこいつ……。

やだよ……。

「もっかいやり直せよ」

「いや……仕入れに全額つかっちまっれ……もう金がねえんら」

この野郎……。

どーしょーもねえな。

「まー、とりあえず、落ち込んだときは女でも抱いてサッパリするのがいいだろ。娼館《しょうかん》でもいくか？」

まるで「ソープ奢《おご》ってやるよ」みたいな台詞《せりふ》だ。

いや、実際そのまんまなんだけど。

しかし、世の中には娼婦《しょうふ》に慰めてもらって死ぬ気がなくなったという男も大勢いるだろう。

「いや、おんなはいい」

おや。

「いいって、オッケーって意味か」

「ころわる」

どうも嫌なようだ。

「なんでだ。なんか理由でもあんのか」

不思議だ。

こいつも溜《た》まってるだろうから、一も二もなく飛びつくかと思ったのだが。

「かいらく目的の淫行はらめっれイーサ先生が……」

イーサ先生かよ。

イーサ先生に「えっちなことはいけないと思います」って言われたのか。

イイスス教徒とかいったって、昨日今日なったばっかりのニワカのくせに。

そんな教義があるにしても、職業聖職者じゃないんだから、無視無～視お疲れ様でした～だろ。

「じゃあ自殺もダメじゃねえか」

「自殺なんかひねえよ……」

さっき死んだらどうとかって言ってたのに自殺する気はねえのかよ。

難儀なこっちゃで。

「おまたせしました」

そこでウェイトレスさんの明るい声がして、良く焼けた炙《あぶ》り肉が運ばれてきた。

ウェイトレスさんは泥酔してクダをまいているハロルを見ると、会話の邪魔をしないほうがいいと判断したのか、俺に向かって合図を送るようにウインクをして、焼けた肉の載った皿を置いていった。

いい店だな。

「ほら、さっさと酒飲んじまえよ」

「うるっへぇ！」

「ツマミも食っちまうからな」

ホカホカと湯気が立っている、油でテカテカとひかった炙り肉を一つとる。

かぶりつくと、口の中に肉汁が広がった。

香草の類を中に入れて焼いたらしく、香り付けが効いていて、なかなか美味《うま》い。

「とるなっ、おれのらっ」

ハロルも負けじと、炙り肉を皿から取ってかぶりついた。

あっという間に骨だけにすると、次を手に取る。

次から次へと胃袋にしまいこんで、一皿平らげてしまった。

さすが、酒豪を自称するだけあって、そのころには酒も飲み干していた。

「ういっく、ふーう。くったくった」

そんな発言をして、十分後には、ハロルはテーブルに突っ伏して眠っていた。

人間、腹が満腹になり泥酔すれば眠くなるものだ。

まあ、体力だけが取り柄の男だから、転がしといても風邪も引かないだろう。

「すいません」

俺はウェイトレスさんを呼んだ。

「はいは〜い、なにか？」

「こいつ明朝までどっかに転がしといて貰《もら》えませんかね」

「ああ、いいですよ」

いいのか。

ちょっとは渋られるかと思ったが、わりとあっさりだった。

「危ない人間じゃないので、ゴミでもしまう倉庫に入れといてくれれば」

「いえいえ、ハロルさんには、大分ご贔屓《ひいき》にしてもらいましたから。最近は……ちょっとご無沙汰気味でしたけれど」

ウェイトレスさんは少し寂しげな顔をした。

ハロルはここの常連だったのか。

羽振りがよかったころは、よくここで大酒でも振る舞っていたのかな。今は亡き船員たちに。

「明朝引き取りにくるので、よろしくお願いします」

「あっ……はい」

「あーあと、箒《ほうき》とちりとりとかありますかね」

「えーと……？　床の掃除ならこちらでやりますけれど？」

「いえ、そうじゃないんですよ。あんまりにみっともないもんでね。寝てる間に身だしなみを整えてやろうと思って」

俺は、机に突っ伏しているハロルの両脇に腕を入れて、引っ張りあげて椅子から立たせ、床に寝かせた。

懐から短刀を抜く。

「キャッ」

ウェイトレスさんは、短く悲鳴を上げた。

「暴れたりしませんよ。毛を剃《そ》ってやるだけです」

俺はハロルの顎ヒゲを飲んでいた水で濡らすと、髪を摑んで固定し、短刀を滑らせた。

流石によく切れる短刀だけあって、カミソリだったら刃が駄目になってしまいそうな剛毛を、スルスルと剃ってゆく。

「あっあっ……プッ……うふふ、いいんですか？」

「いいんですいいんです」

俺はハロルの顎から更に短刀を滑らせて、ゾリゾリと頭の毛まで剃っていった。

さすがに眉毛は残してやるか。

耳の毛まですっかり剃り、つるつるてんにして、頭を持ち上げて、首の後ろの毛まで全部きれいに剃り上げると、ハロルの毛はこんもりとした山になっていた。

「あっ、わたしが掃除しておきますから」

毛を箒で片付けようとすると、ウェイトレスさんに止められた。

「そうですか。なら、先に移動させてしまいましょう」

ハロルを引きずって、納屋みたいなところに放り込むと、俺は代官屋敷に戻りたくなかったので、適当な宿屋に潜り込んで、一夜を明かした。

◇◇◇

翌朝。

「面白い頭してるな」

宿から出て酒場に辿《たど》り着いた俺は、開口一番に言った。

見事につるつるだ。

ここまで剃り残しがないと、自分の仕事を褒めてやりたくなるな。

「朝起きたらなってやがった。どこのどいつが……」

ハロルは憤懣《ふんまん》やるかたない様子だ。口止めをしておいたので、ウェイトレスさんは犯人を話さなかったらしい。

「似合ってるぞ」

実際にはまったく変だった。こんな男は見たことがない。酒場にいる他の客もクスクスと笑っている。

「似合ってるわけがあるか」

ハロルはぺたぺたと頭に手をあてて、しきりに撫《な》でさすっていた。

気になるのかな。

「まあ、いいじゃねえか。いい気分転換になるだろう」

「なにが気分転換だ。野郎、見つけたらぶっ飛ばしてやる」

恐ろしい。

誰だ、寝てる間にハゲにするなんて酷いことをやったのは。

　許されざるよ。

「朝食をお召し上がりになりますか」

　昨日のウェイトレスさんが笑いをこらえながらやってきた。

「もちろん。二人前お願いします」

「かしこまりました」

　ペコリとお辞儀をして去ってゆく。

　朝食がやってくると、俺は銀貨一枚をウェイトレスさんに握らせた。

「宿代込みということで」

「はい。ありがたく頂いておきます」

「金持ちだな、おい」

　ハロルは俺が払った銀貨を見て、苦い顔をしていた。もったいないと感じたのだろうか。

「いろいろ儲かってるんだ」

　実際、かなりの金はあった。

　つい先ごろ、謄写版印刷で印刷・製本された本が白樺《しらかば》寮内で売れ、ざっくざっくと金が入ってきたのだ。

　一冊につき金貨二枚というボッタクリの値段設定で、最終的に四百部ハケたから、八十万ルガ儲けた。

　原価や印税を抜くと純利益は六十万ルガほどだが、それだけあれば船の一隻くらいは楽に買える。

「貸してくれ」

　真面目な顔でいいよる。

「アホかよ」

「頼むっ。この通りだ」

　深く頭を下げてきた。

　まんまるのツルッパゲを見せんなよ。吹き出しそうになるだろうが。

「悪いな。俺は自分の船が欲しいんだ」

「お前が船乗りになるのか？」

「いや、他人に任せるけど」

「じゃあ、俺に任せてくれ。頼む」

「駄目だな」

俺はそっけなく言った。

「……言っとくが、俺以上の船長はいねえぜ」

ハロルはなぜか自信ありげだ。

つい先日自分の船を沈めた男が、よくもまあ堂々とそのセリフを口にできたものだ。会社を潰した男が「俺以上の経営者はいねえぜ」と言うようなものである。

「それで、共和国のほうとは何往復したんだ」

「都合、六往復した」

六往復とは、なかなかのもんだ。

蛮勇ここに極まれりといったところか。

「まあ、それでも駄目だな」

「なんでだよ。損はさせねえって」

「俺の新しい船には秘密の装備を積むんだ」

「……どういう装備なんだ？」

「大海原で遭難しても、常に自分の位置が分かる装備だよ」

俺がそう言うと、ハロルの顔色が変わった。

「なんだって？　お前、それ秘密にしてやがったのか。なんで教えてくれなかった」

なんか怒りだした。

まあ、それを積んでいたら、こいつの船は無事だったわけだからな。

「考えついたのは半年前で、ようやく形になったのが一週間くらい前の話だ。といっても、発明が早くてもお前には教えなかったがな」

「なんでだよ。教えてくれたっていいじゃねえか。ケチくせえ」

不満気であった。

「これは、もしものときに女王陛下をアイサ孤島にお連れするための技術なんだよ。俺がバカ面こいて、ホイホイお前に教えてみろ。脳タリンのお前のことだから、アルビオ共和国へ行ったら考えなしに酒の席で酔っ払って、クラ人に口を滑らしちまうだろう。そうしたら、クラ人の世界にその技術が広まる。そうしたら、アイサ孤島が攻め放題になる。どうなるか想像できるか。想像してみろ」

俺がそう言うと、ハロルはしかめっ面をして目をつむった。

　俺の言った通り、素直に想像しているらしい。

「できたか？」

「……まあ、ヤバいことになるってことくらいはな」

　どうも想像力が足りていない気がするが。

　まあ、いいか。

「そうなったら、女王陛下も、キャロル殿下も、イーサ先生まで殺されることになる。お前が口を滑らしただけで、そういうことになるんだ。最悪、お前のせいでシャン人って種が滅びるかもしれねえ。そうなったら、お前をブチ殺したくらいじゃなんの慰めにもならない。軽々《けいけい》と教えられるもんじゃないんだよ」

　天測航法は、恐らくクラ人も発明していない技術なので、どうしても秘匿しなければならない。

　そのため、俺は特許《パテント》も申請していなかった。

　秘密特許などという仕組みは存在しないし、もし存在したとして守り通せるわけがないので、申請した途端に流出してしまうからだ。

「……わかったけどよ。でも、じゃあどういうやつに船を任せるつもりなんだよ？」

「まだ全然決めてないけどな。教えたら、船から降ろすわけにはいかなくなるだろ？　陸で暮らしたいとか、他の船に移りたいとか、独立したいとか言われたら、そいつは殺さなきゃならない。だから、そのくらいの責任感がある奴じゃないとな」

「……そうか」

「まあ、お前が船長で悪いってわけじゃない。相応の覚悟ができていればな」

「相応の覚悟ってのは、なんだ」

「命に代えても秘密は守るって覚悟さ。知ったら殺されるような情報を知るためには、死ぬ覚悟も必要だろ」

「まあ、そりゃそうだな」

「ところで、俺はこれから王都に戻るけど、お前も来るか？」

「……行く。死なねぇなら親父《おやじ》に事情を話さなきゃならねえしな」

ハロルはなんだか覚悟を決めたような顔で言った。

沈没したこと伝えてなかったんかい……。

「じゃあ、路銀を貸してやる。銀貨二枚くらいでいいか？」

「一緒に行かねえのかよ？」

「俺は空から来たんだよ。鷲《わし》は二人乗りはできない」

「はー。そういえば騎士様だったたっけな……。分かったよ」

俺はそのあと朝食を食って、「じゃあな」とハロルに別れを告げると、代官所へ行った。

代官所で星屑を返してもらうと、もうスオミに用もないので、上流の工場予定地に少し寄った後王都に帰った。

◇　◇　◇

それから、四日後の昼のことだった。

たまたまスズヤが王都に来ていたので、俺は別邸で楽しく親子でお茶を楽しんでいたのだが、執事の人が来てハロルが玄関に来ていることを教えてくれた。

「お母さん、すいません。仕事が入ってしまいました」

俺がそう言うと、

「もう、親子揃って仕事仕事なんですから。もうちょっとお母さんを構ってくれてもいいじゃない」

と、お母さんはなんだかむくれていた。

「ごめんなさい。そのうち埋め合わせしますから」

「きっとよ？　約束ですからね」

「もちろんです。僕が約束を破ったことがありましたか？」

「えーっと、ここ一年で埋め合わせの約束が三回あったかしら」

あら……。

そういえば、なんだか記憶にある気がする……。

「ごめんなさい」

子供のようにペコリと頭を下げて謝った。

「いいのよ。でも、大切な女の子との約束は破ってはいけませんからね」

「は、はい……」

「わかったら行ってよし」

許可が出た。

「そ、それでは、失礼します」

俺は部屋を辞した。

玄関先へ行くと、玄関をくぐるのを守衛に止められたハロルが、不満気に突っ立っていた。

まあ……止めるのも無理はないか。

一度実家に帰って着替えてきたのか、さすがに浮浪者というほど殺伐とした服装ではないが、あんまり格好いいとはいえない。

坊主頭を隠すために毛糸の帽子を目深にかぶっている。

「なんの用だよ」

ママと引き離されたぼくは不機嫌だった。

「用って……お前が王都に来いって言ったんだろうが」

「ふうん。それで、そっちの子は誰だ？」

俺は、ハロルの横にいる子供を見た。俺と同じくらいの歳《とし》の子供に見える。

「初めまして、僕はゴラ・ハニャムと申します」

ぺこりとお辞儀をした。

「俺はユーリ・ホウだ。聞いていると思うが」

ゴラは大人しそうな少年だった。だが、細身ながら体はギッチリと締まっていて、顔も日に焼けている。海の男と言われれば納得できなくもない。

「こいつは、航海士だ」

え……。

「航海士って、もっと年寄りなんじゃないのかよ」

「ジジイは、アレだ。死んじまったからな。陸まで持たなかったんだよ。陸が見えたところで安心したのか……」

ハロルは沈痛な面持ちになった。

ああ……なるほどね。

なぜ一緒に居ないんだろうと思ってはいたが、ハロル一人で帰ってきたのか。

「悪いことを聞いたな……」

ゴラの表情が暗くなっている。

ゴラがその事実を聞いたのは昨日今日の話なのだろう。

「いえ……」

「だが、コイツはこう見えて一人前だからな。ジジイのお墨付きだ」

おおかた、その爺さんに鍛えられてきたとかなんだろう。

「だが、その爺さんの弟子なら、なんで船に乗っていなかったんだ？」

大事な航海であったはずなのに、お留守番だったというのは、腑《ふ》に落ちないところだ。

「ガキが産まれそうなんで、陸に残ったんだよ」

ガキ？

あかんぼってこと？

「？？？　え、だってそいつ何歳？　俺と同い年くらいじゃないのか？」

「えーっと、十六歳だったか？」

ハロルがゴラに聞いた。

「はい。今年で十六歳になります」

十六歳??

「もう子供できたの？」

「はい。結婚してまだ一年なのですが」

ちょっとまてい。

俺とかまだ童貞なんだけど。

この野郎、童貞どころかもう結婚して子供できてんのか。

十六歳で子持ちとか。

精通して速攻でアレしてコレしての大忙しかよ。

こんな大人しそうな顔しやがって。まだ成人まで四年あんだろが。

　ドッラみたいなＤＱＮなら「あぁ、さもあらん」って感じだけどよ。

　世の中どうなってんだよくそが。

「ふ、ふーん。ま、まあそれはいいんだけどな」

　俺は冷静を装った。

「一体、ここに何しに来たんだ？　二人で飯屋でも開くことにしたのか？」

「ちげえよ。俺も覚悟を決めたってことだ」

　ほ〜ん。

「覚悟って言われてもなあ。言いたくはないが、口だけではなんとでも言えるからな」

「口だけじゃあねえ。イイスス様に誓う」

　神に誓うんですって。ニワカ教徒にそんなことをされたところで何の保証にもならねーわ。

　ああ、そうだ。

「よし、そこまで言うなら分かった」

「ヨッシ！」

　ハロルは勢い良くガッツポーズをした。

　待てや。

「じゃあ、イーサ先生のとこに行こう」

◇　◇　◇

「おや、ユーリさん、ハロルさん。ハロルさんはずいぶんとお久しぶりですね」

　クラ語講座の準備室に入ると、今日も今日とて、イーサ先生は温かく迎えてくれた。

　ここにはいつも同じ空気が流れている。

「ご無沙汰しておりやす」

　相変わらず、こいつはイーサ先生の前では妙な口調になるな。

「あら……？」

　イーサ先生は、ハロルの頭を見て少し困った顔をした。以前のハロルはそこそこ髪の毛が長かったので、帽子からまったく毛が出ていないというのは異様である。

「先生、頭のことは触れないでやってください」

「そうなんですね。分かりました」何を分かったのか不明だが、イーサ先生は大人しく頷《うなず》いた。

「ところで、そちらの方は？」

「ゴラと言いやして、今ではあっしのたった一人の部下でありやす」

あっしって。

一人称としてどうなんだよ。

「始めまして、ゴラさん。私はイーサ・ヴィーノと申します」

「こちらこそ、はじめまして。ゴラ・ハニャムです。お噂《うわさ》はかねがね聞いております」

ハロルがいろいろ喋《しゃべ》ってんのを聞いたんだろうな。

「それで、皆さん今日はなにか特別なご用件でいらしたのですか？」

大勢で来たので、特別な用事で来たのは察しがついていたようだ。

「実は、ここにいるハロルに秘跡《ミステイリオン》を施していただきたいんです」

秘跡というのはイイスス教における宗教的な儀式のことで、これには様々な種類がある。

洗礼、告解、結婚、聖標《せいひょう》の四つが特に秘跡四行《グランド・ミステイリオン》と言われていて、一般信徒の人生に密接した代表的な秘跡となっているが、その他にも用途に応じた細かな秘跡がいくつもある。

「はい。たくさんありますが、どれでしょうか」

「誓いの秘跡です」

「誓いの秘跡ですか……。聖職者が主《しゅ》に変わって誓いの証人となる秘跡ですね」

「イーサ先生はできますか？」

「もちろん、できますよ。ワタシ派では古式に則《のっと》ってやることになっています」

ナチュラルにワタシ派とかでてくるからビビるわぁ。

古式というのは、どのようなものなのだろう。

「じゃあ、お願いしていいですか？」

と頼むと、

「ユーリさんがですか？」

と、イーサ先生はちょっと困惑した様子であった。

　さもあらん。

　イイスス教徒以外の者がイイスス教の秘跡をやったところで、何の意味もない。

　モスクを建てるのに地鎮祭を頼むようなもので、神主のほうも「え、土地神様キレちゃうんじゃないの？」と心配になるであろう。

「ちょっとね、ハロルさんと約束したいことができてしまって」

「ああ、ハロルさんとですか。それなら分かります」

　得心がいったというふうに、イーサ先生は頷いた。

　かわいい。

　ハロルはイーサ先生の中では立派な信徒なので、ハロルがやる分にはなんの問題もないはずだ。

　イーサ先生は、腰を椅子から少し浮かせて、ハロルのほうに向き直った。

「でも、ハロルさん、分かっていますか？　誓いの秘跡で誓われた誓いを破るということは、すなわち神を侮辱するということになるのですよ。もちろん、死後は地獄を彷徨《さまよ》うことになります。あなたも洗礼を受けたからには、軽はずみにやっていい儀式ではありませんよ」

「重々、分かっておりやす」

「なら、わかりました。それでは、契約内容を教えて下さい」

　えっ、教えなきゃ駄目なのか。

「全部教えないとダメですか？」

「はい。そうでないと、私のほうも無責任になってしまうので」

　そういうことらしい。

「そうですか……」

　うーん。

「もちろん、懺悔《ざんげ》と同様、秘密は厳守します。それが私の信仰に反するものであっても」

　なるほど。

それなら話そう。

天地がひっくり返ったとしても、イーサ先生は信仰を手放さない。

ここにいるニワカ信者と違って、イーサ先生ならいくらでも信用できる。たとえ拷問にかけられても、一度守ると決めた秘密は漏らさないだろう。

「わかりました。お話しします」

俺は話し始めた。

◇　◇　◇

「私は裁判官ではないので分からないのですが、その話を聞きますと、ハロルさんが終身雇用され続けなければならない。というのはすこし理不尽に思えますね。秘密の厳守の履行については、誓いで代替することにはなりませんか？」

イーサ先生は、ハロルの退社不可の条項に苦言を呈してきた。

俺も、そのへんは脅しで言っただけなので、どうかと思っていた。この世界には憲法なんぞはないが、職業選択の自由を終生奪うような話だし。

別に、絶対に技術を漏らさないと信頼できているのであれば、退社してもらっても何の問題もない。

問題は、信頼できないということだ。

人間というのは利己的なものだし、過去のことは忘れるものだ。

百年たっても恩を忘れず、他人に尽くし続けるなどという人間の存在を、俺は信じられない。

だが、人を使うに当たっては、そんなことを徹底していては事業が広がらない。

それは、ある意味でこちらを立てればあちらが立たずという、トレードオフの関係にある。

人材を選びすぎ、戸口を狭めすぎてしまえば、事業は広がらない。選《よ》り好みしすぎれば、大事な機会を逃してしまう。

イーサ先生のところに来て、誓いの秘跡をやってもらうというのは、言わばその信頼を補強するための措置なのだ。

「考えてみれば、そうですね。ハロルさんは敬虔《けいけん》なイイスス教徒なので大丈夫でしょう」

と、俺はその条項を削ることに同意した。

「ええ、もちろんです。ハロルさんは私の弟子の一人ですから」

あれ。

「一人、ということは何人か既にいるのですか？」

ハロル以外に弟子がいるというのは、俺もここに通って長いが、見たことも聞いたこともない。

「ええ、こちらに来る前に……といっても、彼らの殆《ほとん》どは殉教してしまいましたが」

亡命してくる前にクラ人の弟子が何人もいたらしい。

「そうなのですか……それは悪いことを」

たぶん、教皇領から出るときに死んじゃったんだろうな。考えてみれば想像できたはずのことなのに、悪いことを聞いてしまった。

「いえ、いいのですよ」

「そうですか」

「弟子に庇《かば》われて師匠が生き延びるというのは、みっともないことですが……」

やはりそのときのことは気に病んでいるようだ。

「殉教されたお弟子さんたちも、イーサ先生をお救いできたことを誇りに陰府《よみ》で健やかに暮らしていると思いますよ」

イイスス教では、死後の魂は〝陰府《よみ》〟というところに行き、そこで暮らすということになっている。

陰府というのは、一種の異世界であって、山もあれば川もあり、都市もある。人間は死後そこに行き、日常生活を送るのだが、陰府にはスピリチュアルな法則が存在するので、生前に悪いことをした連中は、よい生活ができない。

現実の世界では、人間は足を使えば豊穣《ほうじょう》の地だろうとエベレストの頂上だろうと、物理的に行こうと思えば行けるわけだが、陰府ではそれができないのだ。

生前に罪を犯し、霊魂が汚れた不浄の者は、豊穣の地に近づくと体が焼けるように痛むので近づけないし、その地で採れた作物も泥の味がして食えないことになっている。生前に悪行ばかり行い罪咎《つみとが》にまみれた者が、最上層の天府《パラダ》という神のお膝元に行くことは、人間が生身で太陽の表面を歩くようなもので、不可能であることらしい。

　結果、生前に罪を犯したものは、痩せた冷たい土地でクズ同士の骨肉の争いを続け、餓鬼どもに苛《いじ》められながら暮らすことになる。

　イイスス教では、この土地のことを地獄《ダイス》という。

だが、ここにも一種の救済措置があり、陰府に下った後であっても、自らの罪咎を悔い改めることで少しずつ豊かな世界へ近づけることになっている。

　聖典によると、地獄の中でも最底辺の土地に生きている人間は、日光の差さぬ塩害の酷い土地で、これは恐らくはイイススという人物が実際に嫌いだった食べ物なんだろうが、腐った泥地に生きるイカと、泥地の水辺に生えるドクダミの葉を食って生きている。

　もちろん、イーサ先生の殉教したお弟子さんたちは、高位の地域で最も良識ある賢人の方々と語り合ったりしつつ、神の恩寵《おんちょう》を存分に浴びて何不自由なく暮らしている（ことになっている）はずだ。

「そう言っていただけると、なんだか救われる思いがいたしますね」

　イーサ先生は柔らかく微笑《ほほえ》んだ。

「まあ、末の弟子は誓いを裏切らないでしょう」

「おう、裏切らん」

　ハロルは自信たっぷりに言った。

「では、始めましょうか」

　誓いの秘跡というのは、具体的にはどういう物なのだろう。俺は存在を知っているだけで、儀式の内容までは知らなかった。

　イーサ先生は、まず机の上にあった小さな瓶を手に取ると、その蓋を開け、硝子《ガラス》のコップに水っぽい液体を注ぎ、それを口に含んだ。

そして、口に含んだ水をとろとろとコップに戻すと、それをハロルに渡した。

「飲んでください」

……えっ、えーっと？

ハロルは無言でコップを受け取ると、それに口をつけ、液体を飲み干した。

えーっと？

あの、イーサ先生？

口を使っての誓約ということだから、先ほどの行為にどういう意味合いが含まれているのか、だいたい察することはできるけどよ。

おそらく、一度口にしたものを戻した液体に、なにか呪術的な意味が含まれてるんだろう。

だけどこれって、眼鏡美人のイーサ先生だから絵になるけど、これが油ぎったおっさんだったら、どうすんだよ……。

そいつがにんにくとか食べた後だったら、俺だったら吐いちゃうと思うけど……。

「これで我々の口は聖別されました。虚偽の言葉を口にすることはまかりなりません」

おっと、クラ語だ。

「はい」

ハロルが言った。

「それでは、ハロル・パテラ・ハレルよ。これより誓いの秘跡を始める。ハロル・パテラ・ハレルは、主イイススに対し、これから以下のことを特に誓う」

始まった始まった。パテラというのは、ハロルの洗礼名のことだろう。

「一つ、ユーリ・ホウ氏を裏切らぬこと。一つ、ユーリ・ホウ氏の持つ海を渡る術法を伝授されたのち、自らの生を賭して守秘管理の責務を担うこと。一つ、術法を利用する間はユーリ・ホウ氏に雇われ、その下《もと》を去った後は術法の一切を忘れ、利用をせぬこと……」

さすがはイーサ先生だけあって、俺の言った内容を、完璧にクラ語へと翻訳していた。即興で訳したにもかかわらず、その言句は音韻を踏み、詩的な響きすらある。

「以上のことを誓うことを、教主イーサ・カソリカ・ウィチタを証人として、宣言するか？　この誓いを違《たが》えるは、己を欺くにとどまらず、主を欺き、主の愛に背を向けたことを意味する。さすれば、己の神品《しんぴん》は著しく損われるであろう」

神品というのは、イイスス教の用語で、陰府《よみ》での格のようなものを指す。

ゲームで言えば善人度みたいなことになるか。

神品を著しく損なえば、つまりは陰府では地獄層を彷徨うハメになる。ということだ。

「ハロル・パテラ・ハレルは、十分に理解し、約束を主に誓います」

「よろしい。汝《なんじ》の宣言は主に誓われた。アリルイヤ」

厳かな宣誓が終わると、イーサ先生はパンッと手を叩《たた》いた。

「これで終了です。お疲れ様でした」

「どうも有り難うございます」

俺は礼を言った。

なんとまあ面白い儀式であった。

「ハロルさん。誓いを忘れてはなりませんよ。破ったら、大変なことになりますからね」

「もちろんでございやす」

だからその口調やめろって。

「僕にはよく分からなかったんですが、どう大変なことになるんですか？」

一人クラ語がわからなかったために、ずっと蚊帳の外にいたゴラが言った。

そりゃ大変なことになるんだよ。

知らないけど、大変なことになるったら、そりゃもう大変なことになるんだろう。

ハロルは死後地獄を彷徨うことになるだろうし、これはまあニワカ信者だからどうでもいいにしても、イーサ先生から絶縁されて二度と口を聞いてもらえなくなるだろう。それはハロルにとっては大変なことだ。

「この誓いには世俗的な拘束力はありませんから、どうにもなりませんよ。あるとしたら、私が死ぬくらいです」

「そうだな。気休めみたいな……えっ？」

？？？

今死ぬって言った？

え？

思わずハロルのほうを見ると、口をあんぐりと開けていた。

知らなかったようだ。それに、どうも、死ぬというのは俺の聞き間違いではないらしい。

「さっきイーサ先生が死ぬって聞こえましたけど、もしかして聞き間違いですか？」

一応聞きなおしておこう。

「はい？　あっ、申し訳ありません。誤解を招く表現をしてしまいましたね。死ぬかも知れないというだけですよ」

あら。

そらそうだよな。自殺とか駄目らしいし。

だが、死ぬかもしれないというのは剣呑《けんのん》な話である。

「どうして死ぬかもしれないんですか？」

意味不明なんだが。

「えっと、誓いの秘跡というものは、教会法的には師の責任を担保に誓約者に誓いの内容を守らせる儀式なのです。誓いの秘跡のそもそもの由来は、カッソによる外典福音書第三節にある説話にありまして、これはー……かいつまんで説明をしますと、使徒サハラの弟子が棄教の末に凶行に及んだお話なのですが、そのことに責任を感じた使徒サハラは、眠りについたイイスス様の墓所の前で、なにも口に入れず一月《ひとつき》のあいだ瞑想《めいそう》し、主にお伺いを立てたのですね。ですから、ハロルさんが誓いを破った場合には、私も同じようなことをする必要があります」

なんてこった。やっちまった。

どうりで事前に説明を求めるわけだ。要するに、誓いの秘跡というのは連帯保証人のような制度であるらしい。

　口約束の証人になってください。程度の話かと思っていた。

「ですから、もしものときは、私も一月の間瞑想します。本当は聖寝神殿の聖寝室の近くにある専用の間に籠もるのですが、それは無理なので、森に入ってやることになりますね。神のお許しがあれば、使徒サハラのように生き延びられるでしょう」

　えっと。

　森にでも入ってやるっていうのは、もしかして大樹の根っこにでも座ってやるつもりなのでしょうか。

　このへんの森には野生のオオカミとかもけっこういるし、先生のような食の細そうな女性が座っていたら、一ヶ月といわず一週間と持たないように思えるのですが。

「もしかしてその間は絶食ですか？」

「いいえ、水は飲めますよ」

　…………。

「でも、それはカソリカ派の話ですよね。ワタシ派ではやらなくてもいいのでは」

「今のカソリカ派では、罰金というか上納金をおさめるだけですね。ワタシの方法は、約五百年ほど前までカソリカ派で行われていた古い方法になります。私の研究ではカッソによる外典福音書は偽書とはみなさないので、誓いの秘跡は有効です」

　やべぇ、取り付く島もない。

　ワタシ派って意外と原理主義的なのかな……。

　ワタシ派では死ぬまで断食するのに、金だけ払えば済んじゃうカソリカ派のほうもどうかとは思うが……。

「……さっきのは取り消してくだせぇ」

　ハロルが唐突に言った。

「おや、何故ですか？」

　イーサ先生は素直に不思議そうであった。

　やべーこの人通じてねえ。

「先生を巻き込むわけにはいきやせん」

そうだそうだ言ってやれ。

主に俺のせいだけど。

「ハロルさん、どういうことですか？　今しがた主の名に誓ったというのに、それを早々に裏切るというのですか」

声のトーンが変わった。

硬い、乾いた声色だった。普段の柔らかさがなく、静かな怒気がにじみでているような。

イーサ先生がこんな風に怒るのは初めて見る。

こわい。

「しかし……先生にご迷惑がかかるのは」

「迷惑とは思いませんよ。そう思っていたら、誓いの秘跡の犠牲責任者になったりしません」

犠牲責任者というのは、連帯保証人の専門用語的な呼び方なのだろう。

それにしてもガンとした態度である。

「ですが」

「ですがじゃありません。あなたは神に誓いを立てたのですから、誓いを破った後のことなどは考える必要はないでしょう。あなたがしっかりと決意し、心を曲げずに、誓いを履行し続ければ良い話です。なにも起こりません。それとも、ハロルさんは最初から誓いを破るつもりで、秘跡に臨んだというのですか？」

こっわ。語気から怒りがにじみ出ている……。

「そうではありやせんが……」

かわいそうに、ハロルはみるみると萎縮してしまっていた。

「では、構わないでしょう。ハロルさん、いみじくも主の眼前に跪《ひざまず》き、洗礼を受けた以上は、いたずらに秘跡を撤回するなどという発言をしてはなりませんよ」

◇◇◇

イーサ先生の部屋を辞した俺たち三人は、別邸の真ん前の本社に向かった。

「お前、儀式の内容が分かっててやったんじゃねえだろうな」

本社に入ったところで、思い出したようにハロルが言った。

「そんなバカなことがあるか。誰がお前に先生の命を預けるようなことをする」

「……」

「せいぜい、裏切るときは事前に言うんだな。先生を助けられる可能性がある」

まあ、ハロルが裏切ったとしても、それをイーサ先生が俺より先に知るというのは考えにくいので、恐らく隠せるとは思うが。

「どうやって助けるんだ」

「人を雇って四六時中監視させて、森に入るようだったら拘束する。でも……その場合、無理矢理にでも物を食わせるしかないだろうな」

俺は、イーサ先生の場合に限っては本当に絶食して死ぬ可能性があると考えていた。

その場合、寝ている間に水に溶いた粥《かゆ》のようなものを飲ませれば、イーサ先生からしてみれば不本意だろうが、秘密裏に助けることはできるだろう。

「……うう」

「だが、たとえ生き延びたにしたって、恐らくイーサ先生は神品が救いようがないほど汚れてしまうわけだから、これからの人生お先真っ暗だ。信仰を捨てればいいが、そうはいかないだろうしな」

イーサ先生ほどの宗教家であれば、命のほうは救えても心まで救うことはできないだろう。

「くそっ、なんで先生を巻き込んじまったんだ」

なんか後悔しているようだ。

「まあ、お前が契約をつつがなく履行すればいいことだ。不安なら、今からケツまくってもいいぞ」

「そんなことできるかよ。イーサ先生が」

「あそこで交わした誓いは、そもそもが航法に関してのもんだろう。誓いを契約と見なせば、それは航法を教えた時点から発効すると考えるのが自然な解釈だ。俺がお前に航法を教えなければ、誓いはなかったことにはならないにしても、文脈自体が無意味化する。お前がケツまくるなら、これからイーサ先生のところへ行って、やっぱ不安なのでハロルには教えないことにしました。って言ってきてやるよ。そうすりゃなんの問題もねえだろう」

そうすればイーサ先生は確実に納得するはずだ。なんの問題もない。

イーサ先生の俺への評価が落ちるかもしれないが、そんなことはどうでもいい。

「ああ、そうか……」

「止めるか？」

俺もここでケツをまくるような奴には教えたくない。

「いいや……俺はやるったらやる男だ」

「それを聞いて安心した。じゃあ行くぞ」

俺は本社の階段を登り、二階に上がった。

一番最初のドアを開けると、そこは丸テーブルが置いてある小さな会議室だった。

質は悪いが、壁に黒板も据え付けてある。

丸テーブルには我が従妹《いとこ》が、椅子に座ったまま机に突っ伏して眠っていた。シャムだ。

その隣には、相変わらず巨乳な眼鏡のお姉さんが座っている。

ようやく納得のいく眼鏡が完成したリリーさんだ。

リリーさんのほうは、従妹と違ってバッチリ起きていた。

「お邪魔しとるよ～」

と気楽そうに言った。

「どーも、お忙しい中すいません」

俺はぺこりと頭を下げる。

二人を呼びつけたのは俺だった。

「ええってええって」

「こいつらが船乗りの連中です。こっちがハロルでこっちはゴラ」

俺は簡単に二人を紹介した。

「ああそう……教えたこと理解できるとええんやけどなぁ」

「ハロルのほうは無理かもしれませんが、どっちかが理解できればいいことですから」

「理解できんかったら自分たちの命が危ないわけやから、嫌でも理解してもらわんとな」

　本当にそうである。

「あーっと、そちらのお嬢さん方は……」

　ハロルが聞いてきた。

「天測航法について道具を作ってくれた偉い方々だ。そこで寝てるのは俺の従妹のシャム、もう一人はホウ社の技術主任をやっている、リリーさんだ」

「よろしくお願いします」

　ゴラが頭を下げた。

「見ると、そっちのハロルっていうんが船長で、ゴラっていうんが航海士か」

「……」

　俺が黙っていると、

「はい。僕が航海士です」

と、ゴラは自ら名乗りを上げた。

「ふむ」

　リリーさんはゴラをじっと見ている。

「あ、あの……？」

「いやぁ、我が子のように手塩にかけてきた最高傑作を託すのが、こんな若い子ぉとはなぁ……と思うて」

　心配そうに言った。

　リリーさんの目の前には一抱えほどもある箱が二つ置いてある。これはクロノメーターと呼ばれる大型の時計だ。

　クロノメーターは、精密な時計としての機能と同時に、耐衝撃性、そして波による姿勢変化による影響を無くす工夫が凝らされた特殊な時計である。

　つまりは、常にめちゃくちゃに揺れ動く船内でも、きわめて正確に動作する時計ということになる。

言うのは簡単だが、そういった時計を作るには、様々な工夫と新しい発明が必要であったようで、開発に当たってリリーさんは新たに幾つもの特許を取得した。

元々、この国の機械時計というのは、振り子時計や日時計と頻繁に時計合わせをすることを前提に作られており、精度はもちろん高ければ高いほど良いが、それより携帯性のほうが重要視されていた。

もちろん、クロノメーターの場合は、そういうわけにはいかない。むしろ真逆で、携帯性よりも精度のほうが重要視される。

天測航法の仕組み上、時刻のズレはそのまま座標のズレに直結する。そのため、算出の水準となるクロノメーターには、シビャクの標準時に時計を合わせて出港し、そのまま一ヶ月以上の航海をして、戻ってきたときにはピタリと時計が合う性能が求められる。

そういった機能を要求される機械なので、一年で一分以内の誤差、などということは言わないが、一月時計合わせしないでいれば半日時計が狂ってしまう。というようなものでは、全く使い物にならない。

リリーさんは、これを作るために何度も実家と往復し、専門家である父親と議論を重ねる必要があった。

リリーさんの最高傑作というのは過言でもなんでもない。

「ご心配でしょうか」

ゴラは言った。

「逆に聞くけど、君はこれを取り扱うのが心配じゃないんか？　時計が壊れやすい機械だってことくらいは知っとるやろ。ユーリくんは、これを一台作るのに、金貨を百枚も使ったんよ」

「百枚……」

ゴラは呆然《ぼうぜん》としたように言った。

金貨百枚というのは、そのへんの船乗りがおいそれと手に入れられる金額ではない。

これでも、リリーさんの社員価格でのご提供だ。

アミアン家の時計として売りに出されたとしたら、二百枚は取られていたかもしれない。

ここにそれが二台あるのは、万が一片方が故障した場合のことを想定し、二台セットで使う前提になっているからだ。

機械時計は油さしを一ヶ所怠っただけで酷い誤差を生んだり、壊れたりする。それが海上で発生したら、一発で遭難、船は乗員をのせたまま海の藻屑、ということになる。

それでは問題なので、ヒューマンエラーを考えると、事故率を下げるために二台セットにする必要があったのだ。

量産効果があるから単純に値段を倍にはできないが、それにしたって高い買い物である。

それとは別に日常使う用の時計が必要なので、これもそれなりに精度の高い懐中時計を一個用意してある。

クロノメーターは持ち運びするものではなく、船の重心に近い所に設置しておくものだ。観測のときに実際に使うのは懐中時計のほうで、それは毎日クロノメーターと時間合わせをする。

六分儀とシャムの作った航海年鑑を含めて、金貨三百枚くらいはゆうにかかっている。ホウ社にしたって、簡単に処理できる金額ではない。

カフには渋い顔をさせっぱなしだし、会計役のビュレなんかは目を白黒させている。それに加えて船を買う資金を支払えば、創業以来の努力で得た儲けはすべて吹き飛んでしまう。

それを、このハロルに預けるというのだから、心配にもなる。

「もちろん、中の構造まで理解しろとは言わんけど、真剣に覚えて貰わな困るよ」

「はい。真面目にやります」

「よし、じゃあ、概念から説明するで」

説明が始まった。

シャムは寝ていた。

◇　◇　◇

「……というわけや。原理を言えば簡単な話やろ？」

リリー女史の講義が終わった。

リリー女史は立ち上がって、木で出来た球から伸びた棒を持っている。これは地球を模したものだ。

「……あー、しつも……いや、いいや」

ハロルが言いかけてやめた。

「なんや。質問ならハッキリいいや」

「いや、考えてるうちにわけがわかんなくなった」

こいつはダメそうだ。

「ゴラのほうはどうなんだ？」

とゴラに話を振った。

「……少し頭を整理する必要はあるかもしれませんが、大まかなところは」

なるほど。

端緒は摑めたというところだろうが、それだけでも十分すぎるくらいだ。

そもそも、こいつらは地動説をここで初めて聞くはずなので、すぐにストンと頭に入ったらそれこそ不気味である。

「つまりは、同じ時間に太陽が南中し、かつ同じ角度にあがる地点というのは、地球上に常に一ヶ所しかないってことだ」

俺は簡潔に要約した。

これが太陰暦でも使っていると、また面倒なことになるが、シャン人は太陽暦を使っているので助かる。

「学問として理解する必要はない。道具として使えれば、それで十分だ。だが、最低限の理解がなければ、使うにしても頭がこんがらがっちまうからな」

「はい」

素直だ。

「あと、リリーさんの説明に付け加えるがな。

方位磁針《コンパス》は疑ってかかれよ」

「コンパスを、ですか？」

「コンパスというのは、厳密にいえば北を指しているわけじゃない。どうしてコンパスが北を向くか考えたことがあるか」

「さあ？」

まあ、そうだろうな。

考えてもわかりっこないことだし。

「あれは、地球全体に巡っている、目に見えない……力の流れのようなものに流されて、北を向いてるんだ。その流れは、地球上をうねうねと蛇行していると考えてくれ。蛇行していると言っても、大きなスケールの話だからシビャクの西と東でコンパスの向きが変わるといったことはない。だが、スオミからキルヒナくらいの距離があれば多少変わってくる」

「……よくわかりません。それがどういう意味になるんですか」

「確かに、今までのように勘で航海するなら関係ない話なんだけどな。例えば、ココからココに移動したいとするだろ」

俺は机の上の離れた二点を両手の指で別々に指した。

「ここからここまでは、お前らがいつも使っているスオミ海港から、アイサ孤島までの二倍くらいの距離があるとしよう。二つの港は、両方とも一度行って観測が済んでいるから、緯度も経度も分かっている。道中は全部が海原だと仮定すると、もちろん一直線に行きたいよな」

俺は一直線に一つの指を動かして、もう片方にくっつけた。

最短距離だ。

「だけど、コンパスだけ頼りにすると、針の向きは微妙にズレて、しかも変化しているわけだから、こう動くことになるわけだ」

俺は片方の指を微妙に角度を変えながら直進させ、もう片方の指に近づけてゆく。

二つの指は重なり合わず、遠くですれ違う。

「こうやって、お前らは目的地にたどりつけない。だから、実際の航海では太陽が出ているうちは毎日、観測をして、位置を修正していく必要がある。まあ、太陽だけを観測する方法だと、一日に一回しか観測するチャンスはないから、こうなるのが理想だ」

　俺は今度は、細かくジグザグに動きながらも、二つの指を合わせた。

「まあ、実際の航海では、こんな心配しなくても、向かい風に当たればタッキングを繰り返したりするわけだから、毎日観測する必要があるだろうけどな」

　向かい風に対して帆船で前進するには、斜めに風を受けながらジグザグに遡上するように動かなくてはならない。

　これをタッキングという。

　こいつらにとっては基礎中の基礎の用語だから、もちろん承知だろう。タッキングをしてしまうと、どの方向にどれくらい動いたか分からなくなってしまう。

「ともかく、コンパスは目安程度に考えろってことだ。観測結果のほうを当てにしろ」

「はい。解《わか》りました」

「コンパスを動かす力の流れというのは、時を経てもそう変わるもんじゃない。地図に方位磁針の誤差がどれだけあるか書き込んでいけば、そのうちには地域特有の誤差がどれだけあるか分かるようになるはずだ。そうしたら、方位磁針の方向から誤差を差し引いて正確な方向を割り出せるようになる」

「しかし、コンパスが頼りにならないのであれば、方角はなにを基準に考えれば良いのですか？」

　なにを基準て。船乗りなら常識じゃないのか。

「それは、今も昔も変わらない。北極星《ポーラスター》だ」

「ああ、なるほど」

　北極星のことは、さすがに知っていたらしい。

「北極星は常に北にある。今リリーさんが話した内容で、北極星が真北にある理由は分かるはずだ。

真北にあるから動かないのであって、これ以上間違いのない基準はない」

「分かりました」

「ユーリ先生の講釈が終わったところで、実際に練習をやってみよか」

　リリーさんが言った。

　部屋の中で固定した椅子に座り、部屋の壁に横に張られたロープを水平線に見立て、天井に貼った紙の丸を太陽に見立てた練習は、日が落ちるまで続けられた。

◇　◇　◇

　野郎どもが帰ると、今日はやることがなくなった。

「シャムはまだ寝てるのか……」

　途中に一度起きたが、シャムは退屈だったのか二度寝に入り、今に至るまで眠っている。

「最近見直し作業に根を詰めてたな」

「そうだったんですか。どうりで」

　夜更かししてまでやってたのか。

「間違いがあったら大変やからな……わたしも付き合っとるけど、すっかり夜型生活やわ」

「……お疲れ様です。ご苦労をかけてしまっているようで……」

　俺とか毎晩熟睡してるのに……。

「シャムもこんな感じやし、今日はユーリくんの家で泊まってもええ……かな？」

　ん？

　なんでちょびっと遠慮がちに言ってくるんだろう。

「もちろんですよ」

　シャムにとっては自分ちなんだから、泊まってもいいに決まっている。

「そう？　じゃあお邪魔させてもらうわぁ～」

「あ、はい」

　シャムは身内なのだから、お邪魔もパジャマもないと思うが。

「じゃ、シャムは僕が抱えていきますかね」

「そかそか。じゃあお願いするわぁ」

「シャムを持ち上げるのも、考えてみれば久しぶりですね」

　シャムの背中に腕を回し、お姫様だっこのように持ち上げると、本当に軽かった。

　軽すぎて人間を持っている感じがしない。ちゃんと食事をしているのか……？

　そのままお姫様だっこでシャムを抱えると、下の階へ降りた。今日も今日とてそろばんとにらめっこしているビュレを横目に、本社を出る。

　玄関のドアを通れば、道を挟んで目の前がすぐにホウ家の別邸だ。門の前で立哨《りっしょう》している警備に「お疲れ様です」と言うと、勝手口から中に入った。

　あ、リリーさんに挨拶するの忘れてた。

「あ、リリーさん。今日はありがとうございました」

　あ〜、いや。

　さすがにここでお別れは失礼かな。

「シャムを置いたら白樺寮まで送っていきますよ」

「え、泊めてくれるんやないん？」

　？？？

　……え？

「ユーリくん酷いわぁ……泊まってもええ？って聞いたら、もちろん！って元気に返事しとったのに、今になってやっぱ帰れ言うんかいな……」

　なんだかわざとらしいが、ずーんとうなだれている。

「す、すいませんでした。少し勘違いをしてしまっていて。そういうことであれば、どうぞお泊りになってください」

　別に俺のほうはぜんぜん構わない。

　こちとら将家だ。シャムの友人を泊めるくらい、なんの問題もあろうはずもない。

「じゃあお邪魔させてもらうわぁ〜」

俺は、食事を済ませて風呂に入ると、寝室に入った。

寝室といっても、自分の部屋というわけではない。俺は別邸を住まいとしたことはないので、特別に俺の部屋と決められている部屋はなく、ここは客室の一つだった。

そこで、暇つぶしにイーサ先生から借りた聖典を読んでいた。

イイススという男は、俺が産まれる丁度二千年前に誕生した。

その全てを自分で考えたのだとしたら、大した作家だと思うが、こいつは世界創世の物語を説き、死後の世界の理《ことわり》を教え、神の趣味嗜《し》好《こう》を人々に伝え、その通りに生きよと人々に説いて回った。その途中でありとあらゆる善行をおこない、奇跡を施したという。

イイススは、なんの因果があるのかしらんが、地図でいうとイスラエル近辺の地中海沿いの都市に生まれ、地元密着型で活動した。今は亡《ほろ》びてしまったが、その時代、そこには古代ニグロスという都市国家の連合体が存在していた。聖典の原典の記述に使われているトット語は、古代ニグロスで使われていた言語である。

ただ、イイススの宗教活動はあまりうまく行かなかった。古代ニグロスは多神教が広く信仰されている国で、彼らの殆どはイイススの広める眉唾ものの説法を聞き流していた。イイススのほうも、あんま無茶やって殺されちゃかなわんと思ったのか、ほどほどにやっていたらしい。聖典には、弟子が無茶をやりだしたのをイイススが諫《いさ》める物語も集録されている。

なので、イイススは誰かに殺されたりはしなかった。ただ、四十五歳になった頃に「そろそろ弟子も一人前になってきたし、俺は洞穴に入って眠るわ」などと言い出した。

聖典には病気をしていたなどの描写はないのだが、おそらく何らかの死病を患っていて、死期を悟ったのであろう。まるで空海みたいな話だが、こいつは実際にそうしたらしく、洞窟に入って弟子が拵《こしら》えた寝台に身を横たえると「絶対に安眠を妨げるな。絶対だぞ」というような念押しの言葉を残し、十人の高弟に入り口を埋めさせた。生きたまま閉じ込めろ、という自殺に近い命令に素直に従ったあたり、高弟たちはイイススに死が迫っていることを察していたのだろう。

　見上げたことに、十人の高弟たちはその後、埋葬地の場所を秘密にした。

　所在地を広めて聖地のようになった結果、訪れるのは喧騒《けんそう》であり、それは安眠を求めるイイススの意に沿わないと考えたらしい。単純に、師の墓前を静かなままにしておきたい、と思ったのかもしれない。彼らは自分たちの弟子に対しても一切漏らさなかったので、高弟たちが死に絶えると墓所の所在を知るものは誰もいなくなった。

　だが、高弟たちは別のところで無茶をやらかしていた。

　イイススが死ぬと、ある一人の高弟が「イイススの教えを守る者たちだけの街をつくろう！」と言い出し、適当な土地を買い上げ、そこに街を作りはじめたのだ。

　土地を買い、家を造り、塀を仕立てると、あっという間に原始的なイイスス教徒のコミュニティを作ってしまった。

　そして古参の都市国家たちを相手取り「おいらも都市国家作ったから認めてくれよな！」などとのたまいはじめた。

　ところで、古代ニグロスの都市国家には、ニグロス神話の神たちの名前がそれぞれに付いており、それを都市の守護神としていた。

「で？　おまえらの守護神はなんなの？」

「え？　唯一神イイスス様だけど」

　などというやり取りがあったのかは定かではないが、ともかくトット語でヨハプルトキ（迷い子たちの休み家）と名付けられた小都市が、こうして誕生した。テロル語ではヨーツトフと言う。

　古代ニグロスの連中はというと、よっぽど辛抱強かったのか、度を超えて温和な人々だったのか、こいつらの存在を許してやったらしい。最終的には、イイススを神の一員として認めることまでしてやったという。

　そうして、宗教に鷹揚《おうよう》な古代ニグロスの人々の間で、黎明《れいめい》期のイイスス教の人々は平和を謳歌《おうか》した。

　が、それから三十年ほどが経ち、ヨハプルトキの指導者だった十人の高弟の一人が死去すると、事情がだんだんと変わってくる。

　ヨハプルトキの人々は調子に乗り始め、イイスス教をところかまわず宣教するわ、隣の都市国家に属する村落を勝手に実効支配して税をとりたてはじめるわ、ちょっとありえないような無茶をしはじめた。

　そして、近隣都市国家との関係が最悪になると、一番近い都市国家に戦争をふっかけた。

　この時期のヨハプルトキの指導者たちは完全に頭がおかしくなっていたようで、都市国家同士の一対一の戦争になると見込んでたようだ。つまりは、自分たちが嫌われ者だとか、鼻つまみ者だとかいう意識はまったく念頭になく、あくまで攻めたのは一つの都市なのだから他の都市は傍観するのがスジ、というような、どこまでも自分本位な考え方をしていた。

　現実には、そんな戦争が上手《うま》くいくはずがなく、これは温厚な古代ニグロス人のぶっとい堪忍袋の緒を渾身《こんしん》の力でぶっち切るような行為だった。

　全都市国家に三百六十度全方向から侵攻され、ヨハプルトキの都市はボッコボコにやられ、街は〝瓦礫《がれき》の日干しレンガが砂に戻るほど〟破壊しつくされ、跡地には塩がまかれたという。

　イーサ先生の話では、ヨハプルトキの都市跡というのは現在でも所在が掴めていないらしい。数限りない古文献に登場して資料に事欠かないにも関わらず発見すらされないということは、相当憎まれて徹底的な破壊を受けたのだろう。

だが、それでもこいつらはめげなかった。

戦乱を生き延びた幾人かのイイススの直弟子たちは、残った信者を連れて、船に乗って海に漕《こ》ぎ出した。

地中海で運悪くシケにあい、漂着したのは、なんの因果かローマあたりの地だったらしい。

彼らはまったく反省をしておらず、この地でも同じような布教をし始めた。

だが、古代ニグロスとは違って、当時の半島には地域の統一宗教のようなものは存在していなかった。ついでに、連帯感のある大国家のようなものが半島を支配していたわけでもなかった。

そこにいた連中は、てんでバラバラに部族ごとに国を作り、土着宗教を信仰していたので、彼らにとっては都合が良かったらしい。

そこにいたクセス族という原始部族のような連中にとりいると、彼らは宣教を始め、あっという間にこいつらを信者の集まりにした。

後に起こるクスルクセス神衛帝国の始まりである。

クセス族は、百年ほどかけて、こちらの世界ではクスル半島と呼ばれているイタリア半島を席巻《せっけん》すると、信仰の力を借りて侵略を続け、数百年後には巨大帝国を作るまでになった。

◇◇◇

こんこん、と扉がノックされた。

「どうぞ?」

本から目を離さずに言う。

「は、入るよぉ〜」

聞こえてきたのは、リリーさんの声であった。

顔を上げてドアのほうを見る。

風呂に入った後なのか、いつもより淑《しと》やかに見える。髪が湿り気をおびていて、色っぽい。

服は、メイドに借りたのか、薄手のワンピースみたいな形のパジャマを着ていた。

　お胸がやばいことになってる。

　目の毒だ。

「なにか御用ですか?」

「いや……特に用ってわけでもないんやけど……忙しいかな?」

「いえ、つまらない本を読んでいただけですから」

　俺はサイドテーブルの上に聖典を置いた。

「それで、何かありましたか?」

「いや、な……座ってもええかな?」

「もちろんですよ。どうぞ」

　いくらでも座ってくれていいのだが。

　俺が勧めると、リリーさんは俺の近くの椅子に腰掛けた。

　しかし、なんの用で来たのだろう?

　俺も、最近は性欲に目覚めてきて、そろそろ本格的に娼館に金の使い道を見出《みいだ》すべきかと、悩むような日々を送っている。

　そして、リリーさんは、薄着を見ると胸も尻も出るところはちゃんと出ていて、見ていると下半身が熱くなってくるようなお体の持ち主だ。

　だらしなく太っているわけでもなく、余計な肉もついていない。正直いって、かなり好みの体つきだった。

　もちろん、自制心で抑えてはいるが、ここは俺の家なわけで、いくら顔なじみといっても、もうちょっとは警戒すべきなんじゃないだろうか?

　というか、頼むから警戒してくれ。こっちのほうが辛《つら》い。

「もしかして、お酒飲んでます?」

「うん、ちょびっとな」

　酒臭いとまではいかないが、リリーさんからは仄《ほの》かに甘い酒の匂いが漂っていた。

　そうか。

　酒を飲んでるなら仕方がない。

　酒を飲むと脱ぎたくなるタチなのかも。

「あ、お酒臭いのは嫌いやった?」

「いえ、そうでもないですよ」

あんまりに酒臭かったら、それはどうかと思うが。

まあ知らぬ家で緊張することもあるだろうし、酒で気をほぐしていたのかもしれない。

「なあ、ユーリくん、わたし今いくつか知っとる?」

唐突な質問だった。

いくつ?

年齢のことか?

「えーっと、十八歳でしたっけ」

「そうそう」

十八歳というと、日本で言えば大学生になる歳だが、リリーさんはそんな年齢には見えなかった。

大人びているし、胸も大きいから、特別に若くみえるわけではないが、それでも高校生くらいに見える。

「もう何年かすれば卒業やわ」

「……そうですね。僕にとっては残念ですが」

教養院は二十五歳までいられるが、それより前に卒業する生徒が多い。

それは中央での出世競争に有利だからだ、過半数が辺境の将家領の出身である騎士院生と比べれば、その重要度は比較にならないほど高い。

騎士は武人階級なので、戦乱がなければ出世をする機会が殆どない。内政面で有能さを示すことで取り立てられることもあるにはあるが、唯一頻繁に出征しているホウ家を別にすれば、出世などという概念と無縁に生涯を過ごす連中が多いのだ。

いつでも卒業できる状態にありながら、騎士院の居心地がよくて二十五まで居座っている連中はいくらでもいるし、早く卒業したからといって人生に大きな影響を及ぼすこともない。

リリーさんは出自からいって中央の出世レースに参加するわけではないから、二十五歳まで居ても問題はないと思うが、早く卒業するに越したことはないだろう。

「それがなぁ……離れたくないんよなぁ……」

なんか困った顔をしているが、どうも雰囲気のせいか、色っぽい仕草に見えて仕方がなかった。

「王都からですか？」

「うん……」

まあ、その気持ちは判《わか》らないではない。

リリーさんは王都での生活をエンジョイしてるように見えるし、田舎に帰ったら退屈だと思っているのだろう。

俺は田舎暮らしも苦にならないタイプだが、誰も彼もが大自然と草花を愛《め》でる生活を楽しめるわけではない。

「なら預家《あずかり》の経営は誰かに任せて、王都で暮らしてもいいのでは？　ホウ社がいつまで続くか分かりませんが、役員報酬はどんどん上がるわけですし」

この国では、田舎の物価はかなり低い。山の背側などという地域は、言ってみれば田舎の中の田舎だから、余計にそうだ。

対して、ホウ社の役員報酬はもちろん現金ニコニコ一括払いなわけだから、預家《あずかり》の小領地の税収くらいであれば、委任した誰かが領地経営で失敗をして少しくらい穴が開いたところで簡単に埋め合わせできる。

「……そうはいかんのよ。そんなことしたらお上の将家からなに言われるか」

そうなのか。

ホウ家だったら上納金さえ納めてればなにも言わないんだけどな……。

将家からしてみたら、預家《あずかり》というのは金払いのいい店子《たなこ》みたいなもんで、こちらが得するばかりの存在だし。

山の背のあたりはみんな貧乏なので、時計産業で儲けているアミアン家は妬まれているのかもしれない。預家《あずかり》は基本的に騎士家から蔑まれている存在なので、自分たちより裕福となれば妬む連中も現れるだろう。

「困りましたねぇ……」

リリーさんは文句の付けようがない優秀な技術

者だし、なによりシャムの友人だ。困ってるならなんとかしてやりたい。

「……なあ、ユーリくんは結婚とか考えとらんの？」

「結婚？」

いきなり話が変わったな。

「いえ、考えてませんが」

「あ、相手がおらへんなら、わ、わたしとかどうかな～～……って」

えっ……。

え、ちょっとまって、なに？

突然何を言い出すの？

「リリーさんと、ですか？」

「う、うん……」

なんか縮こまってしきりに首とか触って、テレテレしてるけど……。

その仕草はすごく可愛《かわい》いけど、リリーさんちょっと今日おかしいんじゃない……。

俺と結婚って。

「え、えーっと……」

な、なんて言ったらいいんだろう……。

「か、考えといてってだけやけん。もし相手がいなかったらってことで」

そうなのか。

考えとけばいいわけね。将来結婚する相手がいなかったら、みたいな。

まー俺と結婚すれば預《あずかり》家の将来のことなんてどーでもよくなるわな。

俺がホウ家を継げばの話だけど。

「じゃあ。覚えておきます」

光栄なことと思っておこう。独り身が寂しくなったら、みたいなことで。

「で……でもな」

「はい？」

「もしユーリくんが望むんやったら……今日、味見してってもええよ？」

……えーっと。

それは……なに？

味見？

つまり、今この場でリリーさんの体を好き放題できちゃうわけ？

俺がずっと本能に逆らって、撫で回すように見ることを耐えているこの体を？

「えっと、リリーさんは初めてじゃないんですか？」

「は、初めてに決まっとるやんか！」

声でかい。

そっか、初めてなのか。

「初めてなら知らないと思いますけど、男という生き物は、リリーさんみたいな美しい女性にそのようなことを言われたら、まず味見程度じゃ済ませませんよ」

「えっ……そうなん……」

「それはもう狼《おおかみ》が子羊に襲いかかるように飛びかかって、もう滅茶苦茶《めちゃくちゃ》にしちゃいますよ。おっぱい揉《も》まれるだけで済むと思ったら大間違いですよ。それはもう一度やったら止まらないんですから、朝まで体中犯しまくりですよ」

こっちだって禁欲生活をしているんだから。

「う……」

リリーさんは顔を真っ赤にしてうつむいた。

「だから、だめですよ。軽率にそんなこと言ったら」

俺はリリーさんを諌めた。

今思ったけど、リリーさんが味見とか変なこと口走ってるのって、もしかしてあの有害図書の影響なんじゃねえか？

どうもそんな気がする。自分で出版に携わっておいてなんだが、色々なところで悪影響を及ぼしているのかも。

「軽率やないもん……」

あのー。

軽率やないもん、はいいんだけど、両腕でおっぱい挟み込みながら言うのやめてもらえませんかね。

ブラとかも付けてないみたいだし、微妙に浮き出てるんだけど。

「べつにユーリくんだったらそうしてくれてもええんよ？」

「…………………」

ギリリ、と奥歯を噛《か》み締めた。

理性を司《つかさど》る頭と、本能を司る下半身が戦争をしていて、腹のあたりでしのぎを削っている感じがする。

前線が腕のところまで上がって来たら、意識が乗っ取られてしまいそうだ。

「ゆ、ユーリくん」

「……だめです。すごく魅力的な提案ですが……。リリーさんもそんな簡単に操《みさお》を捨てようとしてはいけません。将来の大事な人のために取っておかないと」

「……将来いうても、どうせ領に戻ったら顔も知らん相手と見合いさせられるんや。とっといても仕方ないわ……」

リリーさんはちょっと淋《さび》しげに言った。

「そんなに捨て鉢にならなくても、きっと僕がどうにかします。だから、こんな風に好きでもない相手に抱かれようとしないでください」

「そうやなくて……」

「大丈夫ですから、安心して寝室に戻ってください。その格好は僕の目には毒すぎます」

俺は少し強く言った。

やらないと決めた以上、この問答は不毛だ。俺のダメージがつのるばかりで、なんの益もない。

「……っ、わかった。すまんな、ユーリくん。変なこといってもうて」

「そんなことはありません。男として嬉《うれ》しいお誘いでした」

リリーさんは席を立って、ドアに向かった。後ろを向くと、はためいた薄い服が体に触れ、くびれたウエストと形の良いヒップが浮き上がった。

ぐぬぬ……。

なぜこんな試練を課せられているのだ俺は……。

リリーさんは、扉を開けると、去り際にちらり

と俺に振り向いて、そして消えた。

その後、俺は下半身に収まりがつきそうにないので、熱に浮かされた頭で、今晩、初めて娼館というものを体験することを真剣に考えた。

だが、三十分ほどじっくり考えて、今の時間から寝間着から着替えて、既に閉じている玄関からこっそり外へ出てゆくというのは、明らかに格好がつかないという結論に達し、俺は諦めた。

今からでは娼館に関して評判などの情報収集ができず、選別のしようがない。だんだん冷静になって考えてみると、娼館はもちろん魔女家のテリトリーなので、よくよく選別もせずに焦って突貫をくれるというのは、いかにもまずい。

というわけで、俺はベッドに入った。

自己処理しようかどうか悩んだが、それはなんだか虚《むな》しい気分になりそうで、難しい問題だった。

俺がベッドの中で悶々《もんもん》としていると、バン、とドアが乱暴に開いた。

「……なんだよ」

上体をベッドから起こして、ドアを見ると、常夜灯の薄暗い光に照らされていたのは、シャムであった。

なんだかしらんが、怒った顔をしている。

うわー、下半身脱いでなくてよかった。

つーかノックくらいしろよ。

「こんな夜中に、なんか用か？」

「なんか用かじゃないですよ、ユーリ」

声色にトゲがある。

一体なんだ。

なんか悪いことしたか？

「なんだよ、なんで怒ってるんだ？」

「リリー先輩になにをしたんですか」

？？？

「なんもしてないけど……？」

どうにかなってたら、今頃俺は、このベッドの中で、リリーさんのおっぱいを心ゆくまで堪能しているんだが。

それはもう揉みくちゃにしているんだが。

現在それをしておらず、寂しい臥所《ふしど》を一人温めているということは、俺はなにもしていないということだ。

これほど完璧な論法は古今東西見回してもなかなか見つからないだろう。

「……なんか変な声が聞こえてきて、起きたら」

変な声？

「ユーリくんにふしだらな女って思われたぁ～もう死にたい……って、リリー先輩が一人で泣いてたんですけど……」

「………」

あの。

えろい人だとは思ったけど、ふしだらとは思ってないけど。

だって処女じゃん。

「あんな先輩は初めて見たので……なにかあったのかと」

「大丈夫、三日もすれば治るから」

たぶん。

「……そうですか。ユーリがなにかしたわけではないんですね」

「してねーっつーの」

「えっちなこととか、してませんよね」

……まさか、シャムの口からえっちとか言う単語が出てくる日が来るなんて。

世界は終わるのか。

自分の娘に彼氏が出来たときってこんな感じなのかな……。

「してません」

「……そうですか。ならいいんです。おやすみなさい、ユーリ」

シャムはぱたんとドアを閉じて、出て行った。

Ⅱ

早朝、俺はシビャクの港にいた。

「じゃあ、気をつけろよな」

俺はハロルに言った。

「ああ。それじゃあな」

桟橋に付いている渡し板から、ハロルは船に乗った。

木で出来た船体は表面が劣化してひび割れており、塗装も剝げかかっている。見るからに使いふるしの中古船だった。

これはレンタルの船で、返さないと違約金が発生する。

ハロルは、どうせ新造の船を買うならクラ人が作った最新鋭の船を買いたいと言った。どうも、造船技術に格段の違いがあるらしい。

俺もそれには賛同したのだが、その結果、ハロルは新造船ではなく中古船で出発することになった。

もちろん一般の船員たちは知らないが、創業以来せっせと貯《た》めてきた予備資金のほとんどすべてが、黄金に姿を変えてこのボロ船の船倉に入っている。円に直せば、八千万から一億円以上になる金塊だ。リスクマネジメントの専門家が聞いたら真っ青になるような話である。

ハロルの見立てによればボロ船の船体に問題はないという話だが、実は欠陥があって船が沈没ということになったら、どうなるのか。新たに雇った船員はアイサ孤島の往還船経験者で占め、つまりは肝のある連中を選んだわけだが、反乱を起こさないという保証もない。

それに、俺はグレートブリテン島の緯度経度なんて知らないから、初回はやはり運否《うんぷ》天賦《てんぷ》になる。

座標は分かるのだから〝迷子になって同じ所をぐるぐる〟とか〝行ったり来たり〟がなくなり、更には〝食料が半分尽きたら帰ってくる〟という技が使えるようになるわけだから、安全性は格段に向上するはずだが、不安なことは不安だった。

そもそも、ゴラが確かな観測をしてくれなければ、それも意味を成さない。座礁して沈没する危険も、無視できるような確率ではないだろう。

「じゃあ、いってくるぜ！！！」

船上の人となったハロルが、大声で言って、桟橋へ係船してあるロープを解くように指示を出した。手こぎのタグボートが離岸を手伝い、中古船がゆっくりと桟橋から離れると、マストに帆が張られた。

そして、ハロルの乗った船は、風を帆に受けゆっくりと離れていった。

最近はハロル関係で忙しくしていた俺であったが、ハロルが出港するとやることがふっつりと無くなってしまった。

ハロルがちゃんと真新しい船に荷を積んで帰ってくるのか。

考えると、非常に不安だった。

だが、もう船は出てしまったのだから、考えても仕方がない。

俺はとぼとぼと街を歩き、自然と学院の敷地に入った。

今日は休日なので、学校の用事はない。だが、やはり学院くらいしか来る所はなかった。

「……寝直すか」

俺はひとりごちた。

寝よう。

多忙を極め季節を感じる暇もなくなっていた間に、季節は春になっていた。気づいてみれば、日差しは外で昼寝ができるほど空気を温めている。

昨日一昨日と雨も振っておらず、土も濡れていない。

そのへんの樹《き》の下で寝るか……。

俺は学園の半分を占める森に入って行き、適当に日当たりの良い木を選ぶと、根本に尻もちをついて、幹に背を預けた。こんな硬いベッドで寝られるものかな。

そう思っていたが、よほど疲れが溜まっていたのか、すぐに眠気がやってきた。

◇◇◇

夢の中で、俺はお爺の家で、お爺の講義を聞いていた。

　俺はうすらぼんやりとした意識の中で、自分がまだお爺のことを覚えていたことに、少し驚いていた。

「不確定性原理というのがあるらしくてな。わしもよくは知らんのだが、なにやら物理畑の連中によると、物体の大本の状態を完全に正しく知るのは不可能なんだそうだ」

　俺は、そのときお爺の実家におり、その講義を聞いていた。

　高校生のころだ。

　大学を引退したお爺は、孫に講釈をするのが大好きだった。俺が聞き上手だったのもあるだろうし、単純に孫が可愛かったのもあるだろう。

　そのとき俺はもう高校三年生で、物理はそこそこ得意だったので不確定性原理のことも概念と結論くらいは知っていて、おそらくお爺よりもよく知っていた。

　なにしろ、お爺は経済学が専門で、解析方面で数学を使うことはあっても、物理学については完全に畑違いだった。

　俺はこの学者肌の祖父のことが大好きだった。父親に反感を持ち、学者肌のお爺を慕うあまり、俺は何故か学者に憧れた。そして、理系大学に進んだあとも一心に学者になりたいと願い、大学院の門を叩いた。

　高校生などという人種は、成長したようでまだまだ未熟で、だからしょうがないとは思うが、あの頃の俺は、自分というものが見えていなかった。

　その結果がアレだった。

　俺はまったく学者に向いていなかったのに、資質ではなく憧れだけで道を選び、重要な選択を誤りに誤った。向いていない大学で、向いていない研究をし、なにも成し遂げることができなかった。

　だから、大学を追い出され学者としての道を絶たれたときも、俺は大して残念とも思わなかったし、戻りたいとも思わなかった。むしろ、ソリの合わない妻とようやく離婚できた男のように、どこか解放された気分すらあった。

「最小単位の状態を正確に理解できなければ、最小単位の繋《つな》がりでできた大きな単位を、完全に理解することはできん。物理学でも、世界の正確な形を完璧に捉えることは原理的にできんらしい。わしは、自然科学も社会科学もおおもとのところは一緒なんだな、と思ったものだ」

祖父がこのとき言っていた内容は、つまりは観察者効果のことだ。

素粒子、例えば電子のような存在を観測しようとすると、観測行為そのものが電子を変位させてしまうために、正確な観測結果は得られない。

銅像を観察するためにライトを当てても、銅像はビクともしない。だが、それが超高出力の熱光線だったら、銅像はぐにゃぐにゃに溶けてしまい、どういう形だったか分からなくなる。

形を観測するための行為によって形そのものが崩れてしまうために、観測する前の形が分からなくなるわけだ。

ごくわずかなエネルギーで変位してしまう素粒子を観察するという行為には、そういった困難が常につきまとう。そのせいで、素粒子の観測には必ず誤差が生まれる。

「経済学というのはな、人間一人ひとりの日常の生活を学問する学問なんだ。最終的には、人間社会の動きを極めて正しくトレースするモデルを作ることを目標としとる」

経済学者にもいろいろあるのだろうが、お爺の最終的な研究目標はそれだったのだろう。

「だが、人間には個性がある。一人ひとりが違う生き方をしとる。それが一億も二億も集まった社会を、正確にトレースするモデルなぞ、人間に作れると思うか」

お爺の専門は行動経済学だった。行動経済学というのは、単純化された経済モデルで使われる、いわゆる合理的経済人から離れ、主に心理学などを使い、現実のリアリスティックな人間の行動を分析し、経済学に落とし込もうという、学際的な経済学の分野だ。

「わしは、もう何十年も一緒に暮らしているのに、婆《ばあ》さんのことがいまだにわからんことがある。他人のことを本当に理解するというのは、心底ままならんものなんだ。それなのに、社会というやつは、人間が一億も二億もおる。国際社会でいえば五十億も六十億もおる。長年連れ添った自分の妻のこともよくわからんのに、社会の形をまっとうに知るなんて、人間の短い人生でできることではなかったのだ」

そう言ったお爺の顔は、なんとなく淋しげだった。

お爺は、まるでパッとしなかった俺からして見れば、目が眩《くら》むほどまばゆいと思えるような、学者として立派な成功を収めてきた。

だが、お爺のいう学者としての偉業というのは、そういうものとは質が違ったらしい。たとえて言うなら、未解の真理という茫漠《ぼうばく》の闇のなかに潜り、どれだけ価値あるものを拾ってきて、白日のもとに晒《さら》すことができたか。それが学者の値打ちなのだ。というようなことを、考えていたように思う。

だから、お爺は社会的に立派と思われている自分の業績にも価値を見いだせなかった。

俺に話をするときも、嬉しそうではあったが誇らしげではなかった。

「わしは学者としての道を間違えた」

と、お爺は良く言っていた。

経済学というのは、どうしても通貨が表面に出てきてしまうため、金の動きを探るだけの学問というイメージが強いが、本来は人間という動物の経済活動すべてを取り扱う。

経済活動とは、つまりは人間が飲み食い住み動く、全ての行動を総括的に表現した言葉だ。

俺はお爺を見て、学者になりたいと思い、だが生き様をみて社会科学の道を志すことをやめた。

お爺は、大学を定年で退いたあと、経済学から離れ、人からも離れ、政治経済のニュースを見ることもやめ、田舎で夫婦で土いじりをしながら暮らした。

そして、お婆ちゃんが死ぬと、後を追うようにして死んだ。

◇　◇　◇

ふいに、現実に押し戻されるように目が覚めた。

頭がすっきりしてくるにつれ、あれが夢だったことを認識する。よくもまあ、お爺の顔なんて覚えていたもんだ。

似顔絵でも書いておきたいな、と思ったとき、目の前に人がいるのが分かった。

金髪の女の子だ。

金髪の女というのは、俺の知り合いには三人しかいない。

女王陛下、その娘一、その娘二だ。

「カーリャか」

娘その二のほうだった。

目の前でかがみこんで、スカートを押さえながら、俺のツラをじーっと見ている。

「やっと起きたわね」

「お前、ずっと見てたのか」

「そうね、三十分くらいは」

三十分も寝てる男を眺め続けていたわけか。

ドッラとかも部屋に入ると寝台で寝ているキャロルをじっと見つめていて、ゾッとすることがあるから、シャン人のアホ特有の習性なのかもしれないが、こいつの場合は真っ昼間からだ。

暇人すぎると言いたくなる。

「暇人だな」

「相変わらず失礼ね」

「暇なのか」

「私が暇だと思って？」

暇じゃなかったらどうしてぼーっと眠ってる男のツラを見続けるなんて真似をしとるんだ。

「忙しいなら、用事を済ませたらどうだ」

「あなた、デートしてあげてもいいわよ」

やべぇ、こいつ話通じねえ。暇だから誰かに遊んで欲しいのか。それなら忙しいなんて言わなきゃいいのに。

「遠慮しておく」

俺は立ち上がって、尻についた汚れを払った。

こいつと遊ぶつもりはない。ありもしない噂を補強する要因がひとつ増えるだけだ。

「なんでよ。付き合いなさいよ」

「そんな本を持って、一体どこへ行くつもりだ」

カーリャは脇にあの本を抱えていた。

ピニャが書き、コミミが印刷し、俺が製本販売したやつだ。

つまり、俺とドッラの情事が内容の本だ。んなもんを白昼堂々持ち歩くなボケと言いたい。

「……なによ、気にしてるわけ」

カーリャは、さすがにしまったと思ったらしい。

バツの悪そうな顔をしている。

「別に気にしちゃいないが、エロ本は堂々と持ち歩くな」

「エロ本じゃないわよ。あんたちゃんとこれ読んだわけ」

誰が読むか。

俺は発作的に頭をひっぱたきたくなったが、こらえた。

「気がおかしくなりそうだから読んでいない」

「じゃあ読みなさいよ。これって文学なんだから。なんなら貸してあげるわ」

やべぇこいつキマっちゃってる。

完全に頭イッちゃってる。

「……じゃあな」

俺は逃げた。

あっという間にカーリャをまくと、寮のほうに駆け込んだ。

寮の食堂へ行くと、ドッラが一人で飯を食っていた。

休日は他所《よそ》で飯を食う連中が多いのに加え、今は昼飯時を少し過ぎている。人が居ないのは道理というものだ。

　それにしても、よりにもよってこいつがいるとは。

　ドッラは、常人の三倍も四倍もあろうかという量の飯を一人でモリモリと平らげていた。

　見ると、Tシャツみたいな袖付きのシャツは、汗で濡れているようだ。先ほどまで訓練をしていたらしい。

　今日は休日なので、自主訓練をしていたということになる。ご苦労なことである。

　俺は食堂のおばちゃんにセットの食事を注文した。昼食時を少し逃してしまったので、焼きたてのパンや焼いたばかりの肉は出てこないが、そのへんは我慢するしかない。

　俺は冷えた昼食の載ったトレーをもらうと、ドッラとはだいぶ離れた席に座った。

　しばらく飯を食っていると、飯を食い終えたのか、ドッラが席を立った。

　こちらに向かってくる。

　くるな。

　くるな。

　あーあ、来ちゃった。

　ドッラは俺の目の前の席にどっかりと座った。

「……おい」

　話しかけてくる。

　なんか暗いんだよなこいつ。

　俺もネクラだから暗いのはいいけど。なんというか粘りのある暗さというか。

　どうせキャロルのこと好きなんだったら、夜中にじっと顔見てたりしないで、いっそ下着盗んだりすればいいのに。

　プライドが邪魔するのかそういうことは一切しないんだよな。そういうところが粘り気があるというか。

　夜中キャロルの顔を見てるのは、おそらく俺しか知らないし、誰にも言っていない。それなのに同じような行為をしている情景をピニャに描写されたのは、偶然とは思えない。

　やっぱり、そういう湿り気をもった暗黒のオーラが漂っていて、他人からもそれが分かるんだと思う。それを特に観察力の優れたピニャが拾い上げ、形として著したということだろう。

　ドッラが分かりやすいのか、ピニャの洞察が並み外れているのかわからないが、そういう理由あってのことで、ピニャの妄想がたまたま当たっただけとは俺には思えない。

「なんか用か？」

　つい二、三年前まではアホのように武術の練習に付き合えとか勝負しろとか言ってきたもんだったが、それも最近では鳴りを潜めている。

　久しぶりに勝負を挑んでくる気だろうか。

「殿下のことで話がある」

　違った。

「ああ、そう」

　ついに告白でもすんのかな。夜中に寝顔を熱心に見ているより健全だと思うけど。

「お前、殿下のことをどう思ってる」

「はあ？　別に」

「ただの友達か」

「……まあ、そんなところかな」

　しかし、なんなんだこいつは。そういえば、普段より思いつめたような顔をしてる気がする。

「殿下はお前のことを思慕しておられる」

　なんか変なこと言い出した。

　はあ？

　シボ？

「何をわけの分からんことを」

　こいつ意味わかって言ってんのか。馬鹿のくせに小難しい言葉を使いやがって。

「事実なんだ」

「根拠はあるのか」

「根拠だ!?　そんなもんがあるわけないだろ!!」

　ドッラは突然立ち上がって大きな声をあげた。

　おいおいおい。いきなりキレんなよ。

「まあまあまあ落ち着けって」

「俺は落ち着いてる！」

落ち着いてねえやつほどそういうんだよ。

「とりあえず、座れ。なにがあったか話してみろよ」

　俺が言うと、ドッラは渋々椅子に座った。

　熱が冷めたわけではなく、ぐらぐらと激しく沸騰している湯に少し水をかけたら、ひとまず沸騰がおさまった。みたいな感じだ。

「俺には分かるんだ。殿下がお前を好いておられるのが」

　ああ。

　これ、特になにがあったわけでもないパターンだな。

　思いつめちゃって勝手に妄想が暴走してる感じだ。

「ま、まあ気が合うところもあるし、そう見えるのかもな」

「そうじゃないっつーのが……」

　また気が昂《たかぶ》ってきたようだ。

「待て待て待て」

「もういい。お前に相談したのが馬鹿だった」

　これは相談だったのか。初めて知ったぜ。

「相談だったのかよ。キャロルと付き合うための恋愛相談か」

「この大馬鹿野郎」

　まさかこいつに大馬鹿野郎と言われる口が来るとは。世の中わからんもんだな。

　俺が呆然としていると、

「俺は部屋を移る」

　と宣言した。

　部屋を移る？

　部屋に戻る、じゃなくて移る？

　辻褄《つじつま》があわねえぞ。

「なにいってんだ。別の部屋に移ったらもうキャロルの寝顔は見られねえんだぞ」

　ドッラは、俺への対抗心を燃料にしつつ、キャロルの寝顔を夜中眺めることで癒され、日々の厳しい訓練に耐えている。

それがなくなったらコイツはどうなってしまうのか。

ほぼ確実に、一生キャロルとはお別れだ。

会ったり話をしたりすることはできるだろうが、こいつの性格上、親密な関係になることはまずムリだろう。

生活が荒れたり、変な女にでも騙《だま》されて人生棒に振ることになるかも。

夜中に寝顔を眺めるとかは同室だから許されていることで、部屋を出た後になってキャロルが寝ているところに忍び込んで寝顔を見ていたら、これは相当にレベルの高い変態の所業としか思われない。言うまでもなく大問題になる。

「結ばれないなら結ばれないなりに、キャロルがいなくなるまで幸福を噛み締めろよ」

「だが、このままだと俺は間違いを起こしてしまうかもしれない」

「あぁ」

それが心配だったのか。自制心が保たれなくなるとか。

それはあるかも。

社を作る前は、俺がほぼ毎日寮に泊まっていた。だがここ一年は特に外泊が多くなったので、それで辛くなってきたのだろう。

俺が自制心の防波堤になっていたというのに、俺がホイホイ外泊するせいで、歯止めがきかなくなりかけている、と。

「それだけじゃない。俺は殿下への想《おも》いを断ち切らなければ」

「別に断ち切る必要は」

ドッラは、実のところ、わりとキャロルの花婿としてふさわしい立場にいる。

ドッラがキャロルと結婚するというのは、夢物語ではない。

王族の婿というのは、通常は近衛《このえ》第一軍あるいは巫女《みこ》筋から取られる。シャルタ王国の場合、魔女と接近しすぎないよう魔女家からは男を取らない慣習になっている。恋愛が絡んだ場合は致し方なくどうしても、という例があるにはあるが、レアケースである。

外国の王族から取られるという場合もあるが、これは今ではキルヒナしか相手国がなく、キルヒナ王家には男の子供は居ないので、今のところ可能性はない。

巫女筋というのは、端的に言えば他国から流れてきた王族の血筋だ。

王族が亡命というか難民として逃げてきた場合は、普通の貴族と同じように一般市民として受け入れられる場合もあれば、どこかの将家が引き取る場合もある。

だが、そこらへんの貴族と違い、やはり王族は王族なので、あまり貧乏な生活をされるのもまずい。

なので、聖山の祭祀《さいし》場に祭祀者として入る道が特別に用意されている。

シャン人の宗教は一種の多神教で、あまり国民に熱心に信仰されているわけではないが、原始的な自然を擬神化する信仰を持っている。黒海が全ての海の源と考えられていて、黒海のことを聖《せい》沼《しょう》と呼んでいる。聖山では毎夜、黒海のほうに向かって、メッカに祈るムスリム宜《よろ》しく祈りを捧《ささ》げているらしい。

ただ、さすがにその仕事は退屈すぎるので、王族がやってきた場合も聖山に入るというのは最後の選択肢で、あまり好まれるものではない。だが、それを選んだ連中も歴史上には少なからずおり、聖山の祭祀者（巫女筋）の連中には金髪が多いらしい。

これは他国の王族の血筋なので、婿としては相応《ふさわ》しいが、こいつらは宗教家なので学院には来ない。つまり礼儀作法と宗教知識以外は特別な教育を受けていない種馬のような存在で、キャロルや女王陛下がそういう奴を婿にするとは考えにくい。

例外として、将家から取られることもあるにはあるが、恋愛など特別な事情がある場合や、何かしらの事情で政略結婚の必要がある場合に限られる。なので、親が近衛の第一軍で、まあ順調にいけば第一軍に入るであろうドッラは、そこまで悲観する必要はない。

「キャロルと結婚できるという可能性もなくはないだろ。部屋を変えるのは、その可能性を遠ざけることにしかならない」

「……だが」

うーん。

ていうかさ、俺、思うんだけど。

「おまえ、なんつーかさ……性欲が溜まりすぎなんじゃないか？」

「なっ……！」

ドッラは激しくうろたえた。

そんなにうろたえることはないだろ。

俺はこの前、俺らと同じ年齢で、すでに子持ちという鼻持ちならんやつと出会ったぞ。

「その様子だと、娼館に遊びに行ったりもしてないんだろ。性欲を発散しないからそんなふうに思いつめるんだ」

ドッラは歳を重ねて精悍《せいかん》な顔つきになってきている。

筋肉質でマッチョな体つきなので、嫌いな女性は嫌うだろうが、まあ娼館にいけばそれなりにモテるだろう。

まあ、要するに、さっさといって抜いてこい。ってことだ。

「関係ねえ」

そんなわけがあるか。

「関係なかったら、どうしてキャロルを襲っちまうかもなんて思うんだ。性欲が根本からなかったら、そもそもそういう発想がでてこねえはずだろ」

「…………」

ドッラはさすがに心当たりがあったのか、黙った。

「なあ、ドッラ。人間の三大欲求ってものを知ってるか」

「知らん」

俺が知っているだけで、ものの本に載っている話ではないので、これは知っているわけがない。

「人間には三つ大きな欲求がある。食欲と睡眠欲と性欲だ。性欲を我慢するってのは、腹が減っても食わない、眠くなっても眠らない、そういうのと同じくらい不自然なんだよ。腹が減っても食わなかったら、力が出なくなって、しまいには動けなくなる。寝ずに三日も過ごしてたら、これもまともな仕事はできなくなる。それと同じで、性欲も我慢してたら頭がおかしくなっちまうのは、当たり前のことなんだ」

俺はとってつけたような持論を展開した。

「………」

「今晩にでも行って来いよ。そうすりゃいくらか楽になる」

「いや……」

ドッラは口を濁した。

「なんでだよ。娼館行く小遣いくらいもらってるだろ」

「いや、殿下はそういうのはお嫌いみたいだし」

……馬鹿かこいつは。

お嫌いみたいだしって。

んなもん知ったこっちゃあるかよ。

すでに付き合ってるってんなら気にする必要があるかもしれないが。

いや、すでに付き合っていようが、言わなきゃわかんねーんだから、やっちまえっつーの。

「ばーか、男の性欲が女に分かるもんか。こっちはこっちで勝手にやっときゃいいんだよ」

「いやな」

何を怯《おび》えたような表情をしてやがる。

デカい図体《ずうたい》しやがって。

「じゃあキャロルの下着でもぬす……じゃなかった、借りて自分で処理しろよ」

そうだそれがいい。

「おまっ！」

「どうせ気付かねーよ。すぐ返しとけばわからねーって」

　キャロルはあれで自分の持ち物には無頓着な部分があるし、古くなった下着がなくなっても召使いが処分したのかと思うくらいだろう。

「馬鹿、そんなこと……不敬にもほどがあるだろ」

「カタいなあ。そのくらい若気の至りで済むんだって。大人になりゃ笑い話なんだから」

　軽口を叩きながらドッラを見ると、俺を見ていないことに気づいた。チラチラと俺の後ろを目で見ながら、目線でサインを送っている。

　それも見たこともねーような情けねー顔で。

　久々の丸一日の休日で気が緩んでしまっている俺も、さすがに気づいた。

　あーあ。

　参ったなこりゃ。

　はぁ～～……どうやって誤魔化すかな。

「というのは冗談で～、やっぱりアレだよな。女性の気持ちを考えるとそんなことできっこないよなぁ。我ながら悪い冗談だった。ははは……」

「あ、ああ……」

　注意して耳を傾けると、後ろから足音が微かにだが聞こえた。

「いやぁ、冗談でも口にしていいことと悪いことがあるよな。これから気をつけるよ」

　はぁ。

　ドッラも気が利かねえよな。

　見えた瞬間に「あ、ドーモ」とか「これから飯ッスか」とか大声で言ってくれれば、俺もすぐに気がついたのに。

　それにしても、いつから聞いてたんだ？

「ところで、ちょっと真面目な話があるんだよ」

　俺は声のトーンを変えてドッラに言った。

「な、なんだ？」

「お前を男と見込んで頼みがあるんだ」

「ああ」

「この飯を片付けといてくれ」

言うやいなや、俺は椅子に座った体勢から、横に転がり落ちるようにして体を崩すと、地面を蹴った。

このまま全力疾走で逃げる!!

蹴り足の力が体を運びはじめると、ガクンと首に衝撃が走った。後ろの襟首を捕まれ、ほぼ同時に右膝の裏に蹴りが入り、後ろに引きずり倒される。

とっさに起きようとすると、胸板を蹴って倒された。

「逃げるな」

蔑みの目で俺を見下ろしながらそう言ったのは、案の定キャロルであった。

胸のあたりを踏まれ、押さえつけられている。さすがに毎日のように訓練しているだけあって、踏み方一つとっても堂に入っていた。

「やあ、キャロルじゃん。いたのか？」

俺はすっとぼけた。

「しらじらしい。気づいて逃げたくせに」

「なんの話だ？」

しらは切り続けるものだ。

「この変態が」

冷たい言葉が降ってきた。

「ゴミ、クズ、アホ、とんちんかん、まぬけっ、変質者！」

「よくも並べられるもんだな」

「お前が変態なのはいいとして、真面目にやっている騎士の卵を唆《そそのか》すとは。なんて情けない」

俺が変態なのはいいのかよ。

「相談に乗ってやってただけなのに、ひどい言われようだ」

「なにが相談だ。あんなものは相談とはいわん！　苦しんでいる学友に、しょ、しょ、娼館へいけなどと！」

顔赤くするくらいなら言わなきゃいいのに。

それにしても、さすがに全部は聞いていなかったのかな。俺はどっちでもいいが、前半を聞かれてなかったとなると、ドッラは救われたな。

「男にとっては性欲の処理は死活問題なんだよ。間違いを起こさないように娼館へ行く。これは貴族として過ちを犯さないようにするための立派な行為で」

「それを断ったドッラに、お前はなんといった！」

あちゃー。

そこ突かれると痛いねー。

「あー、なんだったかな？」

「この野郎」

胸に体重がかけられた。

「イタタ……あれは冗談だって」

「私に気づいたから言い繕っただけだろ」

バレてる。

「ユーリくん、観念したほうがいいですよ」

と、見えない所からミャロの声がした。どうやら近くに……というか、キャロルと一緒にいたようだ。

「ミャロは腹が立たんのか」

同意を求めるように、キャロルが言った。

「男性の社会には男性の慣習がありますので、頭から否定するのはどうかと。遅かれ早かれ済ますものらしいですし」

さすがミャロだ。分かってらっしゃる。

騎士院の学生は、ネットでオカズも漁《あさ》り放題、寝るところは一人用の私室、というような夢の様な環境が与えられているわけではない。教養院みたいに気の利いたエロ本部屋があるわけでもない。

発散する場所がないのだ。

金を持っていることもあって、娼館というのは非常に現実的な選択肢なのである。

「ですが、下着うんぬんというのは、ボクとしても些《いささ》か下劣な発想のように思えますね」

ミャロのほうを向くと、笑みはなく、地面に落ちているゴミを見るような目で俺を見ていた。

「お前は説教だ。根性を叩き直してやる」

「ドッラ」

俺はドッラに声をかけた。

くそ、こいつのせいで。

「あ、ああ」

「メシを片付けといてくれ。心苦しいからな……なんなら食ってもいいぞ」

「お前にしては感心な心がけだな。ほら、部屋に行くぞ」

　俺は襟首をつかまれたまま連行されていった。

◇　◇　◇

「よう……どうした？　その顔は」

　社長室にいたカフは、俺の顔を見るなり訝《いぶか》しげな顔をした。

「頬をおもいっきりつねられた」

「例の悪ガキにか」

　例の悪ガキというのは、前に雑談で話したドッラのことだろう。

「いや、殿下に下ネタを言ったら怒りだしてな」

「殿下って、キャロル殿下のことか」

　カフは驚いた顔をしている。あれも平民にとっては天上人に近いからな。

「そうだよ。今夜は寮にいないほうがいいと思ってこっちに来た」

　キャロルがトイレ行って席を外した隙に逃げてきた格好だし。

「キャロル殿下か。一度拝見してみたいものだ」

　いや、お前会ったことあるじゃん。と口にしかけて、危うくやめた。

　あのときは身分を隠してカツラを被《かぶ》って、偽名も使ったんだった。

「そうか、あの金色の髪は見ものなんだがな」

「金色の髪なら見たことがあるぞ」

　なぬ？

「祭祀場のほうにでも行ったのか？」

　金色の髪というのは、この国には祭祀場と王城以外では、ツチノコなみのレアだ。

「いや、王城通りの商店に売り込みにいったとき、遠目から拝見した」

王城通りの商店というのは、王城島に続く二つの橋の直近にある商店群のことだ。付近の高級住宅街の人々御用達《ごようたし》の商店が並んでおり、服屋などは王室御用達の看板を掲げていたりする。

だが、野菜屋などでは大市場で買うのと同じものが綺麗《きれい》に洗っただけで五倍とか十倍の値段で売られているので、ぼったくりというイメージがある。

キャロルは正体も隠さず街をブラついたりはしないので、おそらくカフが見たのはカーリャのほうだろう。王女の街ブラが悪いことなのかどうかは、王族の行動についてのモラルについて詳しくないので、さっぱり見当がつかない。

「そいつは、妹のほうだろうな。姉のほうはしっかり者だから、もうちょっと締まりのある顔をしてるぞ」

「そうなのか」

カフは興味津々なようだ。会ったことあるのに。

「あの姉妹の話をすると頬が痛む。俺は、メシを誘いにきたんだ」

「ああ、そうだったのか。いいぞ」

「ビュレはいるのか」

「別の部屋にな」

「じゃあ、連れて行こう」

「そうか。それなら少しいい店に行こう。彼女は良くやっているしな。たまにはいいだろう」

カフにしては珍しい褒め方だった。

そうか、良くやってくれているのか。

「そうしてやってくれ。店は任せるよ」

「よし、じゃあ予約をいれておこう」

予約が必要な店なのか。

社長室から出たカフは、いつもコキ使っているらしい丁稚《でっち》のような役目をしている若者を呼びつけ、使いにやった。

夕食時になってから三人で出かけ、カフが予約した飯屋の椅子に座ると、

「いい店だな」

と、俺は素直に感想を言った。

「はい！　こんないいお店にきたのは初めてです。ありがとうございます、ユーリ様」

ビュレはわざわざ席を立ってから俺に頭を下げる。

「そうかしこまるな。ここの用意をしたのはカフだ」

「じゃあ、カフさんもありがとうございます！」

カフは返事もせず、手をひらひらと振って返事をした。

店は小料理屋のような風体で、高級居酒屋店と料亭を足して二で割ったような雰囲気だった。貴族がするような作法が必要なほど堅苦しくない、富裕層が利用する店といった趣だ。

「ビュレは会計を頑張ってるんだってな」

「はい！」

「カフ、どうなんだ？」

「才能がある」

カフは真面目な顔で言った。

会計の才能というのは良く分からないが、ビュレの性格から考えて、脱税について誰も思いもつかなかったエグいやり方を何通りも思いつく、というような方向の才能ではないだろう。

「会計は性格だ。つまらんそろばん仕事をひたすら根気よく続けて、苦にならないという人間にしか務まらん」

俺は会計というのは、信頼できる人間という条件が第一だと思っていたが、カフによると違うらしい。

考えてみれば、知的労働かつ単純作業という仕事なのだから、それが苦になる人間は途中で疲れて嫌になってしまうものなのかもしれない。

「その点、ビュレは向いてる。一時間でも二時間でも数字と睨《にら》めっこしてるからな」

それは褒めてるのか。いや、褒めてるんだろうな。

「なるほど……」

「あっ、ありがとうございます！」

ビュレはまた立ち上がって、今度はカフにお辞儀をした。

「じゃあ、ビュレにはこれをやろう」

俺は持ってきた包みを机の上に置いた。

「えっ、そんな……私、受け取れません」

中身も見ずに受け取れないとは。

現金かなにかかと思ったんだろうか。もしくはブランド品とか。

「中身は別に高いものじゃないぞ。とにかく開けてみろ」

「は、はい……」

ビュレは丁寧に包装を解くと、中を開けた。

「こ、これは……」

中からでてきたのは、そろばんだった。

綺麗にニスが塗られ、珠《たま》はキッチリとした菱《ひし》型をしている。縦の一列には五つの珠があって、一つと四つが横に走る梁《はり》で分断されている。

日本式のそろばんだった。

「試してみて、具合がいいようだったら使ってくれ」

「いいんですか？」

「いいに決まっている」

現在のそろばんは、上下が分かれていない十珠のもので、珠もまんじゅうみたいな潰れた球形をしている。

四つ珠と五つ珠の違いみたいなもので、亜種に九珠というものもあるのだが、やっぱり使いにくいことに変わりはない。

どうせ本格的に覚えさせるなら、道具も効率的なものを使わせたほうがいい。

「あ」

りがとう。という前に、俺は体を乗り出して、立ち上がろうとするビュレの肩をガッと抑えた。

「礼はいい。働いて返してくれ」

「あ……、は、はい！　がんばります！」

いちいち立ち上がって礼をするんじゃ大変だからな。

「それで、収益のほうはどうなってる」

俺は再び椅子に腰掛けた。

「借り入れはないから火の車とはいえんがな、当分は身動きできんぞ」

身動きできないのは仕方ない。ハロルに船を買ってやるのが、いわば物凄い大運動だったわけだから、その後に息切れするのは当然だ。

だが、例えばそのせいで給料も払えなくなったりすると、これは問題になる。

「大工が使う建材費くらいは出てるのか？」

建材がなければ大工は仕事ができないわけで、そうなると向こうの進展はストップすることになる。

「それは船代とは別にとっておいた。全部をあの野郎に預けるわけにはいかないからな」

「さすがだな」

ちゃんと考えている。

「ビュレ、数字は覚えてるか」

「は、はい。最低限の貯蓄として三万五千ルガほど残しています。今月の給金の支払いで、約一万ルガほど支払い、建材費や材料費など、経費で一月二万五千ルガほど請求されますから、貯蓄だけで来月末までは運転できます」

けっこうギリギリだな。

この金額は、現段階では俺のポケットマネーから出入りしてる金額ということになるので、深く考えると気が遠くなりそうだ。

といっても、一年で八十万ルガを捻《ひね》り出せた事業だ。すでに向こうでは出来上がった建屋から作業を始めているし、製品の流通もできているのだから、一ヶ月間利益が出ないということはない。

売上についてはピニャの新作にもかかっているが、第一作の評判は上々だったようだし、もし次が駄作だったとしても、ネームバリューでそこそこの売上はあるだろう。

運転を始めさえすれば黒字になる事業なのは間違いないのだから、予備資金が少ないことはそこまで悲観する要因ではない。

だが、心配事はある。

「警護のほうは上手く行ったのか？」

　上手いこと運搬できなければ、幾ら金になるものを作ったって一銭にもならない。

　ホウ家の領地内は治安が保たれているから、殆ど野盗に襲われるということはないが、領境から王都までの間には距離があり、この部分の安全は保証されていない。

　ラクラマヌスの連中も、攻撃してくるとしたらこの間を狙うだろう。

　なので、俺は別邸と屋敷の間の兵交換に商品を積んだ馬車を随行させることにした。そのために、恥を忍んでルークに頼みもした。

「問題ない。カラクモの屋敷のほうは良くしてくれているしな。サツキ様にもお会いした」

　サツキか。

　そういえば、生産拠点を移転することを話しに行って以来、会っていない。それにしても、サツキがカフに会ったとは妙な組み合わせである。

「話をしたのか？」

「ああ。少しな。お前のことを聞いてきた」

「俺のことを？　何を聞きたがったんだ？」

「俺が商売に誘われたときの話とか、どういうふうに経営に関わってるのかとか、そんな話だな」

　まあ、共通の知人といったら俺しかいないわけで、普通に雑談してりゃ、俺がネタになるわな。

「まあ、それで仲良くなったんなら、それに越したことはない。交替の兵隊が泊まる宿では、せいぜい機嫌をとってやってくれ」

「分かってる。ちゃんと一番いい酒を奢ってやっているさ。それで済むなら安上がりな話だ」

　幸い、交換兵たちは王都での軍団の顔になる関係上、それなりに練度が高い兵だが、社に関してどういう理解でいるかは分かったものではない。

　カフを含めて社員たちの身分は平民なので、平民の護衛なんぞ重要なものとは考えられないと勝手に解釈し、任務を軽視してしまうかもしれない。

　最悪、機嫌を損ねたら先に行ってしまった、なんてことも起こり得る。

こちらが下手に出て軽くでも接待をしてやれば、そういったリスクも抑えられるだろう。

「とりあえず、問題はないようだな」

よしよし。順風満帆だな。

「問題はある」

えっ。

「なにが問題なんだ？」

「陸路じゃあ、費用がかかりすぎるんだよ」

「ああ……」

なるほど。

「紙なんてものは、かさばらない上に軽いから運び賃は安くつくほうだが、それでも売値を上げざるを得んほど金がかかってしまっている」

輸送コストというものは、陸路より海路のほうが格段に安い。

ましてや、この国ではトラックを整備された道に走らせるのでなく、馬を使って馬車を引いて行くのだから余計だろう。

海賊の危険はあるにしろ、海路を使うに越したことはない。

だが、その場合は問題があった。

王都の港は当然魔女家の管轄なので、今朝ハロルが出港したような場合は空荷でなにを儲けるわけでもないから問題はないが、儲けになる積み荷を積んでいると問題が噴出してくる。

紙なんぞを積んでいたら大問題だ。港湾を牛耳っているテンパー家という大魔女家に上納金を治めなければ、沖仲仕《おきなかし》が紙束に塩水をぶっかけたり泥棒して売り回ったりするだろう。

「そのへんは、ハロルが着いてからだな」

今すぐに解決しなければならない問題ではない。

当分の間は陸路でも大丈夫だろう。

「むしろ、やつが一番の問題だろ」

「ああ、信用出来ないのか」

「お前は楽観してるのか？　やつは、言ってみりゃ一国一城の主だった男だ。おとなしく部下になるとは思えんぞ」

そりゃそうだわな。

俺もそう思っていたし。カフはイーサ先生のことを知らないから、不安なのだろう。

「ハロルは大丈夫だ。ハロルが裏切ったら、やつは心底惚《ほ》れてる女と二度と逢《あ》えなくなる。そういう仕組みになってんだ」

「なんだ、人質でも取ってるのか?」

　俺がそういう対策を打っていたとは思わなかったのか、カフは意外そうだった。

「人質ではないけどな。その女性の前で約束させた。あの人はそういう約束を破った男を絶対に許さない人だ。俺は、ハロルが俺を裏切るところは想像できても、あの人との約束を破るところは想像できない」

　イーサ先生が死ぬとか言い出したのは誤算だったが、それがなくても、イーサ先生の前で誓わせれば、ハロルは裏切らないだろうと踏んでいた。

「惚れた女を使ったか。悪くない手だ」

「できるなら、したくなかったがな」

　無条件で信頼できるのなら、それが一番良いに決まっている。

　だが、それをすると往々にして馬鹿をみるのが世の中というものだ。このような大金が飛び交う商売では、特にその傾向は甚だしい。

「人は、時間で恩を忘れる動物だ。長い付き合いをするつもりなら、そうしておいたほうがお互い幸せだよ」

　さすがカフは深いことを言う。

「お待たせしました」

　おっと、料理が運ばれてきた。

「うわぁ……美味《おい》しそうです」

　しばらく会話から蚊帳の外を食らっていたビュレが、目を輝かせて言った。

　確かに、大皿に盛られた料理はホカホカと湯気が立って美味そうだ。魚介とグラタンを合わせたような料理だが、変に気取った一皿料理よりも、よっぽど食欲をそそる。

「じゃあ、乾杯するか」

　カフが言った。

といっても、杯に酒が満たされているのは、カフの持っているものだけだが。

「ハロルの出港祝いに」

「ああ、乾杯」

三つの木製のコップがカツンと合わさった。

Ⅲ

「見てみろ、こいつをどう思う?」

カフが言った。

「……思ったより長いな」

王都の南。

十七歳になった俺は、街道を見ていた。

街道には、二十台以上もの馬車が長々と帯を作っていた。むろん、王都に荷物を運んできているのだ。

ついでにいえば、馬車に載っている荷物は、権利上は全て俺の所有物だった。

「一隻だけでこれだ。二隻あったらどうなる」

「うーん……」

「ホウ家の衛兵隊は、いっぺんに十人かそこらしか交替しないんだぞ」

ハロルの交易が成功した結果、出現したのがこの有り様であった。

ハロルの通商隊が今交易に使っているのは、ハロルがアルビオ共和国に着いたあとに、向こうの進んだ技術で造船した船だ。

それは、今はなきハロル商会が乗り回していた船よりかなり大きかった。というか、この国にあるどの船舶より大きな船だった。

それでも、王都の港は使えない。このレベルの交易で王都の港を使うとなったら、一回ごとに沖仲仕を束ねる大魔女家に頭を下げにいき、へへーと金の延べ棒の一本でも差し出す必要があるだろう。

荷の積み下ろしをする港湾というところは、ギャングやヤクザが成長するのにうってつけの条件というか雰囲気をもっているらしく、王都の場合も御多分に漏れずえらく面倒なことになっているのだ。

少しの荷なら問題はないが、これほどの荷となると、一つの魔女家に頭を下げれば済むことなのかも怪しい。

そんな有り様なので、しかたなく荷をスオミ海港で下ろし、陸路で王都まで運搬しているのだ。

だが、大きな船一隻分の荷物は、俺の想像を超えて多かった。

「この陸路の運搬費は、売値のうちどれくらいの割合になるんだ」

「ビュレ」

カフは、傍らにいたビュレに声をかけた。

「えっと、前回の場合ですが、荷の売値の総額が二十五万六千ルガ、運搬にかかった費用は……総額で三万ルガ程度です」

もう慣れたものだから驚かないが、ビュレの記憶力は凄い。やっぱり自分で計算して出した数字だから覚えているのだろうか。

それにしても、三万ルガとは。売る値の一割を超えている。三万ルガといえば、俺が社を作ったときの初期資金の半分にもなる。

それが一回の運送費で消えてしまうとは。

「そんなにするか……」

「馬は人間より食うんだ。当たり前だろう」

うーん。

確かに、カフの言うとおり、ハロルが二番船を就役させようとしている今、この現状はまずい。

これが二倍になったら、さすがに衛兵隊も警護しきれなくなるだろう。現状でも、相当負担を強いているはずだ。

カフからしてみれば、この際実家に頼って交替の人数を増やしてもらえと言いたい所なんだろうが、俺としてはそれはやりたくない。あくまでも、自分の分限でなんとかしたかった。

「分かった。それじゃあ、王都の港を使えるようにしよう」

「それができないから苦労してるんだろうが」

そりゃそうなんだけどな。

「何にでも抜け道というものはある」

「スオミで荷を小さな船に移して運ぶのか？　それも重労働だぞ」

カフが言っているのは、荷を小さな船に移し、王都ではない近隣の港で降ろすという策だ。なにも王都の港を使わずとも、港はどこにでもある。

じゃあそちらを使えばいいではないか、という話なのだが、そう上手くはいかないのである。

船というものは、荷物を積めば積むほど喫水が下がる。荷物の重さで、船が水面に沈みこむわけだ。

そうなると、砂浜のような場所では、陸地に上がる前に竜骨が海底に接触してしまう。砂ならばいいが、岩であれば船底に穴が空いてしまう。

それを避けるためには、陸地からある程度沖まで橋をかけ、そこに接岸させればよい。そのための設備がどこの港にもある桟橋だ。

だが、ハロルに操らせている大型の船は喫水が相当深いので、そこらの小さな漁港の桟橋では短い。桟橋に届く前に、海底に接触してしまうのだ。

そうしたら、沖から荷物を小さいボートに移し替えながら、チビチビと陸揚げするしかなくなる。

だが、それは船が大きすぎるための問題であり、荷を小さな船に移せば問題なく使える。小さな船を沢山雇い、スオミで分散させ、王都の近くの小さな漁港で陸揚げすればよい。

「いや、それはしない」

漁港を使う方法では、結局その漁港を利権に組み入れられるだけの話である。魔女から逃げようと段々遠くしていけば、結局は陸送の距離が伸びてコストがかさむようになってしまう。

「じゃあ、どうすんだ」

「この馬鹿みたいな状況のために、不利益をこうむっている連中がいるだろう」

そいつらには心当たりがあった。

「俺たちのことだな」

「俺たちの他にも、いるんだ。幸いなことに、そいつらは魔女の連中と仲がいい」

「ああ……なるほどな」

カフはピンときたようだ。

「お互い同じ不利益をこうむっているんだ。話し合いができないわけがない」

「そりゃあそうだな」

カフも納得したらしい。

「じゃあ、集めてくれ」

◇◇◇

その日、俺は壇上にあった。

シビャク商工会議所の一室には、ホウ社と取引のある小売業者や、仲買業者が集まっていた。カフの営業の成果なのか、その数は五十人にも上っている。

「我々の商品を購入いただいている皆様方。まずは日頃のご愛顧を感謝したいと思います」

壇上の俺が大きな声で喋ると、パチパチとまばらに拍手があった。

「今日、皆様方に集まっていただいたのは、当社から皆様に通達しておきたい事項ができたからであります。その事項というのは、たった一つのことです」

俺は落ち着いて、ここにいる連中の顔を見回した。何を言われるのかと、様々な表情でこちらを見ている。

彼らは皆、ホウ社が魔女に与《くみ》せず、つまり王都では不安定な形態で商売をしていることを十分知っている。そのことを迷惑に思ってもいるだろう。だが、それでもそれ以上の儲けがあるから取引をしている。

「我々は、王都において、ホー紙を含む全ての商品の販売を停止することにしました」

俺がそう言うと、ざわ、とにわかに騒がしくなった。

それはそうだろう。

「ただし！　王都において販売を停止するといっ

ても、皆様が購入できないというわけではありません」

俺が大声でそう言うと、会議室は再び静かになる。

「今後は、我が社が根拠地としている、南部スオミの街で商品を販売させて頂きます。もちろん、シビャク営業所においても、商品の注文は今までどおりお引き受けします。ですが、販売地はあくまでスオミ。支払いは王都でも、所有権の移転は当地で行われることとなります。つまり、皆様方には、スオミにおいて買い付けた商品を、なんらかの方法でシビャクに運ぶ必要が生じることになります」

壇上から見ていると、業者どもが一様に渋い顔をするのが見えた。

なんというか、良く判らんが凄く面倒くさいことになったなぁ。という顔をしている。そりゃそうだよな。スオミって馬で何日もかかるし。

分かってんだよ、面倒くさがるってことはな。

「同時に、我々は船舶によるスオミ・シビャク間の輸送サービスを皆様に提供します。これは、非常に良心的な価格で、ご購入いただいた商品をシビャクまで運ぶサービスです。ただし、輸送中の船舶の沈没、あるいは港湾においての紛失などで、商品が失われた場合、我々は責任を負いません。もちろん、これを利用するか否かは皆様にお任せします。利用しない場合には、スオミにおいて引き渡しをするか、あるいは当社所有の倉庫に一時的に保管し、引き取りに来られるまでお待ちすることになります。そして最後に」

俺はゆっくりと顧客を見渡した。

「皆様方に輸送の費用をご負担いただく代わりに、我々はホー紙を含む当社の取扱全商品について、現在の卸し価格から、一律に一割の値下げを行います――それでは、詳しいサービスの内容や、運送費用などについて、引き続き当社社長を務めるカフ・オーネットより説明があります」

俺は一足先に会議室を出た。背後では、カフが客に細かな価格などを説明をしている声が聞こえている。

輸送サービスといっても、それは商品の値段から考えれば無料のような金額だから、皆がそれを使うだろう。

要するに、港湾の使用で生じるリスクを、魔女と仲の良い小売の連中に押し付けたわけだ。彼らは、港でトラブルが起きて商品がなくなれば、自分たちを庇護《ひご》している魔女家に泣きつくだろう。

そのことで争うのは魔女家同士であって、俺はなんの損もしない。

現在価格から一割の値引きはすることになったが、これは本来の輸送業務でかかった増額分より低いのだから、こちらはむしろ得をすることになる。

「ふう……」

俺は一仕事が終わってため息をついた。

人前に出るとやたら疲れる。さっさと帰って休もう。

そのまま、商工会議所の廊下を、出口に向かって歩いていると、前から人が歩いてくるのが見えた。

言ってはなんだが俺はとっても目がいいので、遠くの遠くから彼女の顔が見え、それが誰だか分かってしまった。

彼女はジューラ・ラクラマヌスという。

俺に面目を丸つぶれにされた女だ。去年卒業したと聞いたが、仕事で来たのだろうか。

もちろん挨拶をするような間柄ではないが、俺だけ背中を向けて走って逃げるのもなんなので、そのまま廊下を歩いていった。

というか、この廊下は部屋のドアが並んでいるだけで、どこかと通じているわけではなく、構造上は袋小路になっている。回れ右して戻っても、別のルートから迂回《うかい》できるわけではない。

二人の距離が近づくと、ジューラにもさすがに俺が誰か分かったようだ。

　明らかに顔がこわばった。

　ジューラは廊下の右を歩いていた。俺は真ん中を歩いていたが、接触したくないので、左に寄った。だが、ジューラはわざわざ真ん中に移動し、俺を通せんぼする構えをみせた。

　なんでそういう意地悪するの？

「なんなの？　あなた」

「……？」

　どちらかといえば俺のほうが言いたいセリフなのだが。

　どけよ。

「なんでこう私の邪魔をするのかしら。死んだらいいのに」

　ジューラは顔をヒクつかせて言った。

　死ねばいいのにとか。

　俺もよく思うけど。素直に口に出しちゃいかんでしょ。

「ハハッ」ジューラはなんだか乾いた笑い声を発した。「なんであなた死なないの？　死ぬべきでしょ」

　いや、ワケがわからん。

　元からヒステリーの気がある女がキレると、こういう風になるんだよな。

「ねえ、馬鹿なの？」

　なんともまあ語彙が貧弱である。

　キャロルのほうがまだ罵詈《ばり》雑言《ぞうごん》のボキャブラリーが豊富なように思える。

「えー……っと、よく分からないけど通りますよ」

　こういうのは関わらないに越したことはない。関わって得をすることは間違いなく一つもない人種である。

「待ちなさいよ」

「え」

「一人じゃなにも出来ないお坊ちゃまがいきがるんじゃないわよ」

　やべえなこいつ。

「はい。すいません」

「……謝るなら最初からやるなってのよ」

ジューラは、腰に下げていた細身の剣を抜いた。

うーわー、抜いちゃったよ、このひと。

一体全体、どういうつもりだと顔を見ると、妙な具合に興奮しているのか、表情筋がヒクヒクと痙攣《けいれん》するように震えていた。

変な薬でもやってるのか？

ジューラの剣は、護身用なのか、それはもう小指の先ほどの太さの鉄を叩いて伸ばしたような、俺から見れば針金のような剣だった。

長さも短い。さすがに俺の短刀よりは若干長いが、せいぜい二の腕くらいの長さの中途半端な剣であった。

両側に刃がついている。

「止《よ》しておいたほうがいいですよ」

「ほら、あんたも抜きなさいよ。怖いんでちゅか～？」

あーもうホント性格悪いなこいつ。

つーか馬鹿なのかよ。

剣に自信があるのか知らないが、剣の達者ならそんな剣は使わないから。どこの馬鹿が作ったのかしらないが、装飾が綺麗なだけで、持ち手の作りも刀身の造りも、なにからなにまで機能美からかけ離れている。

「貴方《あなた》じゃどんなに頑張っても僕に傷ひとつ負わせることはできませんよ。人が集まってきてオオゴトになる前に止しておいたほうがいいです」

「……ほんっと、人をいらだたせる男ね」

「いやいや、やめましょう。お互いなんの得にもなりませんから」

いやほんとに。

そこで、ぴゅん、と刃が空を切った。

俺は反射的に一歩退いて、それをかわした。

「いやいや、なんで切りかかってくるんですか」

もう本当どうしよ。

「あんたのっ、せいでっ、私の人生はめちゃくちゃっ、よっ」

　と言いながら、連続的に剣を振るってくる。

　そんなこと言われましても。

「いやいや、自業自得でしょうが」

　俺は斬りかかられながら返答した。

「死ねっ！　死になさいっ！」

　むちゃくちゃな剣さばきでピュンピュン振ってくる。

　もーどないやねん。

　というか、剣撃に対するおかしな先入観からなのか、ピュンピュン振り回すだけで一向に突いてこないのだが……。

　ああいった剣はもともとフェンシングのように突いて攻撃する武器だから、これではほとんど脅威にならない。

　食らっても、布の服と体の表面くらいは切れるだろうが、骨までは達しないだろう。反りが入っていないので、刃が肉を断ちながら滑っていかないからだ。

　致命傷になるとしたら、それこそ頸動脈《けいどうみゃく》を掻《か》き斬られた場合くらいだろう。

　しかも、よりにもよって両刃の剣だ。片刃と比べれば、自分が傷つく可能性がひどく高い。

　とはいえ「あの、突いて攻撃したほうがいいですよ」と助言するわけにもいかない。

　もう大声で人を呼ぶか。

　そのときだった。

「イタッ」

　小さい悲鳴があがった。

「あっ……あーあ」

　ジューラは顔をおさえていた。

　ピュンピュン振っていた剣が勢い余って顔にぶつかり、頬が切れてしまったのだ。

　よりにもよって顔を……足とかならまだ良かったのに。

「大丈夫ですか？」

「あ、あぁ……私の顔が」

　ジューラは押さえた手が自らの血で染まってい

るのを見て、呆然と言った。

なんてこったい……。

あの血の量だと、傷が残らないほどの軽症ということはないだろう。俺が切れ味のよい刃物ですぱりと切ったのならともかく、研いでいるかもあやしいような剣が素人の太刀筋で当たったのだ。

「………」

「……元気だしてください」

元気を出されちゃ困るのだが、俺はあまりにも哀れだったので、そう言ってしまった。

女の顔というのは、女が幸せを得るのに重要な要素の一つだ。自業自得とはいえ、それが傷物になってしまったのだから、なかなかかける言葉がみつからなかった。

こんなんだったら一《いち》か八《ばち》か真剣白刃取りでもやってみせればよかった。

そうすれば、この女は傷つかずに済んだのに。

割りと本気でそう思った。

可哀想《かわいそう》に。

「あなたのせいよ。訴えてやる」

………。

はあ、心配するんじゃなかった。

「え、えーっと、どういうふうに僕に非があるんですかね」

首を傾《かし》げるしかない。

一体全体、どういう理屈でそうなるんだ。

「貴方の剣で傷つけられたことにするわ」

あー……。

うわー。

転んでもただじゃ起きないってやつかこりゃ。

つーても、意外に面倒だなこの流れ。

下手すりゃ法廷に召喚されることになるか。

「裁判にするつもりですか?」

「そうよ」

やはり、そういうつもりらしい。

「でも、あなたの背中の向こうから、騒ぎを聞きつけてきた人々が来て、さっきから何人も見ていきましたよ。あなたが剣を持って大暴れしていたので、驚いて去っていったようですけど」

「え」

ジューラはぽかんとした顔をしていた。

「僕は顔を覚えているから証人にできますけれど、あなたは見ていなかったので無理ですね。確か、十人くらいいたかな……。はやいとこ彼らを捜し出して賄賂を渡して口封じをしなきゃいけませんね」

俺はとっさに思いついたデタラメを言った。

本当は一人も来ていなかった。つまり、証人などいない。

だが、もちろんジューラは乱行の最中に後ろを振り返ったりはしていないし、目撃者が背中を見ていたかどうかなど、分かるわけもない。

「……くっ」

「まあ、ご当主のお祖母《ばあ》様《さま》と相談して決めてください」

無理だろうけどな。

こう言った以上は、証人の存在を無視して裁判に持ち込むことは出来ないだろう。

証人を捜すにしても、捜し当てるためには廊下で起きた事件について尋ねて回る必要がある。闇雲に捜し回れば、捜査の過程で大勢の人間に沢山の弱みを見せることになるだろう。

ここで目撃した可能性のある全人物に弱みを見せ、それを口封じして回るというのは、これはもう大魔女家といえども現実的な話ではない。

「なんでよ……なんで私をこんなに苦しめるの？」

ジューラは悲痛に顔を歪《ゆが》ませながら言った。

なんでって。

苦しめられてるのは、主に俺のほうな気がするのだが。

お前が苦しんでる理由？

そりゃ、自分で勝手に苦しんでるんだろう。

もっと言えば……、

「それは、あなたが他人を苦しめることで幸せを得ようとする人間だからですよ」

そういうことだろう。

「それが悪いとは言いません。そういう生き方もあるでしょう。ですが、力も才もない人間がそれをやっても、上手くいくわけがないんですよ。自分の幸福を犠牲にしてまで、あなたの幸福の糧になりたいという人はいないのですから」

俺だって、別にジューラを苦しめたかったわけではない。

だが、こいつは俺が屈辱に塗《まみ》れるとか、大損をするとか、そういったことで不幸にならなければ勝ったとは思えず、勝ったと思えなければ幸せを感じられないのだろう。

そうしなければ胸の内のわだかまりが抜けない。そういう人種なのだろう。

そして俺には、そういう形でジューラの幸せの糧になるという選択肢はない。

それだけの話だ。

「ましてや、家で飼っている貧民出のメイドか何かならともかく、僕のような人間が、あなたのような人に黙って幸せを奪われると、なぜ思うのですか？」

ジューラは意外にも、喚《わめ》くこともなく黙って言葉を聞いていた。

「要するに、あなたはラクラマヌスという名前に頼れば何でも思い通りになると思っている甘ったれで、喧嘩《けんか》を売る相手を間違えた。それだけの話なんですよ。最初から、大げさに葛藤するほど難しい話ではないんです」

「……殺してやる」

話が通じないようだ。

ま、いいか。

俺は彼女の脇を通って、その場を去った。

幕間《まくあい》　キャロルとミャロ

I

その日、キャロルとミャロは騎士院の森の中にある小さく古い道場にいた。

二人以外辺りに人気はない。今日は休日だった。自主練習に励む真面目な騎士院生たちも、もっと新しい道場があるので森の中の古く小さな道場などは利用しない。

この道場は二人の貸し切りになっていた。

二人は、道場の真ん中で激しい組手をしている。汗みずくになりながら、お互いに激しく組み合い、時には離れ、いっときも休むことなく動き続けている。

「ハッ！」

鋭く掛け声をあげながら、キャロルがミャロを投げた。ミャロの体が浮き上がるが、不完全な投げであったために地面に叩《たた》き付けられることはなかった。

いっとき両足が浮き、少し離れた場所に膝を曲げて着地する。

「やあっ！」

投げられたミャロのほうは、投げられつつもキャロルの袖を取っていた。

バランスをすぐに建て直すと、袖を取って逆にキャロルを引き倒すように動く。

脇に腕をはさみながら、立ったまま関節を決める。不覚にも投げで体の軸を崩してしまっていたキャロルは、それを防げなかった。

「参った」

キャロルはすぐに降参した。

ミャロがかけたのは、脇固めという立ち関節の技であった。立ちながらであれば危険ではないが、決めた体勢から体重をかけて倒れこむ連携が可能であり、そうすると全体重が関節にかかり、簡単に腕が折れる。

キャロルはそのことを知っていたので、すぐに降参をした。腕力の差を考えれば振りほどくことは可能だったが、もしここが戦場であれば間髪入れず体重を乗せられ腕が折られていることを考えると、その行動に意味はない。負けを認めないだけの愚かな行動にすぎない。

「はぁ、はぁ……ありがとうございました」

ミャロはぺこりと頭を下げた。久々の勝ちだった。

「ありがとうございました」

キャロルのほうも礼を返す。

「ふう……」キャロルは袖で汗をぬぐう。「少し休むか」

「はぁ、はぁ……そうですね」

ミャロは肩で息をしながら答える。

キャロルは、てっとりばやくその場で腰を下ろし、あぐらをかいた。

床は板の間になっているので、冬場は足の裏が凍るほど冷えるが、今の季節はまだそれほどでもない。

ミャロも腰を下ろした。こちらは正座であった。

「そんなにかしこまらなくてもいいのに」

キャロルは苦笑いしながら言う。

「いえ、なんとなくこちらのほうが落ち着くんです」

「そうなのか……それならいいが」

キャロルはどちらかというと正座が苦手なので、正座のほうが落ち着くという感覚は、ちょっと理解できなかった。

「それにしても、やっぱりミャロは器用だな。あそこで関節技にいくなんて」

「ボクはどうしても肉がつかないので……。ああいう技でしかやっていけないだけですよ」

確かに、ミャロは小柄だった。

筋肉がつかないというより、骨格が小さすぎるために、肉のつきようがないという感じだ。

そのため、武技の方面ではあらゆる面で不利になっている。

体格が小さければ、男がやるような力を競うような戦い方では必ず敗けてしまう。

だから、良く研いだ短刀で鋭く刺すような戦法しかなく、そのための方法として、力ではなく体重を乗せることで戦える関節技を磨いているのだろう。

キャロルも男に比べれば体格は小さく、どうしても力で劣るが、ミャロよりは大柄だった。

ミャロは、教養院の学生と比較してさえ小さい。日夜体を鍛えていてこれなのだから、大きくならない血筋なのだろう。

今までの組み合いでも、ミャロはキャロルに力負けしてしまい、振り回されっぱなしであった。

「ちょっと休んだら、今度は寝技をやらないか？」

ミャロはとても器用だし研究熱心なので、寝技のほうは得意だ。

今度は勉強させてもらおう。とキャロルは思った。

「そうですね。ボクも少し試したいことがあるので」

「そうなのか」

「はい。殿方相手だと少し抵抗のある恰好《かっこう》になってしまうので、試せなくて」

なるほど、とキャロルは思った。

練習で同級生の男に対してかけるのはどうしても抵抗がある、という寝技はたくさんある。

人気のない時間帯に、こうしてミャロと特訓しているのも、大本をたどればそのためだった。

武器を使った訓練ではなく、取っ組み合いの稽古というのは、男性とやるとどうしても問題がある場合が多い。

なので、キャロルとミャロは、暇を見つけてはこうして特訓をしているのだった。

それから三十分ほど寝技の練習をしたところで、

「ふう……そろそろ終わりにしようか」

と、キャロルは汗をぬぐいながら言った。

「はぁはぁ……そ、そうしましょう」

ミャロの顔からは血の気が引いて、青くなってしまっていた。運動をし過ぎると、ミャロはいつもこうなってしまう。

　キャロルのほうは、そういうことはない。

　ミャロの虚弱体質の原因が具体的に何なのかは分からないが、騎士院で暮らしていくのは辛《つら》い体質である。ユーリ考案の食事療法も試していたが、やや改善しただけで原因の解決には至っていない。

「大丈夫か？」

「大丈夫です。少ししゃがんでいれば……ちょっと失礼しますね」

　そう言うと、ミャロは足を揃《そろ》え、ちょこんとしゃがみこんだ。

「すまないな、付きあわせてしまって……」

「いえ、そんな。こちらのほうがお礼を言いたいくらいですから……」

「そうか」

　そうは言っても、青ざめてしゃがみこんでいるミャロを見ると、どうしても罪悪感が湧いてきた。

「本当に助かっているんです。それに、これはボクの問題です」

「ミャロは休んでいてくれ。床を拭いておくよ」

「えっ、そんな」

　ミャロは慌てて立ち上がろうとした。

「大丈夫だ、座っていてくれ」

　キャロルは、ミャロの肩をぐっとおさえて、立たせなかった。

　そのまま道場の外へ歩いて出ると、キャロルは井戸から水を汲《く》んだ。バケツに雑巾を浸して絞り、汗が落ちた床を拭いてゆく。

　これは、自主練習で道場を使った者は必ずやらなければならない。授業での訓練のあとは雇われた人間が道場を清掃するが、自主練習の場合は清掃の手が入らない。そのままにしておけば、もし後に人が来たら不快に思うし、一昼夜も放置してしまうと床が傷んでしまう。

「よし、こんなものだろう」

　キャロルはバケツで雑巾をゆすいで絞ると、掃除用具入れに戻した。

「すいません」

ミャロが申し訳なさそうにいった。

「このくらい、どうってことない。それより、早く風呂に行こう。風邪をひいてしまう」

「はい」

ミャロはすっくと立った。

もう体調は大丈夫そうだ。


二人は道場を出ると、林の中へ入った。

すぐ近くに、木々が開けた場所がある。そこには天井以外が全て石で作られた、小さな建物が建っていた。

一般生徒には、林管理の職員の住む小屋だとか休憩室だとか思われているが、実際には違う。

そこは騎士院の女子生徒用の水浴び場兼、小さめの浴場なのだ。

騎士院の女子生徒は訓練後に汗をかいたあとも水浴びなどできないし、夜も男子生徒用の浴場を使うわけにはいかないので、ここを使って湯浴《ゆあ》みを済ませる。

湯沸かしを担当しているいつもの女性はいなかったが、まだ火がくすぶっているのだろう。煙突からうすく煙が出ているのが見えた。ということは、事前に頼んであったとおり、湯は沸いているはずだ。

鍵を差し入れ、回すと、ガチャリと錠が開いた。

錠を取り外して外に置くと、中に入って内鍵となる棒をかけた。錠を外に置いたのは、錠は鉄製のため、中に入れると水気で錆《さ》びてしまうからだ。

中は一室の構造で、湯けむりが充満していた。

浴槽も、人が三人ギリギリ入れるかどうかというサイズで、二人が足を伸ばして入れるような大きさではない。

それでも、キャロルとミャロにとっては、今や思い入れのある大事な憩いの場であった。

「脱ぐか」

キャロルはすぱっと服を脱ぐと、汗で濡《ぬ》れたそれを、自分の名前の書かれたカゴに入れた。

これは洗濯物入れも兼ねていて、ここに入れた服は後に回収され洗濯に回され、寮に届けられ、寮母の手を渡って部屋に届く。

少人数しかいない騎士院の女性だからこそ成り立つ贅沢《ぜいたく》な仕組みであった。

ミャロも服を脱ぎ、裸身を晒《さら》した。

キャロルはまじまじとミャロの体を見る。

「ミャロも成長してきたな」

キャロルはうんうんと頷《うなず》きながら言った。

「もう……やめてください」

嫌がる素振りをしながら、ミャロは先に行ってしまった。

キャロルとミャロの付き合いはもう七年にもなるが、ミャロの痩せぎすの体は長いこと成長しなかった。

食が細いなりに、多少無理をしてでも食べているから、痩せていくということはないが、一向に骨が細いままで、華奢《きゃしゃ》な印象は変わらない。

いつか枯れ木のように折れてしまうのではないか、と心配することさえあった。

だが、ここにきてミャロの体は少しずつ変化してきて、腰つきや胸のあたりに女性らしいふくよかさを蓄えはじめている。

いつまでも、痩せぎすな少年のような体ではないのだ。

「いい傾向だ」

キャロルはひとりごちながら、自分も湯船のほうに向かった。手を少し入れて湯の熱さを確かめてから、オケを使って頭から湯をかぶり、汗を簡単に流す。

その後、湯船に入った。

「ふう……」

「温まりますねぇ」

ミャロが肩まで湯につかりながら言った。

「うん」

キャロルにとっても至極同意であった。

運動で火照った体が冷めてくると、途端に汗に熱を奪われて凍えるのが、この季節だ。

「こうしていると、男子の方々には申し訳なくなりますね」

「そうだな」

男子の場合は湯が沸いているのは夜だけで、四六時中望んだときに沸かしてもらえるわけではない。

男子の浴場は十人以上が楽に入れるようなサイズなので、湯沸かしに手間がかかるのだ。

「だが、連中のように頭から冷水《ひやみず》をかぶったら、体が凍えてしまうからな」

一部の男子たちは、この時期でも真夏の頃と同じように頭から井戸水を被《かぶ》り、軽く髪を拭いただけで平気にしている。

そうしている連中は、強がっているのか、感覚が麻痺《まひ》しているのか判《わか》らないが、氷が張る寸前のような水を頭からあびても、むしろ汗が引いて具合がいいといった様子で、平気で道具を担いで帰っていく。

キャロルであったらしばらく歯の根が鳴って動けなくなるだろう。翌日体調を崩さない自信もない。それ以前に、野外で堂々と裸になることがありえない。

「ふふ、そうですね。ボクにもちょっと真似《まね》できそうもありません」

真似というか、ミャロがそんなことをしたら、その場で心臓まで凍ってパッタリ倒れて死んでしまいそうだ。

ちょっと想像したくなかった。

「でも、最近は冷水をかぶっているわけではないらしいですよ」

「？　どういうことだ？」

「代わりばんこで休憩時間に抜け出して、寮の裏手で湯を作っているらしいです」

キャロルは顔をしかめた。

休憩時間というのは、休むための時間なので、その間に顔を洗ってきたりする人間は多い。

なので、抜け出そうと思えば、いくらでも抜け出せるわけだが、寮の裏手まで戻って、終わったときのために湯を沸かすとは。

　湯といっても、風呂に入るための湯ではなく、水に足して浴びるための湯だろう。ただの井戸水と比べれば、湯を多少なりとも足すことで、浴びたときの冷たさはかなり軽減されるはずだ。

　しかし、そんなことがバレれば、教官から大目玉を食らうのは間違いない。顔を洗うくらいならまだしも、本来は寮に戻るための時間ではない。

　とはいえ、自分がこうして特別扱いを受けている以上、彼らを悪く言うのは気が引けた。

「だが、全員分の湯を沸かすとなったら、水汲みも大変だろう。一人では休憩中に帰ってこられないのではないか?」

　火だけならば、種火を竈《かまど》に放り込んだあと放置しておけばよいだろうが、水くみは一苦労なはずであった。

「そこはユーリ君が井戸に器械を設置したおかげで、楽ちんらしいですよ。井戸桶《おけ》をたぐらないでも、こう、棒をぐいぐいと上下に動かすだけでバシャバシャ井戸水が出てくるんです」

　ミャロはすでにその装置を使ってみたあとらしい。

　操作方法まで知っているようだ。

「なんだ、またやつの発明か……」

　キャロルは、感心するような呆《あき》れるような、複雑な思いを抱いた。

「今は試用らしいですけど、壊れた様子はないですから、そのうち販売するでしょうね。そうしたら、また大きくなるでしょうねえ」

　ミャロが嬉《うれ》しそうに言った。

　また大きくなるというのは、言うまでもなくユーリのやっている副業のことであろう。

「まあ、よいのではないか。あそこまでやれば実益を兼ねた趣味というか……」

「おや、殿下はユーリくんの副業には反対だったのでは」

　ミャロが人の悪そうな笑みを浮かべた。

「私もいつまでも子供じゃない。人々を雇用して、民草の利益になる商品を造るならよろこばしいことだ」

「うふふ」

ミャロは密《ひそ》やかに笑った。

「低賃金というわけでもないようだしな」

「どちらかというと、やや高給といってもいいくらいですね。酷《ひど》いところは本当に酷いですから」

キルヒナ難民が大量に流入してきているせいで、一時期と比べれば落ち着いてきたものの、やはり労働者の賃金は混乱し、平均として下がってしまっている。ところによっては超低賃金で、半奴隷労働とも言える扱いを受けている。という話はキャロルの耳にも入っていた。

「あっ……青あざができてしまいましたね」

ふいにミャロが言った。

「えっ、どこだ？」

「ふとももの外側です」

キャロルは身をよじって自分の腿《もも》を見た。

確かに、大きめの青あざができていた。心当たりが多すぎるので、なにが原因なのか思い出せそうにない。

「ここならいい」

慣れたものなので、気にすることもなかった。

青あざなどは放っておけば跡形もなく消える。額などに大きな青あざをつくると当分社交の場に出られなくなるので問題だが、見えない所ならば問題はない。

「うふふ、とても色っぽい仕草でしたよ」

「な、なにを言ってる」

キャロルは片膝を立ててお尻を上げた恰好になっていたので、見ようによっては色っぽいポーズかもしれなかった。

「これはそのうちには殿方が放っておかなくなりますねえ」

ミャロはじろじろと胸のあたりを見ながら、他《ひ》人《と》事《ごと》のように言った。

「も、もう出るぞ」

キャロルは湯船から立ち上がった。温まって紅潮した肌に、湯が滑り落ちた。

「それじゃあボクも」

ミャロも追って湯から出たようだ。

キャロルは浴室から出ると、用意してあった柔らかい布で体を拭いて水気を落とした。

今はもう手慣れたものだが、学院に入るまでキャロルは自分で体を拭いたことがなかった。全て召使いがやってくれていたのだ。

「ミャロ、今日はこれから予定があったりするのか？」

「……いえ？　夕方まで勉強するつもりでしたが」

「今日は外に出かけようと思っていたのだ。よかったら付き合ってくれないか」

「外へ？」

肌着を身に着けたミャロは、訝《いぶか》しそうに言った。

「もちろん、私は変装をしていく」

「ああ、あのときの……」キャロルが身につけるカツラを手を回して入手したのはミャロだった。

「危ない地域には行かないんですよね？」

「行かない」

「それなら、喜んでお供させていただきます」

「よかった。一人では心細いところだったんだ」

◇　◇　◇

身支度から帰ってきたキャロルは、
と、軽く頭を振り、さらりとカツラの茶髪を風になびかせた。

「どうだ？」

「凄《すご》いですね。思った以上の変装ぶりです」

ミャロはパチパチと手を叩いた。

「それじゃあ、さっそく行こう」

キャロルは教養院の制服を着ていた。ミャロのほうは、騎士院の制服を着ている。

ミャロの制服は男装で、キャロルのほうが背が高い。なので、遠目から見れば歳《とし》の差のちぐはぐカップルに見えるだろう。

「今日はどちらへ向かうおつもりなんですか？」

「教養院で流行《はや》りの喫茶店に行ってみたいのだ。ヴォーグとかいう」

「ああ」ミャロは頷いた。「なるほど。ボクも小耳に挟んだことがあります」

「ふふ、なかなか縁がないものでな」

　キャロルは、付き合いは幅広いものの、対等の立場の友人と言っていいのは、ユーリとミャロの他には数人しかいない。

　なので、教養院生の雑談が耳に入って興味が湧いても、いっしょに行く相手がいなかった。ユーリとは、これもまた休日に一緒にお茶に出かける仲ではない。

「ボクもです。というか、喫茶店というところには入ったことがないです」

「ああ、私もだ」

「そうなんですか」

　ミャロは特に驚いた様子もなく言った。

「なら、初めて同士というわけですね」

「そうだな」

「ふふ、おかしなものですね、こんな当たり前のことを、二人ともしたことがないなんて」

　まったくだ。とキャロルは思った。

　だからこそ、なんとなく経験しておきたいのだ。他の子たちが普通にやっている「お遊び」を、自分もやってみたい。

「ユーリは、喫茶店を頻繁に利用しているらしいが」

「そうらしいですね。大図書館前の銀杏葉《ぎんなんよう》というお店を主に使っているようです」

　ミャロは当たり前の情報のように言った。

　毎度のことながら、なんで知っているのだろう。相変わらずの物知りだ。

「それでは、出かけるとするか」

「はい」

　二人は正門に向かって歩き出した。

「オリジナルブレンドティーと芹皮《きんぴ》茶、揚げ団子と、炙《あぶ》り乾酪です。おまたせいたしました」

机の上に茶と茶菓子を並べると、給仕の女性はぺこりと頭を下げた。

「ご注文は以上でよろしかったでしょうか？」

小さなテーブルの上には、二つの空のカップと、たっぷりと茶が入ったポットが二つ。それに二皿の茶請けが置いてある。

ここのサービスでは、自分で茶を注ぐようだ。別々の種類の茶を多人数で分け合って楽しむための仕組みなのだろう。とキャロルは思った。

「ああ、どうもありがとう」

キャロルがそう言うと、給仕の女性は一瞬きょとんとした顔になり、その後にこりと微笑《ほほえ》んだ。

「それでは、ごゆっくり」

給仕の女性は去っていった。

「ふふ、殿下が凛々《りり》しい対応をしたから、ちょっと驚いていましたね」

「そうか？」

「教養院の女生徒は、あんなふうにお礼を言ったりしませんからね。でも、格好良かったですよ」

「格好良い、というのは褒め言葉なのか」

「褒め言葉ですよ」

今はなんとなく、格好良いより可愛《かわい》らしいと言われたい気分だったので、キャロルは少しだけ塞いだ気持ちになった。

いつもは誇りを抱きながら堂々と、失礼なく他人と接することを旨としている。ただ、確かにそれは可愛らしい態度ではないかもしれない。

「……それにしても、あまり人がいないのだな。流行りというくらいだから、教養院生がたくさんいるのかと思っていた」

キャロルは、周囲をきょろきょろと見回しながら言った。

寂れているといった印象は受けないが、中流階級のカップルが何組か遠くの席で喋《しゃべ》っているくらいで、大流行しているようには見えない。

「まあ、実を言うと、ここは一つ前の流行りですからね。今はファー・イースト・喫茶房というところが流行りなので、皆そこに行っているはずです」

「えっ、そうなのか？」

　そんなはずは。と思いながら、キャロルは言う。

「はい。教養院の流行の移り変わりはとても激しいので」

　この店が流行っているという話は、つい二週間ほど前に聞いたものだった。それがもう流行遅れとは。

「知っていたなら、どうして言ってくれなかったんだ」

「とくに最新の流行に乗る必要もないかと思いまして」

「む……」

「それに、そっちの喫茶店だと、きっと騒がしくてお茶を楽しめませんよ」

「……うーん、それもそうか」

　納得させられてしまった。

　ミャロの言うように、くるくると流行りの店が頻繁に変わるのであれば、どこが優れているというわけでもないのだろう。

　この〝ヴォーグ〟が〝ファー・イースト・喫茶房〟に劣るわけではなく、飽きと流行で移り変わっているだけなのだ。それなら、どちらに来ようが感動に差があるわけではない理屈になる。

　だが、どうも未練が残るような気もする。

　流行に乗って普通の学生のようにはしゃいでみたかったような。

　しかし、考えてみれば、そんな学生が密集したところに行けば、変装がバレてしまうかもしれない。

　今は教養院の制服を着ているわけで、「あら、あなた初めて見る顔ねえ、誰？」などと気さくに話しかけられないとも限らない。まさか身分を明かすことはできないので、そうしたら空気を悪くして立ち去るしか方法がないだろう。

「では、さっそくいただきましょうか」

　ミャロが、ぱたんと胸の前で両手を合わせながら言った。

なんとなく、歳相応の少女らしい仕草だった。

「そうだな、いただこう」

「はい」

ミャロはポットを取って、すっと持ち上げ、無造作にカップに茶を注ごうとした。

「あっ」

キャロルは、思わず小さな声をだしてしまった。

ぴたっとミャロの手が止まる。

「？　どうかしましたか？」

「いや、なんでもない」

「――ああ」

ミャロは何かに納得したように、一人頷いた。

「そうですね、ボクは茶法には疎いので」

シヤルタ王家が茶会の際に手ずから茶を淹《い》れて客をもてなすことは、秘密ではないがあまり知られてはいない。ミャロはユーリからその話を聞いたのかもしれない。

「では、今日は私が注ごう。ミャロは客ということで」

「恐縮ですが、お願いします」

キャロルは、ミャロがテーブルに戻したポットを取って、カップに茶を注ぎ始めた。

カップのふちを滑らせるように、波立たせないように。

芹皮茶は、空気を含ませると味に渋みが出てしまうので、高い位置から泡立つように湯を注いではいけない。ミャロは無造作に茶を注ごうとしていたが、実のところ、あまり良くない注ぎ方だった。

とはいえ、渋みといっても僅かなものなので、別にそれで茶を飲めなくなるわけではない。より美味《おい》しく飲むためにはそうするよりこうしたほうがよい、というだけの話で、些細《ささい》といえば些細な問題だ。

「なるほど、そうやって注ぐんですか。やっぱりさすがですね」

「そんな大したものでもないさ」

キャロルは芹皮茶が入ったカップをソーサーの

上に置いて、ミャロの前にやった。

次に、自分のカップにブレンドティーを少しいれて、香りを確かめてから口に含む。

芹皮茶は単一の味の茶だが、ブレンドティーは様々な種類の茶を交ぜたものなので、香りを聞き、実際に飲んでみるまではどんなものだかわからない。

飲んでみると、苦味が少なく、甘みを重視したブレンドだった。

空気を入れてまろやかにしたほうが美味しそうだったので、キャロルは今度は空気を入れて泡立つように、少し高いところから茶を注いだ。

そうして、自分の分のお茶を用意すると、ポットを置いた。

「それじゃ、いただこう」

「はい。いただきましょう」

ミャロはカップに口をつけた。落ち着いた様子で味を楽しむと、

「さすがに美味しいですね」

と言った。キャロルも内心で期待をしながら茶を口に含んだ。

「そうだな、たしかに美味しい」

と言ったが、内心では、それほどでもないな、と思っていた。

蘇《そ》根茸《こんたけ》が香りづけに入っているようだが、それの味が強すぎて、各種の茶香が混じりあって醸し出すハーモニーを壊してしまっている。

これなら、お母様が淹れたお茶のほうが断然美味しい。喫茶店というくらいなので、感動的なほど美味しいお茶が出てくるのだろうかと期待していたのだが、そういう意味では期待はずれだった。

ただ、教養院で催される茶会で供される素人のお茶と比べると断然こちらのほうがよく出来ているので、やはり流行るだけあって悪いわけではない。

「そういえば、殿下は教養院の卒業はいつごろになりそうなのですか？」

と、ミャロが唐突に雑談を振ってきた。

そうだ。喫茶店では雑談を楽しむ所なのだ。お茶に気を取られていたが、そもそも女友達と益体もない雑談を楽しむために来たのだった。

「うん、たぶん再来年あたりになるかな」

「へえ、案外、早く卒業できるものなのですね」

　再来年といったら、キャロルは十九歳になる。もちろん、教養院にはもっと早く卒業する者もいるが、二つの院に通っていることを考えればそこそこ早い卒業だろう。

「私は入学する前から古代シャン語は半分話せたし、ミャロのようにクラ語も取っているわけでもないからな」

　古代シャン語の習得は、七大魔女家《セブンウィッチズ》筆頭クラスの知識者層と話すときには必須とされているので、キャロルは幼い頃から基礎教養として学ばされていた。十六歳とか十七歳とかで卒業してしまう優等生は大抵がその類の人間で、他の者と比べると最初から十歩も二十歩も先んじている。

「でも、古代シャン語よりは簡単といっても、法律論などもあるでしょう」

「あれは騎士院の単位にもなるんだ。だから、実際は単純に二倍というわけじゃないんだよ。必修のほうも、基礎部分はほとんど両方の単位になるし」

「ははあ、なるほど」

「だから、私にとっては、騎士院のほうがよっぽど大変だな。座学はどうとでもなるけど、実技はいかんともしがたい」

「それはそうでしょうね。なにしろ、ボクたちは体格からしてだいぶ不利ですし。ドッラくんのように体力に自信があったら逆なんでしょうけれど」

「ふふふ、まあ、そうだな」

　ドッラはむしろ座学を実技で埋め合わせているくらいだ。

　ドッラの座学は、努力と根性で平均の少し下あたりを推移しているのだが、連日の涙ぐましい机との死闘を見ていると、どうにかしてやれないものかと思ってしまう。

分かりやすく勉強を教えてあげようにも、キャロルが近づくと極端に緊張してしまうので教えてあげられないのだ。

「ミャロだって、掛け持ちをしようと思えばできると思うぞ。下手をしたら今からでも」

これは真剣に、できないようには思えなかった。

今からでも教養院は入学できなくはないのだし、ミャロであれば二股をかけてもサクサクと単位を習得して、二十までに卒業できてしまう気がする。

なにしろ、ミャロは騎士院にいながら、キャロルのほうが教えを乞うほどに古代シャン語が達者という異才なのだ。

「いやいやいや、ボクは騎士院だけで精一杯ですから」

これは本当に冗談ではないと思っているのか、ミャロは両手を振って慌てて否定した。

「そうかな……すぐにでも八割九割は免除してもらえそうだが」

教養院は座学が全てなので、座学ができれば卒業はできたも同然だ。一応、実技といえるものにマナーの訓練というものがあるが、これもミャロは完璧なので、十分であろう。

「まあ、確かに座学には自信がありますが、そうするとクラ語の勉強に差し支えがでますから」

「あれってそんなに難しいのか？」

ミャロはいつもクラ語を勉強している。

暇なときもぶつぶつとクラ語を唱えている。

ミャロほどの才能の持ち主がそこまで努力をして、まだ足りないということは、古代シャン語より難しい言語なのだろうか、と思ってしまう。

現代シャン語は、あまりに複雑すぎる古代シャン語が大混乱の中で廃れ、庶民の話し言葉だった俗シャン語が書き言葉としても使われるようになり、いくつかの文語表現を古代シャン語から取り込むことで成立した。融合といえば融合だが、取り込まれたのは表現上ないと不便だった幾つかの要素だけで、殆《ほとん》どの部分は継承されずに捨て去られた。

古代シャン語より難しいということは、日常に使われる言語としては難易度が高すぎるということを意味する。

「難しいというより、ボクには向いていないみたいなんです。向いている人にはどんどん抜かされてしまっていますよ」

「えっ」

ということは、その分野ではミャロは劣等生というわけか。

そんなことがありえるのだろうか。キャロルには信じられなかった。

「音楽などと同じで、かなり向き不向きがあるんです。才能のある人はすぐに上手になりますが、不器用な人は十年頑張っても下手だったりしますよね」

「それはそうだが……」

「それと同じで……そうですねえ、講義に来始めてやっと一年という教養院の子が、ぺらぺらと流《りゅう》暢《ちょう》にクラ語を喋りだしたのを見たときは、ボクも少し唖《あ》然《ぜん》としてしまいましたよ。ああ、ボクは才能がないんだなぁ。と、しみじみと痛感せざるをえない出来事でしたね」

少しどんよりとした雰囲気をまとい始めたので、これは本当のことのようだ。

だが、どうも得心ができない。

話し言葉として通用する言語であれば、語句を覚える量自体は、古代シャン語のほうが多いはずだ。ということは、口にすることでなにか別の障壁が生まれてくるのかもしれない。

「興味があるな。少し喋ってみてくれないか」

「いいですよ。といっても、ボクのクラ語はあまり上手ではありませんけど」

「頼む」

キャロルが頼むと、ミャロは少し間を置いてから口を開いた。

「∇♥§✈※ㅂ〃~、∇eゞ。§✂◉✂┈×」

その言葉は、キャロルが今まで聞いたことのない響きを伴っていた。

　簡単なようなら一つ勉強してみよう。という気持ちがサラサラと砂になり、風に吹かれて飛んでゆくような奇妙な感覚を覚える。

「い、今のはどういう意味の言葉だったんだ？」

「妻と喧嘩《けんか》することがあっても、憤ったまま日が暮れるようであってはならない。ですね。向こう側の神さまの教えらしいです」

「最初の……なんといったか。それが妻を意味するのか？」

「はい。∇♥ですね」

　実際に聞いても、キャロルには同じように喋れる気がしなかった。

　口の動かし方からして全く違うようだ。

「……それは、なんとも苦労しそうだ」

「でも、資質のある方はあっという間に体得しますよ」

「だけど、ミャロはどうして無理に頑張っているんだ？　面白いからではないんだろう？」

　キャロルからしてみれば、そこが不思議だった。

　べつに、あれはどうしても取らなければならない講義ではまったくない。

　近年では、クラ語を習得しておくと、王城の渉外部に就職の口ができるというので、王城に役目を持ちたい零細魔女家の娘などが勉強していると聞く。

　だが、騎士院に籍を置くミャロには王城に勤務するという未来はない。

　当人が面白がっているなら別だが、そうでないなら不得意なのに無理をしてやる必要があるとは思えない。

「ユーリくんが一番興味を持っていた講義でしたからね。ボクも興味が湧いたんです」

「ははあ、なるほど」

　キャロルはなにかを察したようにニヤリと笑った。

「……いえ、教養院の本に書いてあるようなことはありえませんから」

例の、ユーリが主人公のいかがわしい本のことを言っているのだろう。白樺《しらかば》寮と縁のないミャロとは本来無縁のものだが、読む機会があったようだ。

キャロルは、今のところ教養院に籍を起きながら教養本とは縁がない暮らしをしている。教養の部屋の場所くらいは知っているが、誰も勧めて来ないので読む機会がないのだ。

熱心なファンであるらしい妹によると、ユーリが主人公の場合、大抵ミャロも登場するのがお約束らしい。

その役どころというのは、だいたいがユーリの（主に性的に歪《ゆが》んだ）恋路を邪魔したり、横恋慕で茶々を入れたりする、悪女のような役回りだという。

教養院の学生からしてみれば、教養院に所属しないがゆえにしきたりに縛られず、思う様ユーリに接近して仲睦《むつ》まじくしているミャロが、なんというか抜け駆けしているように思われてしかたがないようだ。

だが、ミャロのような独特な立場の女性が主人公格の男と仲がいいという状況は、あの文化が始まってから初めて生じた特殊なシチュエーションなので、その界隈《かいわい》では新鮮な要素として受け入れられているらしい。

「ところでさ……」

「はい」

ミャロは揚げ団子を口にいれながら聞き返した。

「ミャロはどうして騎士院に入ろうと思ったんだ？」

「え」

ミャロは短い嘆詞で答えた。

「いや、話したくないのなら良いのだが」

キャロルは慌ててそう言った。以前から聞いてみたかったのだが、何か話したくない事情があるのかもしれないと聞けずにいたのだ。

「あ、いえ、別にいいですよ。気になるのであれば」

だが、ミャロは意外にも渋ることもなく平然としていた。

「正直、気になってしかたがなくてな。どうも、ミャロは体が動かすのが好きというわけでもないようだし……」

ミャロは今日のように特訓をするほど熱心ではあるが、運動が好きなわけではない。

その頑張りは、義務を果たすための努力であって、好きが高じて楽しくやっているわけでは決してないのだ。

それに……。

ミャロは、入学したときには、まだユーリと面識がなかったはずなのだ。

「親しくない人には話したくない内容なのは確かですが、殿下であれば構いませんよ」

「もちろん、誰かに口外したりはしない」

「……じゃあ、お話しする前に、お茶のおかわりを注文しましょうか。少し長い話になりますから」

Ⅱ

では、お話ししましょうか。その前にお聞きしますが、殿下はボクの生まれをご存知ですか？

いえ、そうではなく、ギュダンヴィエルの家庭の事情について多少は知っておられるのかな、と。

ああ、祖母の名前と家業の詳細を少し知っているくらいですか。

なるほど。

それなら、最初から説明したほうがよさそうですね。

ボクの母親は、お祖母様《ばあさま》が初めに産んだ子ですが、ボクの父親は騎士の生まれです。

といっても、現実に騎士であったわけではありません。卒業はしましたから、騎士号は持っていたわけですが、それだけでは騎士とは呼びませんよね。

　はい、ご想像通りです。

　それどころか、爵位を持っていたわけでもないので、つまりは……まあ、一般人とほとんど同じ立場ですね。

　もう父は亡くなっています。いいんですよ。殿下も同じ境遇じゃないですか。

　そうですね……ついでですから、父と母が学院生だったころのことから話しはじめましょうか。

　父は、母と同世代の騎士院生でした。言うまでもありませんが、母は教養院生でした。

　父の実家は、ガイ家といって、ボフ将家に連なり、代々陣爵を賜っている家柄です。後に縁を切られたので、父方の実家の方々とは、ボクは会ったこともありません。

　いえいえ、いいんですよ。今となっては、ボクも会わせる顔がありませんから。

　父は、学院にいるときに母と交際していました。元をたどれば、母の一目《ひとめ》惚《ぼ》れが原因だったようです。

　母は、大魔女家の長女だと引かれてしまうと思ったのでしょうね。交際するときは偽名を使っていたようです。

　もちろん、ギュダンヴィエルのご令嬢といえば有名人だったでしょうから、父のほうも、友人にそれを相談すれば、途中で気づくことができたでしょう。

　ですが、父は仲間に交際を隠していました。魔女と交際していることが仲間にバレるとよからぬ風聞が立つと思ったのでしょうね。

　二人の交際は足掛け三年に及びました。この間には色々な出来事があったわけですが、それは省くとしましょう。

　卒業を間近に控えたある日のことです。

　母の妊娠が発覚しました。父の人生が狂い始めた日といってもいいでしょうね。

　父は、そのとき初めて相手が大魔女家のご令嬢だったと知りました。

　そのときまで、零細魔女家の三女などと嘘《うそ》をつかれていたわけですから、父はたいそう驚いたことでしょう。そういった格下の身分のお相手であれば、結婚するにしても妻に迎えれば済む話ですから。

　でも、相手が仁爵もちの大魔女家の長女とあっては、もちろん話が全然違ってきます。孕《はら》ませたとあっては、責任をとって婿に行く以外にありません。

　このとき、父と母の間でどのような言い争いがあったかは知りませんが、最終的に父は諦めて婿に行くことを了承しました。

　父は、おおよそこれまでの人生をすべて捨てることになりました。

　この出来事は、父の実家にとってはもちろん醜聞でしたが、ギュダンヴィエルにとってもそうでした。母は長女ですから、跡取り娘と目された女性が在学中に妊娠してしまう、などというのは言語道断の話です。

　祖母は激怒したらしいですが、母のお腹《なか》が大きくなってくると隠してはおけなくなって、二人は婚約ということになりました。

　しかし、その子供は流れてしまいます。

　子供が流れてしまったといっても、一度公になった婚約を解消するわけにはいきません。母の妊娠が周知されていなければ、まだ全てをなかったことにすることも可能でしたが、母自身が吹《ふい》聴《ちょう》して回ってしまいましたから、それも不可能でした。

　父はその後、凍《い》てついたような学校生活を過ごし、卒業後に結婚しました。そのころにはもう、実家からは勘当されていたようですね。

　父は全ての友人に見放され、実家からも縁を切られ、ギュダンヴィエルの屋敷で暮らし始めました。教養院を出ていないわけですから、なんの仕事ができるわけでもなく、ただフラフラしているだけだったようです。

　たまに社交界などに顔を出しながら、日々を無為に過ごしていたわけですね。

　そして、結婚から十五年たって、ようやくボクが産まれました。

　はい、十五年間子供ができなかったんですよ。

　父は、初めて産まれた自分の子供を、たいそう可愛がりました。

　悪影響を恐れてか、家族はみんな父がボクに構うのを嫌がっていました。

　でも、口では苦言を呈しても、実際に止めたりはしなかったので、ボクはずっと父に構ってもらっていました。

　いえ、そんな人間的な優しさで見逃されていたわけではありませんよ。単純に、母親の出来が悪かったせいで、ボクはあまり期待されていなかったんです。

　ふふ、おかしなものでしょう。

　ボクは、乳母から乳を貰《もら》って、父に育てられました。

　父は、ボクに寝床で物語を聞かせてくれたり、玩具《おもちゃ》で遊んでくれたり、騎士院での笑い話を聞かせてくれたりしました。基礎的な読み書きを教えてくれたのも父です。

　ですが、どうやらこの子は優秀だぞ、と分かってくるにつれ、だんだんと父とは引き離されてしまいました。それでも、父はなにかにつけボクの部屋に会いに来て、構ってくれたんです。

　ええ、ボクは父のことが大好きでした。

　父は、十五年経《た》っても騎士の心を忘れていませんでした。そうして、幼い頃から、騎士の心構えのようなものをボクに教えてくれました。

　え、そのせいで騎士院に入ったのかって?

いえいえ、まさか。

そのころはまだ、ボクは教養院に入るつもりでしたよ。

騎士の方々だって、森に入って狩りをするのはたまらなく面白いぞ。と言われても、騎士の道を捨てて狩人《かりゅうど》になろうとは思わないでしょう。

最終的に、ボクは反対を押し切って騎士院に入ったわけですから、もちろん影響は受けましたが、幼い頃から騎士院に入ろうと思っていたわけではありません。


直接的に騎士院に入ろうと決意した原因となる出来事は、ボクが八歳のときに起きました。

父が母を守って亡くなったんです。

その夜、ボクは家族と一緒に夜会へ行くところでした。道中、ギュダンヴィエルに恨みを持つ集団が、馬車を襲ったんです。

ええ、実はそういうことはよくあるんですよ。

魔女家同士では殺し合いはご法度ということになっていますが、政争や商売争いで何もかもを奪われ、屈辱だけが残ったような人にとっては、ご法度もなにもありません。

言うまでもなく、大魔女家は恨みをたくさん買っています。

このときは、祖母に王城でしてやられた魔女家と、商売で叩き潰されて無一文になった商人が手を組み、人を雇ってボクたちを襲いました。


そのときボクと祖母が乗った馬車は、両親が乗った馬車のずっと後ろを走っていました。ボクたちの家族は、二つの馬車に分乗して夜会に向かっていたのです。

襲われたのは、先頭を走っていた両親の馬車のほうでした。

賊は、まず不意打ちで護衛の二騎を仕留めると、御者を殺し、ワゴンを襲いました。父は剣を持ち、ひとり外に出て、馬車のドアを守って戦いました。

父はかなり奮闘をして、五人ほど賊を斃《たお》しました。訓練された暗殺者ではなく、ただのゴロツキでした。とはいえ相手は十人からいたので、一人ではどうしようもなかったようです。

　ボクたちの乗った馬車が駆けつけ、騎馬の護衛が加勢して、賊どもを一掃したときには、もう全てが手遅れでした。

　父の服はズタズタに切り裂かれ、体はなます切りにされていて、ワゴンのドアにもたれかかって、もう立ってもいられない様子でした。

　父はすぐに医者のところへ運ばれ、傷を縫われましたが、どうやら血が流れすぎてしまったようで、顔は血の気を失って蒼白《そうはく》で、医者に手遅れだと告げられました。母は馬車のなかで気を失って屋敷へ運ばれ、祖母は事態を収拾するのに忙しく、臨終の際にそばにいたのはボクだけでした。

　父は、死の淵《ふち》にあって、ボクにこう言いました。

「騎士のように死にたかったなぁ……」

と。

　ボクは、お母さんを守ったじゃない。と言いました。

　そうしたら、

「おれはあいつを守ったわけじゃない」

って言うんです。

「おれは、どうせ死ぬなら、形だけでも誰かを守って死にたいと思った。少しでも騎士らしく……だけど、あいつを守って死んだところで、誰が騎士の死に様だと思ってくれるだろう」

　今思えば、そのころには、とっくに父は母を愛していなかったのでしょうね。

　父は、

「無念だ……でも、悪くない」

と言って、ボクの頭をなでて、それで亡くなりました。

……そんなに感動しました？

え？

　いやいや、違いますよ。

　もちろん、父の言葉はボクの心に残りましたが、それで「よし騎士になろう！」と思ったわけではありません。

　そのころは、ボクはまだ魔女になる気まんまんでしたし。まだまだ、魔女の生業《なりわい》は悪くないと思っていましたから。

　父の言葉を聞いても、ああそういう生き方もあるんだな。そういう生き方も悪くない。と思っただけでした。父は魔女を否定したわけではありませんでしたから。

　ええ、人間は、自分の生業を子供に悪くは伝えないものです。

　ボクはごく普通に、魔女というのは人に尊敬される立派な仕事なのだと思っていました。そう伝えられていたからです。

　父も、間接的に自分を生かしている生業なのですから、悪く言ったりはしませんでした。というより、あまり悪く言うと、ボクの魔女としての人生が狂ってしまうと考えていたのかもしれませんね。

　当然といえば当然ですが、ギュダンヴィエルという籠の中で育ったボクは、魔女家を悪く言う人の存在をまったく知りませんでした。どんな悪人でも、自分の子供に「オレはろくでもないことをして生きてるんだ」とは言いませんよね。

　なので、ボクはごく純粋に、このままギュダンヴィエルの魔女になろう、当主になれたらいいな、と思っていたわけです。

　まあ、ボクの目を覚ました出来事は、この後に起こるんです。

　ボクは、父が死んでしまったことが悲しくてしかたなく、しばらく勉強も手につきませんでした。死に方が死に方だったものですから、どう受け入れたらいいか分からなかったんですね。毎日泣きはらして、ついには体調を崩し、なんだかんだで三ヶ月くらいは床に伏せっていたと思います。

　祖母も母も、繰り返しボクの自室にきて、はげましたり、二ヶ月もするといい加減にしろと言ってきたり、いろいろしました。

　ボク以外の家族ときたら、父の死にはかなり冷淡でしたからね。父の死というくだらない出来事が切っ掛けでボクが使い物にならなくなることを恐れたのでしょう。

　その気持ちは分かります。

　母は、婚約した当初は熱烈な愛情を持っていたようですが、ボクが産まれたころには夫婦関係は冷えきっていたようです。祖母に至っては、最初から邪魔者としか考えていなかったことでしょう。

　父は、ボク以外、誰からも必要とされていませんでした。無駄に悲しんでないでさっさと立ち直れ、と言いたい所だったのでしょう。

　それで……いや、その前に。

　誰も聞き耳は立てていないようですね。いいえ、ここまでは魔女家界隈の人間なら誰でも知っている話ですから、誰に聞かれても構わないのですよ。

　では、続きをお話しします。

　ある日、母がボクの寝室を訪ねてきて、今日も今日とて泣きはらしているボクを見て、言ったんです。

「あんたはあの男の子供じゃないのよ」

　って。

　ふふっ、驚きましたか？

　ボクも、それを聞いたときには、とても驚きました。心臓が十秒くらい止まっていたかもしれません。

　え？

　もちろん、じゃあ私は誰の子供なの。って聞きましたよ。

　混乱していてよく覚えていませんが、つまりは「いろいろな男と寝て、孕んだ」という答えを返されました。まあ、悪びれはなかったですね。

　そのあとは、茫然自《ぼうぜんじ》失《しつ》で、なにも言い返すこともできませんでした。

　今となっては確かめるすべもありませんが、おそらく父には、女性を孕ませる機能が欠けていたのでしょう。

ええ、そういう人もいるんですよ。

いえ、急所を打たれて潰れてしまったとかではなく、生まれつきにそうなんです。さりげなくユーリくんに聞いてみたら、ユーリくんもそういった体質に心当たりがあると言っていました。

そうですそうです。

男性が吐き出す精が女性を妊娠させられない体質、ということがあるんですよ。

そうですね。ごもっともです。

おそらく、教養院生だったときも、妊娠して父と結婚したくとも、なかなかできないので、誰か他の男と寝たのでしょう。または、単純に浮気をして孕んだのかもしれませんね。

あとあと調べてみましたが、父も母が初めての相手というわけではなく、いろいろな性遍歴があったようです。

十五年の間には、父の浮気が原因で二人が大喧《おおげん》嘩《か》をしたこともありました。

ですが、屋敷の女中や酒場女と何度も関係を持っても、父には一人の庶子もできませんでした。そういった噂《うわさ》が立つことすらなかったんです。

不特定多数の女性と十年以上も関係を持っていれば、どなたでも一人や二人の庶子はできるものです。

ですから、やっぱりそういうことなのでしょう。

母のほうも、十五年も性生活を送っていて一度も妊娠しなかったのですから、焦《じ》れていたのでしょうね。

その結果が自分自身だと思うと、さすがに気分は悪いですが。

そうですね。

ボクも、今となっては達観できていますが、もちろん当時は違いました。

それはもう、気分が悪いなんてものではありませんでした。食べたものを全部吐いて、お腹が四六時中気持ち悪くて、なにも口に入れられなくなりました。

それでいて、ずっと心のなかが荒れ狂っている感じで、感情のままにお皿を割ったりしました。

ふふ、今思えば面白いですね。

そうなんですよ。お皿を割るくらいだったんです。ボクにできたことは。

そのころのボクは、スプーンより重いものは持ったことがない。という、蝶《ちょう》よ花よと育てられた八歳の女児でしたから。家具なんかは殴っても壊れなかったんです。

四六時中ベッドに寝ていたので、怒りに駆られると、幼いボクはシーツや毛布を破こうと暴れました。

でも、毛布は毛が多少むしれるくらいでしたし、薄手のシーツでさえ、ボクの力では破けませんでした。

屋敷の家具はどれも高級品で、頑丈な作りだったものですから、怒りにまかせて思いきり殴ったらそれはもう痛くて、床を転げまわるはめになったものです。

ふふっ……そのときばかりは怒るどころではありませんでしたね。

そんなわけで、幼いボクにできる破壊は、せいぜいが皿をがむしゃらに投げて割る程度だったわけです。あとは、一度、燃えているロウソクが刺さった燭台《しょくだい》を、おもむろに床に投げつけて、ぼや騒ぎになったくらいですね。

それで、いろいろ一人で悩んだり暴れたりした挙句、ボクは祖母のところへ行ったんですよ。

はい。

祖母はギュダンヴィエル家の当主で、家長ですから。

そのときまでそれをしなかったのは、ボクが母の悪行を密告することで、母が厳しく罰せられるのを恐れていたからです。

当時のボクの中では、祖母は公正な支配者でした。幼い正義感と肉親への愛情の間で葛藤して、ついに母を裁いてもらおう。と告げ口に走ったわけですね。

はい。

祖母は、ボクの話を真剣に聞いた後、「だからどうだっていうんだい？」と言いました。

それから、

「あまり気にしないことだね。誰のタネからできたかなんて、小さいことだ」と言ったんです。

いやいや、それは酷いとは思いませんでしたよ。慰めようとしてくれてる感じはありましたし。

そのときにはボクも、本当の父が誰かなんて関係ない。父は父だという考えに至っていましたから。

でも、ボクがどうしても納得できなかったのは、父は裏切られていた。ということだったんです。

そうですね。

父も浮気していたわけですから、お互い様という部分もあるでしょう。当時のボクは浮気のことは知らなかったわけですけど。

でも、浮気があったにせよ、他人の子を我が子と偽って育てさせたことは、これは別の問題です。

父は、ボクに愛情を注いで育ててくれました。ですが、その愛情はボクを実の子と誤解しながら注がれたものだったんです。

母は、一度裏切るだけではなく、嘘を吐《つ》くことによって、ボクへの純粋な愛情と献身を穢《けが》しました。そのことが、ボクには吐き気がするような重大な卑劣のように思われたんです。

ボクは祖母に誠心誠意、そのことを伝えました。でも、祖母はどうしても理解できないようでした。

父はなにも知らずに逝ったのだから、表面的には問題は表れなかったわけで、なんの問題がある。というような意見でしたね。

それはそれでその通りではあるのですが、当時の世間ずれもしていない純粋だったボクからしてみれば、そういう問題ではありませんでした。そもそも、ボクは祖母を良識人と思っていたわけですから。

そうですね。

ボクは世間知らずでした。

とはいっても、今となって思えば、そのときに祖母に対して大いなる反感を抱いたのは、父に教えられた騎士由来の考え方があったからですよね。父がいなかったら、ボクはそのまま祖母の言葉を受け入れていたことでしょう。

……長くなりましたね。

これで、話はだいたい終わりです。

目が覚めたと言ったらなんですが、その後のボクは家業について懐疑的になり、それまでとは違った目線で見るようになりました。二年後、十歳になるころには、家業を継ぐつもりはすっかりなくなっていました。

どうせなら騎士院のほうに入って、父があれほど望んだ生きかたをしてみたいと思ったわけですね。

そうして、入学の準備をする時期になると、ボクは様々な工作をしました。祖母や母の書斎に潜り込んで、巧妙に書類を書き換えて……。

え？

あ、はい。

人聞きの悪い言い方をしますね。

でも、まあ、その通りです。

自分で言ってはなんですが、ボクはギュダンヴィエル家の将来を担う期待の星という扱いでしたからね。騎士院の入学など認めるはずがないなんてことは、火を見るより明らかなことでした。

ボクは、家族を騙《だま》して入学したんですよ。

実家は、いまだに騎士院のことは納得していません。

ボクは自分で騎士院の書類を取り寄せて、教養院のものと巧妙にすり替えて提出しました。屋敷に届く手紙も毎日確認し、本当にこれでいいのか、教養院でなくていいのか、というような確認の手紙は、すべて暖炉にくべて燃やしました。

今思えば、教養院の学長がたまたまギュダンヴィエルと仲の悪いマルマセットだったのも幸いしたんでしょうね。昔から懇意にしているシャルルヴィル家だったら、祖母に直接確認の使者が送られて、その場でボクの企ては破綻していたでしょう。

ええ、とても仲が悪いんですよ。昔からではなく……いえ、昔からは昔からなんですが、伝統的にという意味ではなく、祖母とマルマセットの現当主は若い頃に因縁があるんです。まあ、それは置いておきましょう。

それで、教養院の試験のときは学院に来て、一度建物に入ってから隠れ、終わった時刻に素知らぬ顔で迎えの馬車に乗って帰りました。

翌日の騎士院の試験には、こっそりと出かけて潜り込んで試験を受けました。

十歳児にしては上手《うま》くできまして、祖母は入学式当日まで気づかなかったようです。

うふふ、殿下はあの日、入学式が終わると、なぜだかユーリくんに怒っていらして、ボクと話していたユーリくんを連行していきましたよね。

実は、あのときのボクは屋敷の者に捕まって、屋敷に軟禁されることを恐れていたんです。

ええ。

身柄を拘束しておけば、権力を使って急遽《きゅうきょ》教養院に入学させることも、不可能ではありません。もちろん学期が始まってしまえば難しいですが、まだ入寮すら済んでいない状態なら、無理押しをすれば難しくはないことです。

フフフッ……なんだか懐かしいですね。

ボクは入学式の日、今の殿下のように変装をして、歩いて騎士院まで行ったんです。用意されていた教養院の制服を着て、そのまま馬車に乗ったら大変なことになってしまいますからね。実家はボクが行方不明になったと大騒ぎだったようです。

騎士院の制服は、こっそりと入手して他の用事で王城に行ったときに隠しておきました。

ええ。今でも覚えていますよ。一階の第五用務室です。滅多に使わない掃除道具が置いてあるところですね。ふふ、子供ながらによく調べたものでしょう。

そこで着替えて、入学式に出てから王城を抜け出すと、ボクは変装のコートを羽織って歩いて騎士院に向かいました。そのときが一番緊張しましたね。

もっとも、あのときユーリくんが昼食の誘いを受けてくれれば、そのような危険は犯さなくても良かったのですが。

ええ、お誘いしたんです。でも断られてしまいました。

そうです。

もちろん、昼食となればルーク様とご一緒することになりますよね。

さすがに、天爵閣下を相手に大勢で取り囲んでボクを略取するというのは、これは不可能なことですから、ユーリくんと騎士院まで行動を共にできれば、それが最も安全でした。

でもまあ、変装も上手くいって、なんとか無事に騎士院まで着き、やっと入寮までこぎつけたわけです。

そうしたら、ユーリくんが、その日のうちにドッラくんを殴り倒して、大騒ぎになりました。

あはは、思えば、あんなにしょげ返ったユーリくんを見たのは、あのときだけですね。

え？

そうですよ。

ああ、殿下はその日は白樺寮のほうに泊まって、こちらには居なかったんでしたよね。

入寮当日に流血沙汰の事件を起こしてしまったので、ユーリくんはそれはもう見る影もなく落ち込んでいました。

　ボクが話しかけてみたら、入寮当日なのに暴力事件を起こしてしまった、退学処分になるかもしれない、みたいなことを言っていました。

　もちろん、ホウ家のご子息がそんなつまらない事件で未来を絶たれるなんてことは、ありえないことです。

　もしドッラくんが死んでしまったのであれば、入寮当日にルームメイトを殴り殺したとなると、罪がどうこうというより狂気を疑われてしまう事態になりますので、退学というか入学を拒絶される可能性もありえるかなとは思いましたが。

　殺していないなら心配する必要はありませんよ、というような助言をしてさしあげたら、なんだか気が休まったようでした。

　入寮当日は、さすがにボクもいろいろと不安だったのですが、ユーリくんの起こした大事件のおかげで気が紛れました。

　そんな感じで無事入寮できたボクは、それから十ヶ月くらい実家に帰りませんでした。

　うふふ、ボクだって、気が進まないことくらいありますよ。

　帰ったらそれはもうネチネチと説教を食らうのはわかっていましたから。世の中、ほとぼりが冷めればどうでもよくなる。ということはたくさんありますしね。

　でも、まあ……ボクの場合はさすがに、ほとぼりが冷めても家に帰れば大歓迎というわけにはいきません。

　そういうわけで、ボクは今でもなるべく実家に寄り付かないようにしているわけです。

◇　◇　◇

　ミャロの長い話が終わると、キャロルは嚙《か》み締めるように黙った。

　ミャロの口ぶりは軽妙だったが、その内容は苛烈だ。幼いミャロは、父の死や母への失望を乗り越えるためにどれほどの涙を流したのだろう。

　少しして、

「うん……とてもよく分かった」

　とキャロルは言った。

「そうですか」

「ありがとう、よく話してくれたな」

　キャロルはミャロの手を握った。

　お互いの手のひらは、少女の柔肌というには少し硬かった。

「べつに……今となっては過ぎたことです。ボクは今幸せですし」

「そうか」

「目下、悩み事は就職先のことですね。場合によっては、こちらのほうが悲劇かもしれませんよ」

　軽口を言っている。ミャロはしたたかだ、とキャロルは思った。

　あのような過去を話すのに、心が揺さぶられなかったはずはない。当時の悲しみを思い出さなかったはずはない。それなのに、こうして笑っている。それは強い心がなければできないことだ。

「ふふっ、困ったら、私でもユーリでも、どちらでもいい。相談しろ。そうしてくれれば、大概のことはなんとかなるよ」

「そうですね……ああ、もうお茶も冷めてしまいましたね。そろそろ、出ましょうか」

「そうだな。だいぶ話した」

「はい。長居してしまいました」

「代金は私に払わせてくれ。話を聞かせてくれた礼だ」

　キャロルが代金を払い、二人は店を出た。

　その後、学院に戻り、変装を解くと、二人は日常へと戻った。

第三章　観戦隊

I

十七歳、この寒い国に春が訪れ、だがまだ厳冬期の寒さを残すある日のこと。

俺は、そろそろ十八歳になろうとしていた。

その日の俺は、王都の港に停泊している他のどの船よりも大きく立派な帆船から、木箱が続々と降ろされるのを見物していた。

その船は三本のマストを持っており、前の二本は横帆が四枚、後ろの一本には大きな縦帆がついている。岸に係留している今は、いずれも畳まれていた。

降ろされている木箱の中身は、綿である。

紡いでいない綿は、綿入れ半纏《はんてん》のような衣類や、布団になる。これは、王都では近年の大ヒット商品らしく、完全な売り手市場となっている。

綿の元になる綿花は、南方では農園でいくらでも栽培できるし、花が開いたら白い繊維を摘むだけのものなので物凄《ものすご》く安く買うことができる。それが、こちらに持ってくれば十倍以上の価格でどんどん売れるのだ。

やっていることは安い所で買ってきて高い所で売るというだけの単純な行為だが、それで生じる利益は凄《すさ》まじい。船が帰ってくる度に真面目に労働するのが馬鹿馬鹿しくなるような金額が入ってくる。

天測航法の道具はスオミで管理し王都には持ち込まない社則にしてあるので、どれだけ儲《もう》けてもビジネスモデルを真似《まね》されるということがない。おそらく、このシステムは綿が供給過多になって値崩れするまで続くのだろう。

今荷降ろししているのは、アルビオ共和国で建造された二隻目の船で、初めて購入した一隻目は二隻目の後ろに控え、荷降ろしを待っている。三隻目は、アルビオ共和国で建造中である。

ハロルによる交易が開始されて一年と少し。社運を賭けた大博打《おおばくち》だったが、ハロルが初めて帰ってきてから、あっという間にここまで伸びてしまった。

港では、積み降ろした荷物が次々と埠頭《ふとう》に並べられている。カフが率いる社員たちがスオミでくっつけた荷札を確認し、自前の馬車で埠頭に乗り付けた商人たちに荷物を引き渡していく。

俺の座っている、やや離れた桟橋には誰もいない。普段は暇を持て余した沖仲仕《おきなかし》がたむろしている場所だが、俺の船が入ってきているため皆仕事に出ているのだろう。

俺が物思いに耽《ふけ》りながらのんびりと社員たちの働く風景を眺めていると、

「ユーリ・ホウだな」

と、背中から声がかかった。

俺は背筋がゾッとする感覚を覚え、とっさに横に転がりながら短刀を抜いた。

視線を滑らせ、素早く状況を把握する。

囲まれてもおらず、目線の先にいるのはぽつねんと立っている平民然とした服装をした女だった。長い髪をポニーテールに結んでいる。

俺が過剰とも思える反応をしたのは、本能が警鐘を鳴らしていたからだ。

「誰だ」

鋭い声で詰問する。

全く足音がしなかった。いくら波の音があるとはいえ、後ろに立たれるまで気付かないとは。

そのくせ、身構えてもいない。

武器を握っているわけでもなく、見た目はまったく普通の庶民と変わらない。それがかえって不気味だった。

「なぜ警戒する」

女は不思議そうに言った。

「足音がしなかったからだ」

「ああ」

何か合点がいったようだ。

「お前、何者だ」

「貴様を王城に呼びに来た」

「……………？」

「王家の連絡員か？」

「そのようなものだ」

「連絡なら、キャロル殿下に頼めばいいだろう。前はそうしていた。なぜお前を寄越《よこ》す」

　こいつの話を頭から信じるわけにはいかない。ノコノコ着いていって拉致されたら間抜けだ。それに、キャロルを使わない理由が分からない。今までは特許《パテント》関係の呼び出し一つとってもキャロルをパシらせていたのに。

　なにより、足音が聞こえないのが気に入らなかった。

「女王陛下直々の用命だ。一緒に来い」

「質問に答えろ」

「察しが悪いな。私は王剣だ」

　王剣。近衛《このえ》第一軍の中に存在する組織の名前である。

　全員が女性で構成される王剣は、構成員の育成も全て自分たちでやっている。名目上は第一軍となっているが、組織図では女王から下に伸びる一般的な軍ではなく、横に伸びた線の先に孤立して存在が記されている。

　彼女たちの仕事は王室の警護だが、それとは別に諜報《ちょうほう》機関としての役割も持っていて、さらに言えば暗殺集団としての側面も持っている。

　要するに、女王の懐刀ということだ。

　主に将家が叛意《はんい》を抱いたときに暗躍し、大規模な内乱が起こる前に当主を殺しに行ったりする。大した武力を持たない王家が内乱に対応するための手段である。

　将家の俺からしてみれば、たいそう気分の悪い相手だ。

「王剣か。なるほどな。キャロルを同席させたくない用事があるってことか」

　わざわざ懐刀を派遣してきたということは、そうとしか思えない。

「殿下を呼び捨てにするな」

王剣は一瞬、表情を崩して不愉快そうな顔をした。やはり、王家への忠誠心は並々ならぬものがあるようだ。

女王陛下ものんびりしているようで、懐刀を研いでおく強《したた》かさは持っているらしい。

「王の剣を見せてみろ」

王剣の名の由来は、彼女たちに王から下賜された剣が王の剣と呼ばれたことからきている。

女は懐から黒鞘《さや》の短刀を出し、音もなく鞘を半ばまで抜いた。現れた片刃の刃は研がれた部分だけが怪しく光り、腹の部分は煤《すす》が張り付いたように黒い。話に聞く王の剣と特徴が一致している。

研がれて鏡のように磨かれた鋼は、夜に抜くと光を反射して目立ってしまう。黒い短刀は、夜の仕事を生業《なりわい》としていることを示す拵《こしら》えでもある。

「確かに王の剣のようだ。そういうことならば、同行するとしよう」

俺は今まで構えていた短刀を鞘に戻した。

すると、女は無言で背を向けて歩き出した。

俺は何度か護衛の目を盗んでキャロルを外に連れ回したりしたから、気に入らない要注意人物として認識されているのかもしれない。

俺は黙ってついていった。

女の背中に追いついたところで、俺は後ろから素早く膝裏を蹴った。

短刀術や格闘術においては、後ろから膝裏を蹴って体勢を崩したあと、間髪入れずに襟または鎧《よろい》を摑《つか》んで後ろに引きずり倒し、短刀で首を刺したり拳で鉄槌《てっつい》を食らわせたりするコンビネーションがある。敵の後ろを取る必要があるので使いどころが難しいが、乱戦の戦場のような場では非常に有用とされている。

俺も何度も反復練習させられたので、成功させるコツは心得ていた。

俊足の蹴りを放つと、女は足をスッと開いて避けた、同時に後ろ襟を取ろうとした手を身を翻しながら弾《はじ》き、反転してこちらに向き直った。

「なんのつもりだ」

と、厳しい声が、冷たい目と一緒に帰ってきた。

「試させてもらった」

「王剣を試すだと。貴様、死にたいのか」

「ヤクザ者なら今のは避けられない。王剣なら避けるだろう。陛下は俺を連れてくるように言ったのだから、お前が俺を傷つけるはずはない」

俺は事もなげに言った。

「……」

冷たい目は変わらない。

「単なる確認だ。そう怒るなよ」

「五体満足ならば良いと命じられている、とは考えないのか」

「そんなに剣呑《けんのん》な話なのか？　それなら、寝ている間に拐《さら》いに来るだろう」

というか、それだったら既に激烈な戦闘が始まっているはずだ。のんびりと会話している場合ではない。

「……ふん」

女は反論が思いつかなかったのか、考えるのが面倒になったのか、再び背を向けて歩き出した。

本当のところは、王の剣とやらの実力を見ておきたかったのだ。さすがはエリート部隊……というか暗殺部隊だけあって、実力は折り紙つきらしい。

年齢は、二十から二十五の間あたりだろうか。キャロルがあと五年かそこら訓練したところで、こうはならないだろう。この技量は死を選びたくなるような訓練の末に身に付けたものなのか、それとも元々才能があるのかは分からないが、大したものである。

女でも強いやつっているんだな。

◇　◇　◇

裏口のようなところから王城に入ると、誰もいない廊下をしばらく歩き、女はとある部屋のドアを開けた。

部屋に入ると、どうも小さな応接間のような風情で、窓には薄いカーテンが掛かっており、窓は閉じられている。立派な内装の部屋だが、中には誰もおらず、がらんとしていた。

「かけろ」

そう言われたので、俺は指示された椅子に座った。一人がけのソファのような趣になっており、とてもやわらかい。

同じ椅子が二脚あり、その間には四角い膝丈のテーブルが置かれている、既に茶の道具が置いてあった。

俺が座っても、女はドアのそばの壁に背を持たれかけ、立ったままでいた。目の前の椅子には座らないようだ。

そのまま、あくびをしながらしばらく座っていると、ドアが開いた。

女王陛下が一人で入ってくる。

手には、なぜか湯気が立ったヤカンみたいのを持っている。

「ご機嫌麗しく、女王陛下」

俺は、立ち上がって軽い立礼をした。

「わざわざごめんなさいね」

ニッコリと微笑《ほほえ》みを返してくる。やはり敵対的な雰囲気ではない。

「いいえ、暇を持て余していたところだったので」

「そういってもらえると助かるわ。かけて」

女王陛下は目の前の椅子に座った。俺も、再び椅子に腰を戻す。

「用件を聞かされていないのですが、今日はお茶のお誘いかなにかなのでしょうか?」

軽く探りを入れておこう。

王の剣を差し向けてきたというのは、どうも穏やかではない。

「いいえ、違うわ」

やはり違うようだ。

「では、なんのお話でしょう」

「その前に、お茶を淹《い》れましょう」

お茶か。

だからヤカンを持ってたのか。

女王陛下は、言葉通りお茶を淹れる準備をし始めた。

「ユーリくんは古典には興味はある？」

なんの話だ。

「あまり興味はありません。古代シャン語は苦手なもので」

出版が発達していない関係上、古典の翻訳本というのは、超有名所の一部の名著以外は存在していない。

古典を勉強するには、古代シャン語の習熟が必須となる。だから、俺も古典には詳しくはない。

「昔はね、私たち女性の間にはお茶を美味《おい》しく淹れてお客様をもてなす文化があったのよ。それについての技術や作法なんかもね」

ふうん。

「知りませんでした」

今でも一般的なテーブルマナーのような行儀作法はあるが、それとは違うものを言っているのだろう。

茶道みたいなもんか？

「基礎的な教養として、高貴な女性はみんなやっていたそうよ」

「そうなんですか。今ではちょっと考えられませんね」

今では、極普通にメイドとかに淹れさせる。

白樺《しらかば》寮のような場所では専属のメイドさんなんて存在はいないので、仕方なしに自分で湯を沸かして淹れたりするんだろうが、自宅でメイドさんがいるのに高貴な女性が自分で茶を淹れるという風習は、王家以外では見たことがない。

カラクモの屋敷にいるサツキさんあたりは、古い文化を特に愛している人種の一人だが、お茶はメイドさんに淹れさせるし、手ずから淹れているところは見たことがない。

「昔は誰かをおもてなししたり、騎士の労をねぎらったりするためにお茶を淹れたの。でも、そういう文化は大皇国の終わりと一緒になくなってしまったわ。代わりに、真似たのかはわからないけれど、庶民の間で流行《はや》り始めたみたい」

考えてみれば、スズヤなどはルークが仕事から帰ってくると、必ずお茶を淹れていた。スズヤの趣味なのかと思っていたが、そういう文化的な背景があったのかもな。

「私は私の母に教わったけれど、これはうちの王家だけの話ね。よその王家では聞かないわ」

陛下は、音もなく茶具を操りながら、言葉を続けてゆく。

「大皇国の時代には、男と女、魔女家と騎士家の間には、そういった信頼みたいな関係があったのね。私は、だから大皇国は強かったのだと思っているの。それなのに、なぜ今のような状況になってしまったのかしらね？」

シャンティラ大皇国は、大昔にあったシャルタ人の統一国家だ。千四百年も続いた長命の大国家だったが、九百年ほど前に滅ぼされてしまった。

歴史の談話をしに呼んだのではあるまいに、なんでこんな話をするのだろう。

まあ付き合ってさしあげるか。

「負けたからでしょう。カンジャル大汗国《だいかんこく》に負け、国を滅ぼしたから、騎士は面目がなくなって、魔女も王も騎士を尊敬しなくなった」

大皇国軍は、当時の水準では恐ろしく強い軍だった。

当時の世界にはクスルクセス神衛帝国という、イイスス教世界を統一する大帝国があったのだが、そこが送り込んできた大遠征軍を何度も難なく退けている。

これは北方の寒冷地域に引き込んでの会戦だったので、地の利があったことは否めないが、やはり高い実力があったのは確かだろう。

だが、最後にはカンジャルという騎馬民族の英雄に負けた。

カンジャルは大皇国を破るのが生涯の宿願だっ

たという男で、若い頃に大皇国領を略奪しようとして返り討ちにあい、そのときに生涯の目標を得た。

それから中東地域や東方、話によると中国のあたりまで版図を広げ、人生の総決算としてそれらの占領地からかき集めた軍勢を大皇国にぶつけた。

その軍勢は少なく見積もって二十五万と言われている。二年の間民を飢えさせて莫大《ばくだい》な兵糧を作り、兵に数千キロの道のりを行軍させて一ヶ所に大軍団を結集した。戦史上有数の天才が最後に作り上げた軍だけあって、裸の戦争奴隷に槍《やり》を持たせたような数合わせの弱兵は一兵もおらず、全員が鎧を纏《まと》っていたらしい。その上、二十五万の中には度重なる戦争で鍛えに鍛えた歴戦の騎兵が十万騎もいた。

ミナリという地で行われた大会戦では、大皇国軍も十一万の兵を集めてそこそこの善戦はしたようだが、さすがに抗しきれずに最後には潰走させられてしまった。

だが、カンジャルは勝ったことで念願叶《かな》って満足したのか、会戦に勝つなりすぐに死んでしまったので、カンジャル軍は死後即時始まった跡目争いにより引いていった。

しかしそれと交代するように十字軍が来て、漁夫の利を掠《かす》め取っていった。カンジャルとの会戦で崩壊していた大皇国軍にはまともな抵抗ができず、首都シャンティニオンを含めた南部一帯の豊かな地域を奪われてしまった。

そういった事情があるので、俺の中では大皇国の騎士たちはそれほど悪い評価ではない。ちょっと敵が悪かったというか、アカン奴《やつ》に目をつけられたのが運の尽きだった人たち、と思っている。

だが、当時の王や魔女はそうは考えなかった。

王も魔女も、国が滅びたのは騎士のせいだということにした。つまり、騎士以外の人間にはなにも落ち度がなかったのに、騎士たちが軟弱なせいで国が滅びた。ということになったのだ。当時というか、現在でも教養院の歴史の講義ではそう教えているらしい。

　敗残の騎士は石を投げられ、唾を吐かれ、女王と祖国のために命を賭けた男たちの誇りは屈折してしまった。

　騎士たちは、その後の混乱期において武に訴えて領を持つようになり、女王主体の新体制に組み込まれてからも将家を名乗って、現在に至るまで地方国家のような独立性を守り続けている。そして、女王と魔女という女権の勢力は、女性を筆頭とした歪《いびつ》な軍を持つようになった。

　そんな構造になってしまったのは、女王陛下の言う通り、信頼関係がなくなったのが大きな理由の一つだろう。王剣や第一軍のような親衛隊的な組織は大皇国の皇家にもあったが、女王に心からの忠誠を誓った男たちで構成されていた。

「さすがに、よく勉強をしているわね」

「ええ、まあ」

　騎士院に八年もいてこの程度のことも知らなかったら、よほどの阿呆《あほう》だ。理解の深さはともかく、知識としては持っているのが普通だろう。

　陛下は美しい色彩が施されたティーポットに、高いところから湯を落とした。

　コポポ……と空気が混ざりながら、急須のなかに湯が満ちてゆく音が聞こえる。

「それで、お話というのは、それに関係した話ですか？」

　もしかして、キャロルと結婚がどうとかって話か？

「せっかちよ。茶が出るのを待つ時間は、雑談を楽しむものなの」

　雑談か。

　招かれたときから感じているのだが、今日の陛下からはキャロルと一緒に会っていたときの柔らかさというか、余裕のようなものが感じられない。

　雑談と言いながら、その内容はなんとも意味深で、薄手のカーテンを締め切った部屋もなんとなく薄暗いし、なんとなく空気が悪い。とてもではないが、談笑をするような雰囲気ではない。

「すいません。田舎者なもので、作法には疎くて」

「いいのよ。あなたにはこういう歴史のお話のほうが好きかと思ったのだけど、退屈だったかしら」

「いいえ、そのようなことは」

「そう？」

「ただ、これからどのようなお話をされるのかと、恐々としているので、どうも素直には行かないようです」

　俺がそう言うと、陛下はクスリと笑った。笑う仕草はキャロルそっくりだ。

「自らお茶を淹れるというのは、歓迎のしるしよ。ねぎらい、あるいは頼み事……。いずれにしても、叱りつけるために呼んだときには、お茶を淹れたりはしないわ」

「それを聞いて少し安心しました。僕もお茶を楽しむことにしましょう」

　歓迎するなら王剣なぞ寄越すなと言いたい。王家は魔女に対しては官位の叙位権という大きな影響力を持っているので、王剣が働く相手というのは将家が飛び抜けて多い。警戒もしようというものだ。

　内密性を信頼できる手駒が王剣しかいないので、仕方なく使ったのだろうか？　女王といえども心から信頼できる手駒は限られるだろうし、キャロルが使えないとなると次は王剣になるのかもしれない。

　陛下は急須を操って、取っ手のついたティーカップに茶を注いだ。

「はい、どうぞ」

「ありがとうございます」

　皿に乗ったティーカップが差し出されてくる。

「いただきます」

　取っ手をつまんで持ち上げ、口をつけた。軽い苦味と一緒に、複雑で華やかな香りが鼻を通っていく。

　飲み込むと、舌に仄《ほの》かにハチミツのような味が残った。

一種のブレンドティーなのだろうか。今まで味わったことのない味だ。

茶がいいのか淹れ方がいいのか、なんだか分からないがとてつもなく美味《うま》い。

「とても美味しいです。落ち着きますね」

「あら、ありがとう。お世辞でも嬉《うれ》しいわ」

「お世辞ではないですよ」

これは本当に美味い。

「おかわりをどうぞ」

と、陛下は急須に手をやりながら言った。

「あ、ああ……どうも」

酌を受ける感覚でティーカップをやると、急須を傾けておかわりを淹れてくれた。

「お茶請けも用意してあるのよ。食べて」

差し出された小皿には、焼き菓子が幾つか載っていた。

「頂きます」

と、俺はその焼き菓子にも手を付ける。

特別腹が減っていたわけでもなかったが、焼き菓子もこれまた美味しかったので、ぱくぱくと平らげてしまった。

◇　◇　◇

焼き菓子を平らげて腹が膨れると、女王陛下は、

「それでは、本題に入りましょうか」

と、ようやく言った。

「はい」

さてさて、なんの話なのやら。

と思いつつも、俺は温かいお茶と菓子の効果でだいぶ気持ちが和らいでいた。

「実はね、隣の国で戦争が始まりそうなのよ」

……えっ。

「……なるほど」

「あら……驚かないの？」

いや、俺は驚いていた。

「……もしかして、最新の情報かなにかなのですか？」

「はい。四日前にきた、キルヒナからの急使で伝えられたお話です」

などと、女王陛下は畏《かしこ》まって言ってきた。

はぁ、と、呆《あき》れのため息を口に出しそうになった。茶を供されていなかったら、本当にため息をついていたかもしれない。

「僕がそれを知ったのは、去年の七月なのですが」

今は皇暦二三一八年の四月だ。

俺が報告を受けたのは、去年の七月だった。多少間違えているかもしれないが、先月ということはない。

「はい？」

「サツキ伯母様には報告しておいたので、一応は報告は上がっているはずなのですが」

俺が十ヶ月も前に知って報告したことを、最新の驚きのニュースとか言われてもな。

「聞いていません。どういうこと？」

陛下は眉をひそめた。なにも聞いていないらしい。

どこかで魔女家が入ってきて握りつぶしたか。

魔女家っつーもんは、本当に我が身の保身しか考えてないのは分かってるが、国の将来に関わることも、ここまで無下にできるものなのか。

「ここ十年ほど、彼らの侵攻が沙汰やみだったのは、僕の伯父が前の戦争でティレルメ神帝国の王様を殺したからです。そのために、ティレルメ神帝国は後継者争いで内乱が起き、連中はキルヒナを攻めるどころではなかった。それは知っていますよね」

「知ってるわ。亡命者から聞きました」

これは知ってなかったらおかしい情報である。

陛下の話とも合致するが、俺がこの話を初めて聞いたのは、更にずっと昔のことだ。

イーサ先生から聞いた。

イーサ先生は、まさにこの騒動で荒れている真っ最中のティレルメ神帝国を通って亡命してきたのだ。向こうの世界では誰でも当たり前に知っているニュースなので、他の亡命者も事情聴取に応じて喋《しゃべ》っているはずだ。

　ティレルメ神帝国の前王は、当時五十歳になったばかりの男で、部下からの信も篤《あつ》く、民からも慕われた有能な人物であったらしい。

　十字軍というのは、建前は悪魔掃討という立派な看板を掲げているが、実際の目的は略奪と植民地の獲得であり、要するに大掛かりな小遣い稼ぎのようなものである。

　元より命がけの荒稼ぎのために参加した兵はともかく、将校にとってはそんな戦で死ぬのは馬鹿らしい。

　この前王も十字軍などで死ぬつもりは毛頭なかったし、老いが見えてきたとはいえ、心身たくましく病気がちでもなかったので、まさか自分が死ぬとはまったく思っていなかった。

　だが、ゴウクの特攻作戦で突発性の事故のように死んでしまった。そのため遺書や遺言の類を何一つ残す暇がなく、残った人々が骨肉の争いを繰り広げることとなった。

　ティレルメ神帝国というのは最前線の国なので、そこが紛争状態になっていると、この半島に兵を送り込むことは難しい。

　十字軍というのは向こうにとっては緊急に対処すべき課題でもなんでもないので、そういう事情があればちょっと休みましょうということになり、十年間の猶予が生まれた。

「ですが、去年の六月に、後継者争いには一応の決着が見られました。勝ったのは、前王の三男であるアルフレッドという人です。しかも厄介なことに、このアルフレッドは、後継者争いの過程で、後払いの借金で選帝侯を釣りました」

「借金……？　ちょっとよく分からないのだけど」

　これは少し説明しなければ分からない事情だろう。

「簡単に言えば、王座に座るために支持を取り付けなければならない大貴族をですね、出世払いというか、王になったら金を払うという約束をして味方に引き入れたわけです。この国の王室に当てはめてたとえますと、陛下が崩御なされたあと、カーリャ殿下がお金で魔女家と将家を釣ってキャロルを追い落としたような形でしょうか。ですから、カーリャ殿下は王になったあと、魔女家と将家に金を支払う必要があります」

「ああ、なるほど」

少し不謹慎なたとえだったが、それで合点がいったようだ。

「でも、そんなことをして、大丈夫なの？」

俺も最初はそう思った。

噂《うわさ》では、その金額は途方も無い額であり、抵当は王家の天領だという。

ティレルメ神帝国は王家より諸侯のほうが力が強いというシャルタ王国に似たような仕組みの国だが、王家は野心的に力を伸ばそうとしていて、諸侯は王家の力を削《そ》ごうとしている。つまり、アルフレッドは王になるために諸侯に大幅に譲歩し、先祖代々の王が着々と築いてきた基盤を、自ら切り崩して渡したということになる。

「大丈夫ではないですが、王になるためには手段を選ばないということでしょう。あちら方の権力争いは熾烈《しれつ》ですから、王になれなかったら殺される運命ということも考えられます。そうしたら、手段など選んでいられません」

誇りが命より大事なのは物語の中だけで、実際は大抵の場合において、自分の命のほうが大事に扱われる。自分の命がかかった権力闘争であれば、なりふりかまってはいられない。

「そう？　そういうものかしらねぇ……」

「まあ、それで、アルフレッドは即位後、すぐにカソリカ教皇領に十字軍結成の打診をしたわけです。キルヒナ侵略で、上手《うま》くすれば大金が手に入りますから」

「それは分かるわ。すぐにお金が欲しいものね」

「そうです。略奪で金が手に入らなければ税を重くして支払うしかありません。即位早々そんなことをすれば、国民から相当の顰蹙《ひんしゅく》を買ってしまいます」

「そうね。それは一番やりたくないことでしょうね」

　陛下は自分が即位したときのことを思い出しているのか、うんうんと頷《うなず》いた。

「即位式で彼が戴冠したのが去年の七月のことです。その後各国へ十字軍呼集の通達が飛んで、軍の招集時期は地域ごとに違いますが、今年の二月から三月の始めには始まりました。今は四月ですから、キルヒナ王国は早めに集まってきた軍の動きを察知したのでしょう」

「……それで、ユーリくんはそれをどこで知ったの？」

「軍の招集や兵の募集などというものは、国中にお触れを出すわけですから隠しておける性質のものではありません。僕の社は海の向こうの国と貿易をしています。海を渡って向こうの国についたら、船乗りはまず酒場へ行って酒を飲みます。責任者は地元の商人と夕食をとります。そしたら時勢の会話くらいはするでしょう。特別にお金を使わなくても、この程度の情報はそういう会話で知れるものなんですよ」

　諜報活動というと大げさに聞こえるが、役に立つ情報というのはその程度の労力で集まるものなのだ。

　専門のスパイを育成して政府の極秘情報を盗む、みたいなご大層なことをしなくても、時勢についての大まかな情報は普通に世の中に出回っている。

　一国の首脳が頭の中だけで奇襲の策を練り、秘密裏に準備をして突然に軍を動かす、といった性質の戦争なら察知は難しいが、十字軍は各国が集まった大所帯なので秘匿などできようがないし、向こうも秘匿しようなどとは考えていない。

　戦争では大量の補給物資が動き、各地で激しい物価の変動が起こる。海を駆けて商売をする商人にとっては、商売上知っていてあたりまえの情報である。

「なるほどねえ」

「この話も、僕が父上に提出した書類が上がっているはずなんですが」

俺はホウ家に属する人間なので、手に入れた情報はホウ家にだけ報告している。情報を独占することで利益になることもあるし、結果的にホウ家の損に繋《つな》がる情報ならば王家に伝えるべきではないからだ。

この情報はホウ家の中では周知の事実だが、混乱を避けるために公言はされていない。

だが、ルークからは王家にそのまま報告したと聞いていた。隠すような理由が見当たらない案件だし、王家への貸しにもなるので、これは間違いなく上げているだろう。

「なにか手違いがあったのでしょう。こちらで調べておきます」

「情報の確度が低いと評価されたのかもしれませんね。残念ながら」

実務に関わっているのは、汚職に大忙しの馬鹿ばかりなので、そうなってもおかしくはない。

キルヒナが実際に敵軍の動きを観察した今となっては、この情報が正しいことは明らかだが、読んだところで「外国の酒場で聞いた話なのですが、来年攻めてくるらしいですよ」というだけなので、過去の時点では無視されても仕方がないのかもしれない。

いや、仕方がなくはないか。

「お話は分かりました」

「はい」

「ですが、今日ユーリくんを呼んだのは、別のお話です」

まあそうだよな。

さっきのは突発的に始まった話だし、戦争の開始を俺に伝えるために呼んだわけではあるまい。俺だけに特別早く伝える必要はまったくない。

「戦争に際してキルヒナ王国に援軍を出すのですが、これは他の三つの将家から共同で出させます」

他の三将家というのは、ホウ家とエット家を除いた三家ということだろう。

　ホウ家が出ないのは約束どおりだが、エット家にもまた事情がある。

　エット家は五大将家《ファイブブレイブス》の中でも異色の存在であり、アイサ孤島を守っている。アイサ孤島から援軍を率いて半島まで来るのは天測航法を使わなければ命がけだし、使ったとしても兵の輸送費だけでもえらい値段がかかるので、遠征に兵を出せというのは酷な話だ。

「そうですか」

　まあ納得というところだった。

　ホウ家の軍は前の十字軍で壊滅状態にあったので、正確に年限は定められていないが、近い内に十字軍がキルヒナ王国を再び攻めることがあれば、そのときは援軍の任に就かなくてもいいですよ、という約束になっていた。

　五十年も間が開いたならもちろん話は別だろうが、十年くらいでは約束は有効だろう。実際、ホウ家の軍はいまだに痛手から立ち直れているとは言えない。

　三家に共同で出させるのは前例がないし、指揮系統が混乱する関係で非常な悪手とも思えるが、この状況で援軍を引き受けて自ら兵力を損耗したいという将家はいないので、これは仕方がない。

　だが、援軍云々《うんぬん》の話というのは、俺とは関係のない話だ。

　俺は卒業していないのだから騎士でもなんでもない。更にいえば、俺はホウ家の人間で、援軍とも関係がない。つまり、この戦争とは無関係でいられる立場なのだ。

　もしかして、社の船を補給に使わせてくれみたいな話か？

「ですが、今回はそれとは別に、あなたたち学院生たちで、遠征団を作ろうと思っています」

　へ？

　俺は頭のなかが一瞬真っ白になった。

　意味が分からないんだけど。

少年兵？

「はあ……？　それはその、なんで……？」

「これは娘の発案なの」

娘っていうと、キャロルか？　あいつ馬鹿なのかよ。

「意味が分からないんですが」

と、俺は憤りの籠もった声をあげた。

「話は最後まで聞きなさい」

怒られた。

……まあ、なんか事情があるんだろう。とりあえず従っとくか。

「今、騎士院には、私の娘と、ルベ、ホウの二家の跡取りがいます」

「はあ」

俺は気のない返事をした。

「うち一人は貴方《あなた》ですよ、もちろん」

「分かっていますよ」

言われなくても重々承知だっての。

「この三人……というか貴方達《たち》は、もしキルヒナが敗れた場合は、この国を守るために戦うことになる三人です」

あー。

そういうことね。そういうふうに考えているわけね。

「私は、これにはとても大きな危惧を抱いているのよ。考えたくはないけれど、私としては十字軍に負けて、キルヒナが滅ぼされる未来のことを今のうちから考えておく必要があるの。そうしたら、次に狙われるのはこの国じゃない？　そのときのことを考えると、ちょっと思うところがあるのよ。ルベ家のご当主のキエンさんには会ったことがおありかしら？」

「いえ、ありませんね」

社交の席に積極的に出ていれば会う機会もあっただろうが、なるべく断っているので会ったことはない。

「そう。まあ、今のところ壮健でいらっしゃるけれど、かなりご高齢なのよ。若い頃に結婚を嫌ってらしたから、息子のリャオさんを作ったのがかなり遅かったの。それで、ホウ家ですけれど、こっちはもっと問題だわ。ルークさんは戦争になったときに軍を率いることはできないお立場じゃない？　次の十字軍のときには、あなたが軍を率いる立場になるわけですけど……言いたいことは分かるわよね？」

「はあ……まあ、察しはつきますが」

　この国には五つの将家があって、ホウ、ルベ、ボフ、ノザ、エット、とそれぞれいうのだが、エット家はアイサ孤島にいるので殆《ほとん》ど戦力にならない。

　そもそもエット家はかなり異質な歴史を持っていて、元々はトラッフェ王国という独立した国だった。

　大皇国が崩壊したあと、残った地域は生き残った九人の皇女が会議をして分け合ったのだが、トラッフェという皇女は知的障害があったために殆ど会議に加われなかった。それで、当時は大洋に浮かぶ価値のない小島と思われていたアイスランドを体よく押し付けられ、そこに向かったわけだ。

　航海は成功して、無事トラッフェ王国が誕生したわけだが、王家には近親婚に関しての知識がまるでなかったので死産が重なり、四百五十年ほど前に王統が途絶えてしまった。その後地理的に一番近いシヤルタ王国への帰属を申し出て、その代表者だったエット家が将家ということになった。

　当主は領地経営を学ぶために渡海して騎士院に入ることになっているが、あまりにも距離が開いているため交流自体がそんなにない。シヤルタ王国のほうも、独立国ではないけれどほぼ独立している自治体として、将家という扱いがピッタリだったからそう扱うことにしただけで、そもそも勇を誇る武断の家ではないし戦力としても期待していない。

　そんな具合なので実際の戦争は四つの将家でやる必要があるわけだが、十二分に軍が保全された状態での戦力で言うと、やはりホウ家がやや突出していて、そこからルベ家が来て、ボフ家とノザ家は少し落ちるというバランスになっている。

「次に十字軍が来るとき、キエンさんが亡くなってしまっていたら、四つの将家の内の二つは戦争経験のまったくない若者に率いられることになっちゃうのよ。それで女王も新米なんてことになっちゃったら、兵隊の方々もちょっと不安でしょう？」

「だから形だけでも戦争に行ったという経歴をつけておきたいわけですか？」

「そういうことね。もちろん実際に戦闘をする必要はないわ。次世代を担う若者を連れて、鷲《わし》を使ってお空からちょっと見てくるだけでいいの。騎士の人たちって戦争経験をとても重視するじゃない？　それだけでも次の戦争は凄くやりやすくなると思うのよ」

「観戦武官の真似事《まねごと》ですか」

　俺はとっさにシャン語を組み合わせて造語を作った。

「観戦武官。まさにそうね」

　はあ、アホかよ。

　めんどくせー。

　俺は内心でため息をついていた。

　観戦武官といっても、クラ人との間でそういった国際協定があるわけではないのだ。向こうからしてみりゃ同じシャン人なわけで、捕まっても協定に基づいて即解放、祖国に送還、なんてことにはならない。

　キャロルの姿を目にでもしたら、クラ人の世界では金髪のシャン人はとんでもない価値があるので、目の色を変えて襲ってくるだろう。

　確かに、キャロルも俺も、確かあのルベ家の先輩も天騎士課程を取っている。陛下からしてみれば、だから徒歩や騎馬で出征する兵とは事情がまったく違う。観戦武官と言っても、眺めのいい丘の上から戦争を見物するわけではない。遥《はる》か離れた場所から飛び立ち、銃も弓も届かない上空から眺めて帰るのだから、危険はないはずだ……という考えなのだろう。

　だが、戦場というところでは何が起こるかわからない。ホウ社の経営をしていて身に染みたが、トラブルというのは事前に想定ができないからトラブルというのだ。現実というのは人間の矮小《わいしょう》な想像力で完全に見通せるものではない。商売の世界ですらそう思うのに、戦場など尚更《なおさら》想定外のトラブルが山盛りで起こる現場だ。しかも俺も初体験の世界である。

　まあ、だから本番を初体験にしないように、事前に予習しとけと言いたいのだろうが。

「もちろん、三人だけで行くわけではないわ。騎士院の中で成績優秀なものを選抜して、臨時にそういう隊を編成してもらおうと思っています」

「僕にそれに参加しろと？」

「そうです。もちろん」

「そういうのは自由参加なのが基本でしょう。そもそも、家の都合があります」

　貴族の子弟は自分のためだけに生きているわけではない。属するお家の事情に大きく左右されるのが貴族というものだ。というか、生き死にがかかる冒険をするときに両親に伺いを立てるのは庶民も同じである。

　それに殉じたいとか、それをしなければ一生涯後悔する、というような信念があるのならともかく、そもそも俺は全然まったく乗り気じゃない。

「ルークさんがもし反対なら、私からお願いしてもいいわ」

「……そこまでして、一体僕になにをやらせたいんですか？」

　ただ打診をしたいなら、俺をここに呼ぶ意味がない。

　普通に、夏休みの旅行のお誘いのように「行く？」と一言キャロルに尋ねさせればいい話だ。そうしたら、俺も「行かない」と言って、それで済む。

　それが、このような謁見の場まで設けて特別に伝えたということは、俺に何かしらの役割を演じさせたいのだろう。

「察しは付いているんでしょ？」

陛下は微笑みながら聞いた。確かに察しはついているが。

「……まあ、キャロルのお守《も》りですか」

「そうです」

やっぱりな。

キャロルの立場が難しいのは分かる。身分が高過ぎるし、王女としてまったく理想的な姿かたちと人格をしているので、実のところ騎士たちからの人気がとても高い。

それは王女として良いことでしかないのだが、そういった存在はシステマティックな指揮権から逸脱したところで組織の人間に対して大きな影響力を持ってしまう。例えばキャロルを誰かの下に置いても、キャロルが上官には従えないと言い出したら、全員ではないにしてもかなりの兵がキャロルのほうに従うだろう。たとえ後に軍法による処罰が待っていたとしても、キャロルという個人に心酔した人々はそういう行動を取ってしまうし、そういう味方がいるキャロルは拘束して無理やり従わせることも難しい。

そういった特別な求心力を持っていることは、王となる者の資質としては短所ではない。それどころか手放しで称賛すべき長所だろう。例えばカーリャなどが血筋をひけらかして同じことをやっても、一笑に付されるだけで誰もついてはこない。

だが、そんな長所も戦場においては不安な要素となる。

「失礼ながら、陛下は戦場というものを想像できていないのではないですか？」

と、俺は言った。

「あら、あなただって、戦場へ行ったことはないでしょう」

そらそうだが。

「そうですが、僕は想像はできています。そこは大きな違いです」

文庫
注目作
暗殺者で
世界最強!!
暗殺者である俺のステータスが
勇者よりも明らかに強いのだが4
著：赤井まつり　イラスト：東西

ノベルス
注目作
過去の人生で得た
スキルを思いっきり
発揮します！
ループ7回目の悪役令嬢は、
元敵国で自由気ままな花嫁生活を満喫する2
著：雨川透子　イラスト：八美☆わん

「私にどういう想像が足りていないというの？」

「夏の森のなかで絶望的な状況で追われる同胞たち、涙を流しながら今まさに拐われてゆく女子供、木に括《くく》りつけられて、面白半分に性器をズタズタに切り刻まれて拷問される男や、男たちによってたかって強姦《ごうかん》される年端も行かぬ少女……そういった光景ですよ」

「それが戦争というものでしょう」

　平気な顔でいいやがる。

　だがまあ、それはそうだろう。もう長いこと女王として君臨しているのだから、そのくらいのことは想像できていて然《しか》るべきだ。

　俺も、戦争とは酷《ひど》いものなんですよ、知らないんですか、なんていう説教を女王陛下に垂れるつもりはない。

「僕が言いたいのは、キャロルのことです。キャロルがそういった光景を見たとき、なにを感じるか、どういう行動するかまで想像できていますか？」

　俺が言いたかったのはそれだった。

「我が身の生還を第一とするのであれば、キャロルは彼らを冷淡に見捨てなければならない。目の前で起きる悲劇や惨劇を看過しなければならない。ですが、キャロルはそういった割り切った考え方はできない人間です。誰が制止したところで、必ず振り切って助けにいく。そして、手勢を大勢引き連れて死ぬでしょう」

「……」

「そして、僕たちも死ぬ。もしキャロルを見殺しに生き残ったところで、守るべき王女を見捨てて帰ってきた騎士など誰も認めはしませんからね。誹謗《ひぼう》と中傷にまみれた一生涯を過ごすくらいなら、戦って死ぬことを選ぶでしょう。それはあまりに残酷だとは思いませんか」

　みんなキャロルに準じて死ぬほうを選ぶ、というのはやや大げさな言い方だが、それほど誇張した表現でもない。

　戦争が起きている地域では、キャロルを義憤に駆らせるのに十分過ぎるほどショッキングな光景がそこら中で発生する。鷲に乗って見て帰るだけと言うのは簡単だが、それは全てが上手く転がったらの話なのだ。

まあ、いざというときは俺がガチギレして止めれば少しは聞く耳を持つかもしれないが、それだって本当にヤバい状況に出くわしたらどうなるか分からない。

例えば今まさに目の前で民間人の大虐殺が行われようとしている、みたいな場面に出くわしたら、その他の騎士院生のほうも頭に血が上るに違いないし、俺がどんだけ止めても皆を連れて行っちまう気がする。

陛下はさっき、ちょうど未来の重要人物が三人もいるから、みたいなことを言っていたが、逆を言えば最悪の場合、その全員が戦死する可能性もあるのだ。

そうしたらこの国は本当に終わりである。

そして、それは否応《いやおう》なく降り掛かってくる種類の災いではない。こちらから進んでやりに行くというのだから、行かなければいいだけの話なのだ。

「……そうね」

「では、キャロルに諦めさせてください。諦めれば全ては済むことです」

「そういうわけには行きません」

うっわー。

なんでー。

「いったい、何が狙いなんですか？　キャロルは言ってみれば偶像《アイドル》です。無残な戦争体験など必要ないし、戦地で冷徹な判断をする能力も要りません。戦争は騎士がやります。それでいいじゃないですか」

この国は、というかシャン人の国家は、二千年も前からそういう仕組みでやってきた。

キャロルが騎士院を卒業するのは、騎士側と結束を強めるというか密接な関係を作るためであって、間違っても前線指揮官になるためではない。

経験を積ませると言っていたが、その必要はないのだ。

「今、我々には英雄が必要なのですよ」

……英雄？

また突飛な話がでてきたな。

「戻ってきた貴方達は、次世代の英雄として祭り上げられます。特別な勲章も授与しましょう」

「はあ……？」

突拍子のない話に、俺は呆気《あっけ》にとられて何も言えなかった。

「そういうことです。それに娘が参加するのとしないのでは、意味合いがまるで違ってくるのです」

……もしかしたら、最初から行って帰ってくるだけとは思ってないのか。

むしろ、戦場に行ったからには何かが起こるだろう、とトラブルを歓迎しているのかもしれない。それがどのように些《さ》細《さい》なものでも、何かが起きさえすれば大げさに仕立て上げることはできる。

最悪、何も起こらなかったら創作すればいいと考えている可能性もある。

今目の前にいる女性は、国家が必要とする若き英雄を人為的に創ろうとしているのか。

だが、英雄とは人造のものではなく、本来は天然に生まれるものだ。そこに作為がないからこそ、人々は誰かに英雄を見る。それを考えると、試み自体がピントが外れたものに感じる。

まあ、英雄がどうとかは言葉のアヤかもしれないので置いておくにしても、降りかかる戦争を単なるマイナスに捉えず、劣勢であろうとプラスに持って行こうとするのは、前向きな試みであるようにも思える。

そう考えてみれば、この遠征を行うメリットは、王家には無数にあるわけだ。

運が良ければ英雄を創れるかもしれない。キャロルが騎士との繋がりを深めることができる。俺とルベ家の御曹司が戦争経験を積めるというのはオマケ程度だろうが、陛下からしてみれば観《み》るだけでも全然違うと考えているのかもしれない。

それらのメリットの中のどれに重点を置いているのかは分からないが、少なくとも天秤《てんびん》のメリットの側には無数に重りが載っていることは確かだ。

だが、それはキャロルが死ぬかもしれないというリスクより重いものだろうか？

キャロルが居なくなったら、あとは論外の馬鹿娘しかいなくなり、ついでに二人の将家の跡取りも死ぬことになるかもしれないのだ。

「僕はこの戦争は非常に悲惨な……もちろん、こちら側に悪い結果になると思っています。キャロルは生きて帰れないかもしれませんし、生きて帰れても戦場を見て心を病むかもしれませんよ。そこらへんを勘定に入れた上で言っているのですか」

「あのね、私は、危険をまったく冒さないでこの国が生きながらえるとは思っていないの。この考えはユーリくんも一緒でしょう」

まあ、分からないでもないが……。

「ねえ、心配はわかるけれど、そこまで心配することがあるかしら。さっきも言ったけれど、鷲を使うのだし、その子も張り付かせる予定なのよ」

と、陛下は俺の背中の向こうを目で見た。

忘れてしまいそうなほど音一つないが、王剣の女だ。なるほど、こいつが一緒に行く予定だったわけか。

ああ、そういうわけか。

だからこいつに迎えにやらせたのか。顔合わせをさせたかったのだ。

「……残念ながら、手放しで賛同はできかねますね」

俺も、実のところそこまで危険だと考えているわけではない。ただ、最悪に至る危険が1％でもあるのなら、やらないに越したことはないと考えているだけだ。

「そう……」

陛下は残念そうな顔をした。

陛下には陛下なりの未来を明るくたらしめるための遠大なビジョンがあって、そのためにこの計画はリスクを取ってでも行うべきと考えていることは分かった。

　だが、こっちはまた違ったビジョンを持っている。俺はそんな姑息《こそく》な手を使ってもどうせ望みはないと考えているし、遠大な計画の先には新大陸が映っている。食料を十分に積んで、少人数で操船できる探索用の小型船もアルビオ共和国で建造中なのだ。来月には納船される予定である。

「……僕が断ったら？」

「断らないで欲しいのだけど」

「断ったら計画は中止ですよね。キャロル一人……いや、ルベ家の御曹司と二人か。二人で行かせるわけにはいかないでしょう」

「もし、あなたがここで断っても、ルークさんを誠心誠意説得するつもりよ」

　ルークをか。

「それに、私はあなたは断らないと思っているの。あなたはこのお仕事に興味がないようだけれど、キャロルちゃんのことは大切に思っているわね。だったら、キャロルちゃんが行くとなったら必ず一緒に行くはずだわ」

　俺は思わずうなり声を上げそうになった。

「だって、出発を見送って心配しながらこっちで待っているなんて、性に合わないでしょう？　どうせ気になって仕方がないのなら、一緒に行ったほうが楽だと思うわよ」

　ぐぬぬ……。

　急所を言葉の矢で射抜かれたような気分だ。この女王陛下は、キャロルが行くならどうせ一緒に行くんでしょ、と高をくくっている。

　そして実際そうなるだろうな、と俺自身思ってしまっている。

　俺はしばらく考えた後、

「……行くにしても、条件があります」

と言った。

「条件？」

「まず、僕を遠征隊の隊長にしてください。これが叶わないのであれば、キャロルを説得して何が何でも止めさせます」

「なるほど……まず、ということは他にもあるのかしら？」

「費用は全額、王室から出してください。隊員が死んだときに賠償金などを求められたら、それも支払ってもらいます」

「もちろん。お金は当然こちらから払うつもりよ。それだけかしら？」

「最後に一つ。特許庁の特許監査部の部長をエリーザ・エンフィレからまともなのに変えてください」

「……あー、はい、そうきましたか」

女王陛下は頭の痛そうな顔をした。

「交換条件というか、そもそも今度謁見が叶ったときに申し上げようと思っていたのですがね。今の状態はちょっと酷すぎます」

特許監査部というのは、言うなれば特許侵害の申し立てを受け付ける窓口だ。特許の審査と許可を担当する特許審理部と合わせて、特許制度の二本柱になっている。

特許の侵害は、和解が為《な》らなかった場合は裁判で決着をつけるのが普通なのだが、そもそもシビャクの司法は腐りきっていて機能しないのが分かりきっていたので、監査部というところが別個に審理することになっていた。

さすがに王家もそこに魔女を入れたらどうなるか分かっていたので、最初の内は民間の法律研究家みたいな人を抜擢《ばってき》して、トップの椅子に座らせていた。

だが、一年前に彼が隠居すると言い出して突然職を辞すと、次は七大魔女家《セブンウィッチズ》のエンフィレ家のエリーザという女が部長になり、案の定あっという間に滅茶苦茶《めちゃくちゃ》になってしまった。

それまでは特許侵害もコソコソやっている程度だったのが、今はもう賄賂さえ渡せばなんでもありの状態になっている。公然と紙を漉《す》いて市場に流通させようと、エンフィレ家に賄賂さえ納めれば特許侵害の申し立てを全て握りつぶしてくれるのだ。

一応、文書には素材に特殊性が認められるだとか、製法に独自技術が認められるとか、もっともらしい表現が書かれてはいるが、実際はホウ社の製紙工程の丸パクリである。こちらも試行錯誤を重ねてあの形にしたのに、それも全て盗まれてしまった。

「特許というのは、認められたら公開されるものです。侵害を罰する仕組みがまったく機能しないのであれば、特許出願はどうぞ真似してくださいという意味になってしまいます。そんな馬鹿らしい制度はありませんよ」

「……分かりました。なんとかしましょう」

「安請け合いでは困るのですが」

一度手に入れた利権というのは、蜜のように甘いものだ。

エンフィレ家は手放したがらないだろう。

「必ずやるわ。今はもう彼女たちを宥《なだ》めている季節ではありませんし」

「なるほど……まあ、いいでしょう。それで、僕が隊長をやるという件のほうは？」

俺は、この要求が飲まれなかったらキャロルを説得してやめさせようと思っていた。

「いいわよ。というか、最初からそのつもりだったしね」

「はい？」

と、俺は思わず大きな声を出してしまった。

普通、王族というのは誰かの下につくのを嫌がるものだ。皇帝や上級王のような存在が伝統的にいて、それに従ってきた歴史があるのならともかく、シヤルタ王国はそういった形態の国ではない。次世代の王たる存在が将家の下に組み入れられるというのは、良い気分ではないだろう。

それがなんとも、あっさりしたものだ。

「ただし、キャロルちゃんは副隊長にしてもらいますよ」

「それは当然ですが……俺が隊長では納得しない者も出てくるでしょう」

　納得しない者というのは、キャロルの信奉者は

　……まあキャロルがうんといえば否定はしてこないだろうが、ルベ家のほうは難しそうだ。

　将家には上下はなく対等ということになっているし、ルベ家の御曹司は俺より歳上《としうえ》である。それがあっちは部下、こっちは上司、ではルベ家が納得しないだろう。

　その辺のことは隊長を引き受ける以上、俺が自分でなんとかすべきことなのかもしれないが、将家の一つがガチギレしはじめたら流石《さすが》に俺の手には余る問題になる。

「十分理由付けはできます。ルベ家には私からもお話ししておきますから、大丈夫ですよ」

「どうやって納得させるんですか？」

「ユーリくんは自分の伯父様のことを忘れてしまったのかしら？」と、陛下は自信ありげに微笑んだ。「キルヒナ王国では、ゴウクさんは救国の英雄なのよ。甥《おい》であり後継者でもあるあなたが隊を率いるとなれば、当地での軋轢《あつれき》は少なくなるでしょうし、歓迎もされキルヒナ兵の戦意も向上するかもしれません……というようなことを言っておけば十分理由付けになるでしょう。反対はさせませんから、安心してくれて大丈夫よ」

　……ああ、その手があったか。

　盲点だった。考えてみれば、ゴウクは前の戦争で全軍が潰走し敗勢に陥っていたところを、特攻のような攻撃で敵の侵攻を頓挫させ引き返させたのだ。英雄のように扱われるのは当然である。

「……分かりました」

「よかった。これで一安心ね。あなたはとても慎重な性格で、栄誉を求めないからピッタリだと思っていたの。いざというときに冷静になれない人には、安心してキャロルちゃんを任せられないもの」

「……はあ、そうですか」

　嬉しそうな陛下に、俺は気のない返事をしていた。

「それじゃ、お茶でも淹れましょうか？　すっか

り冷めてしまったからね」

Ⅱ

えらいことになってしまった。

俺が王城を出ると、すぐに本社に向かった。王城で出してもらった馬車に乗って、考え事をしながら到着した頃には、すっかり夕方になってしまっていた。

馬車から降りてドアをくぐると、フロントの受付嬢さんがチラリと見た。

「あっ、会長」

「カフはいるか?」

カフはこの近くに自室を借りているが、ほぼ戻っていない。

小さな物置部屋に仮眠用のベッドを置いたところ、毎日ソファかそのベッドで寝るようになってしまった。通常ならこの建物内のどこかにいるはずだ。

「居ますけど……多分眠ってらっしゃると思いますよ」

「そうか。なら、起こしてきてくれ。緊急の要件だ」

俺が言うと、

「はい」

真剣な雰囲気を察したのか、受付嬢さんはすぐに階上へ上がっていった。

しばらくすると、

「どうした」

寝不足なのか、だるそうな顔のカフが受付嬢さんと一緒に階段を降りてきた。

「ハロルは今どこだ? ちょっとマズいことになってな」

「ハロルか。荷降ろしが終わって、今頃は酒場だと思うぞ」

「そうか。場所は分かるのか?」

「分かります。いつも経費で落としている行きつけのお店だと思います」

と受付嬢さんが言った。

「じゃ、酒でぐでんぐでんになる前に呼び戻してくれ。カフと三人で会議しなきゃならん」

ハロルたち船員はアルビオ共和国から直でここに来たわけではなく、スオミに一度寄って散々酒を飲んで憂さ晴らしをしたはずだ。それほど可哀《かわい》想《そう》な話ではない。

「分かった。だが、捕まるかどうかは分からんぞ」

「そしたら明日だな。重大ではあるが緊急ってわけでもないから、そんなに血眼になって捜さなくてもいいぞ」

「重大なのか。気になるな」

「話すのは集まったときでいいだろう。じゃ、俺は行くから」

俺はそれだけ言い残して、ホウ社の玄関を出た。

というわけで、社のほうはひとまず置いて、学院にやってきた。


「さて、と」

俺は白樺寮の近くまで行くと、いつもの場所に隠しておいた布を取って顔に巻きつけた。

森の中で適当に枯れ枝を拾いながら目的の場所まで行く。目的の場所とは、シャムとリリーさんの部屋の下である。彼女らの部屋は二階なので、一階の窓から悟られないように、森の中から枯れ枝を投げた。

慣れたもので、枝はくるくると回りながら、パコンと窓にぶち当たって落ちた。

するとすぐに窓が開いて、リリーさんが顔を出す。俺の姿を確認すると、踵《きびす》を返して窓辺から消えた。

そのうち、玄関のほうからリリーさんが走ってきた。

「えっと、急がせてしまったみたいで……」

なんだか悪いことをした気分になった。

「はぁはぁ……いや、なんの用」

やべぇすごい息切らしてる。

運動が得意なほうではないしな。なんで走ってきたんだろう。

「えっと……あれ、シャムは？」

「はぁ……なんか先生をめっちゃ怒らせたみたいで、ずっと居残りさせられとるみたいや」

「えっ、この時間まで？」

「なんだか、マナーの授業中に食器を置いたまま、テーブルクロスを引き抜けるのかって考えに取り憑《つ》かれて、休憩時間にやってたところを目撃されたらしいわ」

……一体なにをしてるんだ。

そら怒られるわ。

「そうですか……リリーさんって、今お忙しいですか？」

「ふぅ……」

リリーさんはハンカチで額に浮いた汗を拭った。

「大丈夫や」

「じゃあ……ちょっと喫茶店でもいきませんか？」

「いいね～」

部屋に籠もっていたせいで外出に飢えていたのか、もしくは単に疲れを癒やしたかったのか、リリーさんは晴れ晴れとした表情で快諾した。

「それじゃ、どうします。リリーさんが先に行ってますか？」

最近は本社で会うことが多いが、学院近くの喫茶店などを使う場合、リリーさんは時間差をつけて待ち合わせするのを好んでいる。

他人に関係を勘ぐられるのを嫌ってのことだ。

「いや、あれはもうええよ」

「えっ」

「もう気にしないことにしたから」

卒業も近くなって、寮内政治のことはどうでもよくなってきたのかもしれないな。

別に多少立場が悪くなったところで、リリーさんは王城に就職するわけではない。卒業と同時に魔女たちとの縁は切れてしまうのだ。

「じゃあ、いつものところに行きましょうか」

「うん」

いつもの喫茶店というのは、大図書館近くの個室のある喫茶店のことだ。

銀杏葉《ぎんなんよう》という。

いつもツケを使って社の経費にしているので、名前を覚えてしまった。

顔につけた黒い布を外し、薄暗闇の中を二人で歩いていると、すれ違った教養院の生徒がジロジロと見てきた。

暗いので顔までは分からないと思うが、この時間に騎士院生と教養院生がカップルで歩いていること自体が好奇心の的なのだろう。

なんとなく周囲をはばかって、俺たちは特に会話をすることもなく、銀杏葉に入った。

ドアを開けると、ドアについているベルが聞き慣れた音でカランコロンと鳴った。

「あ、どうも～。個室ですか？」

「空いてますか？」

「はい。どうぞお使いください」

そのままの足で個室に入り、席に座ると同時に入ってきた従業員に、注文を言った。

二人とも、いつも注文するメニューだ。

「相変わらず酒は飲まんの？」

「二十歳になるまでは酒は毒という説の信奉者なんですよ」

この年齢にまでなれば、さすがに少しくらい飲んでも悪影響などないような気もするけど。

「お固いなぁ」

リリーさんは茶化すように言った。

「そういえば、例の発明品はできましたか」

「そうそう、今朝やっとできたんや」

と、リリーさんはポケットから布にくるまれた金属の塊を出した。

「お借りしますね」

断ってから、それに手を伸ばす。

金属の塊のようなものは、持ってみると軽く、中が空洞であることが分かる。

上下を分けるスジが入っていて、それを開くとぱっくりと二つに割れた。中には器具が備わっていて、細い荒縄のようなものが穴がポコポコ開いた薄板でシールドされていて、その横に点火器がついている。

ライターだ。

今までは、こういった着火具を作ることはできなかった。なぜかというと、揮発性の高い液体燃料が存在しなかったからである。

植物や動物の油にいくら火花を散らしたところで火はつかない。しかし石油の分留がまがりなりにもできるようになると、こういう活用の道ができた。

ただ、これは俺の知っているライターより一回り大きい。これは点火装置の素材が悪いからだ。点火装置は、火打ち石を表面が粗い鋼の歯車でガリガリと削って火花を散らすというものだが、それらの性能が悪いので点火装置がやや大型化してしまっている。

実際に力をいれてガリッと火打ち石を削ると、火花が散り芯が着火して適切な大きさの炎が現れた。

立派なライターだ。

俺は火打ち石で火付けをする大変さを知っているので、一瞬でこの大きさの炎が作れることにちょっとした感動すら覚えた。

「さすがやなぁ。鍛えとるだけあるわ。私がやってもなかなか火がつかなかったんやけど」

力が弱いと着火が悪いのか。

「歯車のヤスリ目の入れ方とか、火打ち石の大きさに工夫の余地があるかもしれませんね。やっぱり接触する面積が広いと歯車が重くなりますから」

「そうやな。ヤスリ目はタガネで作っとるから、もっと鋭い刃で目を細かく入れたらええかもしれへんね」

「これって、幾らくらいかかりました？」

「金貨一枚……売るとしたら二枚か」

金貨一枚……なんとも高いな。

「そんなにしますか」

「ケースは銀なんや」

銀。

いま見て気づいたが、鉄とは輝きが違う。

ああ、銀なのか。

「鉄じゃどうにも、そういうポケットみたいな加工をすると裂けてもうてな。かといって、銅だの鉛だの使うわけにはいかんやろ」

金属というものは、もちろん柔らかいほど加工がしやすい。

しかしあまりに柔らかい素材を使うと、肩の高さから落としただけで破断したり、オイルの補充を何回かしているうちに口が広がってしまったりと、そういった欠陥が現れてくる。

均一なプレス加工ができればよいのだろうが、そういう設備はない。その点で、銀というのは強度的な妥協点なのだろう。

「まあ、金貨一枚なら買う人もいるでしょう。ギリギリ」

富裕層であれば。

富裕層の家なら、いつでも竈《かまど》に火くらいあるだろうが、こういった道具は枕元のランプに火をつけたりするときに便利ではある。

必須のものではなくても、箔《はく》をつける意味で欲しがる人々は多そうだ。銀製と銘打てば高級感も出るだろう。

「ま、そうやな」

「なんだったら、リリーさんのご実家で作ってもらってもいいですよ」

「あー、そりゃええかも知れへんなぁ」

「銀は銀貨を使ってもいいですし」

「実はそれも銀貨を使っとるんや。純銀はやわらかすぎてな」

ああ、そうなんだ。

金貨もそうだが、硬貨というものは財布に入れているうちに削れて摩耗してしまうようだと機能的に問題があるので、ある程度の硬さを持つように合金になっている。

　この国ではコインを材料に使うことは犯罪ではないし、最初から合金にしてくれているのだから便利な代物だ。

　そこで、コンコン、とドアがノックされ、店員が入ってきた。

　トレーに乗ったティーカップや急須をテーブルの上に置いてゆき、菓子類も同じように置かれた。

「ご注文は以上でよろしかったでしょうか」

「はい。ありがとうございます」

　と俺が言うと、店員さんは小さく笑顔を作ることで応じて、すぐに戻っていった。

　熱いお茶を口に含んで喉を潤す。

　陛下の淹れたお茶を飲んだ後だと、さすがに一段劣るような気がした。

「これの特許は、リリーさんにさしあげますよ。申請しておいてください」

　陛下はおそらく約束を守るだろうから、特許の価値は復活するだろう。

「ん？」

「この着火器の特許です」

　リリーさんは訝《いぶか》しげな顔をした。

「……なんで私が貰《もら》うん？　ユーリくんが考えたもんやろ？」

「僕は申請する時間がないと思うので」

「申請は代理でもできるやん。私はお給料に不満はないから、そんな特別扱いはせんといてよ」

　リリーさんには何か特別なボーナスでもあげる話に聞こえてしまったようだ。

　まあ、それはそうか。

「実は、近いうちに戦争へ行くことになってしまったんですよ」

「へ？」

「もし僕が命を落としたら、特許は無効になってしまいますからね。リリーさんが持っていたほうが無駄がなくていいでしょう」

　特許権は、現行の法律では一応相続されることになっているが、出願中に出願者が死ぬと永久欠番というか、誰でも利用できるフリーな技術になってしまう。

これは死者に特許を与えることはできない。という発想が下地になっている。また、特許とは発明者の権利なのだから、二番目の者は特許を得られない。

つまり、俺が出願中に死んだとなると、後からリリーさんが「やっぱ私が発明したんや」と出願しても、それは受け入れられないのだ。特許が一つ無駄になってしまうことになり、それはもったいない。

「せ、せせせ、戦争って。ユーリくんはまだ卒業もしてないやんか」

リリーさんは慌てふためいていた。

「ちょっと次世代の若者ということで、戦場見物に出かけることになったんです。まあ、上空からちょろっと見てくるだけなんですけど」

「そうはいうても。行かんほうがええよ」

それは俺も思ってるんすよ。

「女王陛下直々のお願いで、どうも行かざるをえない感じになってしまいまして……」

「でも……」

リリーさんは、本気で心配そうな顔をしている。嬉しいような、申し訳ないような。

「ま、戦ってこいというわけではないので大丈夫とは思いますが。もし帰らなかったら」

「そないな不吉なこと言うたらあかんよ」

リリーさんは顔をしかめた。

「シャムのことをよろしくお願いします。社の連中にはよく言っておきますから」

「……家族に言えばええやないの」

そらそうだよな。

そんなん押し付けられても困るだろう。

「立場上、ホウ家は身内に逃げろとは言えませんからね。もしものときには、連れ出して船に乗せて安全な場所に連れて行ってあげてください」

「駄目や。絶対帰ってき」

「もしものときの話ですよ」

「駄目や。いいよ〜なんて言うたら、安心してもうて、帰ってこなくなるやろ」

そんなことはないけど。

「引き受けてくれて一安心です」

と、俺は勝手に引き受けてくれたことにした。

「引き受けてない……」

口では断っているが、なんだかんだシャムのことは気にかけてくれるだろう。

いや、なにもなくても気にはかけてくれるか。

「僕も自分の命は大事なので、ちゃんと帰ってきますよ。その前に、やっぱり行かなくていいと言われるかもしれませんし」

「私は知らんからな」

「じゃあ独り合点しておきます」

「まったくもう」

不承不承に頷いた感じだが、本当はそれほど嫌がっていないのだ。

人付き合いの苦手な俺でも、これほど長い付き合いになれば、それくらいは分かる。

「それじゃ、このライターは持っていきます。あれば何かと便利ですからね」

「いつ出るん？」

「一ヶ月後くらいです」

「……なら、それは返し」

「えっ」

返さなきゃならんのか。

「鈍いな。一ヶ月あればもっといいのを作ったるよ」

ああ、そういうことか。

「そうですか。じゃ、お言葉に甘えます」

「うん」

俺がライターを返すと、リリーさんは俺の手を包み込むようにして、それを受け取った。

その後、会話を楽しみつつ本日二回目のお茶会を済ませ、リリーさんとは別れた。

◇　◇　◇

「……というわけだ」

と、俺があらかた経緯を話し終わると、カフとハロルは黙りこくっていた。

「……まあ、お前には出自というものがあるからな。しょうがないか」

と、難しい顔でカフが言った。

「心配していてもしょうがない。せいぜい気楽に構えておくさ」

「死んじまう可能性も考えなきゃなんねえだろ」

ハロルがそう発言すると、

「チッ」とカフが舌打ちをした。

「どアホうめ」

と、更に追い打ちをかける。

「あァ?」

「お前みたいな手足は、頭が死んだときのことなんて考えなくていいんだ」

「俺は一緒にくたばるわけにゃいかねえんだよ。黙ってろ」

早速喧嘩《けんか》ムードだ。もう大分経《た》つが、こいつらの仲が悪いのは直らない。

「どっちにも一理ある問題だ。まあ聞いてろ」

と俺が言うと、二人は口を閉じてこちらを見た。

「カフがいうのも一理あるが、ハロルが不安に思うのも無理はないだろう。だから、遺書を書いて父上に預けて行く。死ぬ前にアレをくれてやるとか、コレはやらないとか伝えるのは、争いのもとだからな」

なぜこんな歳で遺産相続のようなことを真剣に考えなきゃならんのか謎だが、やっておいたほうがいいのは間違いない。

「だから、要らん心配はするな」

ハロルについては、イーサ先生のことがかかっているので安心させてやったほうがいい。場合によっては俺が死んだ後も一生縛られることになりかねないわけで、ハロルが危惧を抱くのは当然のことだ。

「問題は、俺がいない間の運営だ。カフは問題ないな。ハロルの領分以外のところは、お前の裁量で全てやってくれ」

「分かった」

　カフは二つ返事で頷いた。頼りがいのある男である。

「ハロル。三番艦はいつ出来る」

「あー……っと」

　頭のなかでカレンダーでもめくっているのか、ハロルは上体を反らして天井を見ながら、しばらく考えていた。

「一週間後だな」

「そうか。じゃあ次の往復で持ってきて、一番、二番艦はスオミに置いて、お前はアイサ孤島へ行け」

「アイサ孤島に？」

「ああ、そのまま、また探検へ行け」

　ハロルは少し嫌そうな顔をした。気乗りしないようだ。

　今、アルビオ共和国で作らせている三番艦は、探検用の船である。

　三本マストが全て縦帆になっているコンパクトな船で、速度が出ない代わりに少人数で操船できる。マストに何枚も長方形の帆を張る横帆は、マストあたりの布面積が多い分速度が出るが、上って作業をする手間がかかるので操船に多く人数が必要になる。

　高速が出ないということは、遠くまで行くのに時間がかかるということだが、操船に必要な人員が減れば、むしろ航続距離は伸びる。積み荷の一部となる食料・水の消費が少なくて済むからだ。

　つまりは、燃費はいいが速度は出ない小型自動車か、燃費は悪いが高速を出せる大型自動車かの違いのようなもので、見ず知らずの土地を探検する船なら前者のほうがずっと優れている。

「お前が言うなら従うけどよ。本当にあるのかよ、新大陸ってのは」

　ハロルは俺の決定に不満なようだった。

　カフのほうを見ても、やはりこれについては同意見なようで、こちらをじっと見ている。

「ある」

と、俺は言った。

ここまで大陸の形が地球と似通っているのに、アメリカ大陸がなかったら、むしろ異常だ。

だが、それは俺が知っているだけのことで、確証があるわけではない。確かめる方法もないので、ハロルとカフが懐疑的なのは仕方のないことだった。

「……それは、今やらなきゃならないことなのか」

とカフが聞いてくる。

実は、ハロルは俺の命令で、二番艦の建造がまだだった時期に、一番艦を使ってアイサ孤島から探検に出発したことがある。

しかし、結局これは空振りに終わった。大陸をうまいこと見つけられなかったのだ。

俺が詳細に指示をしていなかったのが悪かったのだが、ゴラ・ハニャムが航路を書き記した海図によると、ハロルは順風に乗るままカリブ海のほうに行ってしまい、食料と水が心細くなった時点で折り返して戻ってきた。

島の一つも見つけられなかったので、存在の証拠となるようなものは一切なく、完全なる空振りに終わった。

「前も言ったが、新大陸の発見は、社の設立目的といっても過言じゃない大事業だ。お前らが俺の判断について不審に思うのも無理はないと思うが、ここは俺の判断を信じてくれ」

コロンブスが最初白眼視されたのと同じで、俺以外の人間にとっちゃ、雲をも掴むような話である。

そういった事業は資金に余裕がある暇なときに片手間で投資すべきことであって、こんな非常時にやってる場合かと思われるのは当たり前のことだ。

だが、無理を通してでもやってもらわなければならない。

「それに、共和国から運んでくる贅沢品《ぜいたくひん》は、戦争のことが知れれば真っ先に値が下がるはずだ。これからしばらくは、これまでほど旨味《うまみ》のある商売ではなくなるだろ？」

　戦争が始まることを知れば、人間は将来を見つめて金を蓄えはじめる。すなわち、贅沢品に金を出す人間はいなくなるのだ。

　向こうでは贅沢品でもなんでもない綿を買ってきて、高額で売りさばいて儲ける。そんな笑いが止まらない商売は、この先じわじわとやりにくくなってくる。

「まあ、な」

「そりゃそうだが」

　二人もその点については同意見のようだ。

「もし新大陸が見つからなかったら、アルビオ共和国との外交が重要になってくるからな。ハロルあたりは、俺が帰ってこなかったら女王陛下と謁見する羽目になるかもしれんぞ」

「ん……うーん」

　ハロルはなんだか面倒くさそうな顔をしている。

　嫌なのか。

「しかし、自分が死んだ後のことまでその歳で心配するとは、お前も物好きだな」

　と、カフが言った。

「そこまで心配してるわけじゃない。十中八九は何事もないよ」

　まあ何十人も連れて行けば一人二人は無茶をやらかして死ぬかもしれないが、それだけだ。

「とにかく、無事に帰って来い。お前がいなきゃ、なにも始まらねえ」

「俺だって死にたかない。ちゃんと帰ってくるさ」

　とりあえず、これで話は終わりかな。

「それじゃ、俺は用事が残ってるから行くよ。色々と準備することがあるんでな」

　そう言って、俺は席を立った。

　立った途端、血の巡りでもよくなったのか、肝心なことを言い忘れてたのを思い出した。

「ああ、言うのを忘れてた。ハロル、アルビオ共和国で調達してきてほしいものがあるんだが」

◇　◇　◇

「ユーリくん」

本社を出ると、黒塗りの馬車が留めてあって、その前にミャロが立っていた。

後ろは俺んちの正門なわけだが、これはあれか。ウチで衛兵のバイトでもしてるのかな？

んなわけない。

「ボクを幕下《ばっか》に加えてください」

ミャロはおもむろにその場に片膝をつき、制服の膝を汚した。

最敬礼だ。

こいつ時代劇の見過ぎかよ。いや時代劇とかないけど。

「立て」

俺がそう言うと、ミャロは素直に立ちあがった。

ここは割と往来がある道で、一般市民が訝しげな眼差《まなざ》しを向けてきていたので、流石にちょっと恥ずかしかったのかもしれない。

「ここで話すのもなんだ。馬車に乗ろう」

「どうぞお乗りください」

ミャロは従者のように馬車の扉を開いて、俺に乗るように促した。

あー、えーと、なんだ。

なんつーか……同世代の女子にこんなことをやられると、凄くいたたまれない気分になるんだが……。

まー、ここは素直に乗っておくか。いろんな意味で。

「学院に頼む」

御者に向けてそう言いながら馬車に乗った。

本来はミャロが行き先を告げるべきなのだろうが、御者は黙って馬を走らせはじめた。当のミャロが行くなと否定をしなかったからだろう。

馬車の中では、ミャロの扱いについて考えているうちに、寮に着いてしまった。

ミャロから口を開くことがなかったので、俺が黙っていたら道中ついに一言の会話もなかった。学院に着くと、馬車から降りる。ミャロは御者に戻るように伝え、馬車は走り去っていった。

「ミャロ、今回の話はどっから聞いてきたんだ？」

俺は歩き慣れた寮への道を進みながら言った。

「えっ？　えーっと……」

言葉を濁した。情報源を話すべきか迷っているのだろうか。

「どっから聞いたのか知りたいわけじゃないが、もうお触れが出ていて、寮に向かったらムサい男どもがワンサカってんじゃ困る」

「いえ、そんなことはありませんよ」

そういうわけではないらしい。

「殿下から聞いたんです。昨日相談を受けたので、行くことは知っていました」

なんだ。キャロルが情報源か。

それにしても、昨日か。陛下はキャロルが言い出しっぺと言っていたが、昨日許可を出したのだろうか。

キャロルと陛下の間でどういう会話があったのか察しようもないが、今日の様子から考えると、陛下のほうからキャロルを焚《た》き付けた可能性もある。

まあいいか。

「じゃあ、あいつはもう知ってんのか。俺が隊長ってことは」

「知っていますね。ほんの少し前に、王城から不機嫌そうな様子で戻ってきました」

すると、ミャロはそのときのキャロルから事情を聞いて、即座に別邸まですっ飛んできたってわけか。

「ふーん、そうか」

若干寮に戻るのが億劫《おっくう》になったが、いつかは知られることだし、しょうがないか。

「ユーリくんは向こうでなにをするつもりなのですか？」

ミャロは興味津々な様子で聞いてきた。

「なにって？」

「キルヒナの人々を救うとか」

？？？？

なにを言っているんだ、こいつは。

時代劇の見過ぎっていうか、小説の読み過ぎかなんかか。

「そんなもん、なんで俺が救わなきゃならないんだ？」

「そうなんですか」

そうなんですか。じゃねーよ。

お前は俺をなんだと思っているんだ。

「そんなつもりでいるんなら、絶対にお前は連れて行かない」

「あっ、はい。ボクもそういうつもりではないですよ」

そういうつもりではないらしい。

怪しいものだが、俺はミャロが博愛主義者ではないことは知っている。

俺がそういうつもりであるなら、ボクもそのつもりで気合入れていきますよ。というつもりで聞いてきたのだろう。

「あのな、女王陛下は英雄だのなんだの言っていたが、今回のことでは、その英雄志願者がもっとも迷惑なんだよ。そもそもの作戦目標を勘違いしやがるだろうからな」

「それは……はい」

なんだか煮え切らねえな。

「じゃあ、軽く試験をするか」

俺がそう言うと、ミャロは顔をピッと引き締めた。

「はい」

「今回の作戦で、最も優先的に達成すべき目標はなんだ？」

「殿下を無事に連れ帰る……だと思います」

ミャロは即座に返した。

その通りだ。

「よし。その目標達成のために一番懸念されるのはなんだ？」

「えっと、クラ人の飛び道具でしょうか」

……まあ、確かにそれはそうなんだが。流れ弾は怖いもんな。

「それも恐ろしくはあるが、一番の懸念材料は、その当人のキャロルが英雄志願者だってことなんだよ」

「それは……そうかもしれないですね」

「これが他の奴なら、夢見がちな奴が暴走しても、あーそう勝手に死んどけってなもんだ。そのまま隊から放逐すればいい。だが、キャロルの場合は、やつの帰還自体が最優先になっているわけだからな」

「そうですね。考えてみれば、その通りです」

「それだけ分かってるなら、お前を連れて行こう」

俺はあっさりと許可した。一応は試したが、ミャロを連れて行かないという選択肢はない。

「ありがとうございます。精一杯頑張ります」

ミャロは心の底から嬉しそうな顔をして、強くそう言った。ミャロのことだから、精一杯頑張るというのは嘘《うそ》ではなく、身を粉にして頑張ってくれることだろう。

「ただ、足手まといにならないでくれ」

「はい。もちろんそのつもりです」

「意味が分かるか？」

と俺が聞くと、

「はい？」

と、ミャロはきょとんとして聞き返してきた。

「足手まといになるな、って意味がわかるか？」

「……どういう意味でしょう。文字通りの意味では？」

「俺はできればお前を連れて行きたくない。誰だって、火事場に入るときは大事なものを抱えて入りたくはないだろう」

俺がそう言うと、ミャロはその意味を瞬時に察して、なんともいえない複雑な表情をした。

強いて言えば、悲しげな表情だろうか。ミャロからしてみれば、俺の心配は、ありがた迷惑なのだろう。

「……はい。ですが、火事場の中で、その大事なものが役に立つ場合もあるでしょう」

「そうだ。お前は役に立つ。一番信頼できるし、有能でもある」

ミャロが有能であることは間違いない。

有能というより、俺にはないものを持っているのだ。

それは几《き》帳面《ちょうめん》さであったり、俺とは視点の違う思考であったり、人脈であったり知識であったりするのだろうが、とにかくミャロが有用であることは間違いない。

「光栄です」

ミャロは、今度は純粋に嬉しそうに言い、律儀に頭を下げた。

「だが、同時に俺の弱点にもなる。俺はキャロルを連れて帰るためなら、何人だって見捨てられるが、お前だけは見捨てられないだろうからな。俺にとっては、信頼できる有能な部下を得る代わりに、どうしても連れ帰らなきゃならない対象が、単純に倍に増えるわけだ」

「……そう考えるのは、ボクが女だからですか？」

ミャロは不本意そうであった。

「違うな」

「そうでしょうか？」

ミャロは懐疑的なようだ。

「お前が逆の立場だったらどう思う？　俺は男だが、俺が足かせになったら、汚れた手袋を路端《みちばた》に放り捨てるみたいに、簡単に切り捨てられるのか？」

俺がそう言うと、ミャロは押し黙った。

「…………」

そのまま、十秒ほども沈黙が流れ、靴が土を踏む音だけがしていた。

そして、ミャロは口を開いた。

「……ボクはできそうにありませんが、ユーリくんはそうする必要があると思います」

まあ、確かにな。

不思議と納得のいく答えだった。

「立場の違いってやつだな」

「そうですね」

「必要があっても、できるとは限らない。俺も石でできているわけではないからな」

「はい」

「俺は、簡単にそれができるようになりたいとは思わない。だが、ミャロの言うとおり、確かにそうする必要はあるんだろう」

難しいところだ。

その判断に迷うようなものは、家に置いていけ。戦場に持っていくな。ということになるのかもしれないが。

「ボクも、石の下に加わりたいわけではありません。それは、味気がなさすぎます」

と言って、ミャロは小さく笑った。

その笑顔を見ると、俺もなんだか気がほぐれた。

「そうだろうな。石に使われて一生懸命働くなんていうのは、くだらん人生だ」

「……えっと、ユーリくんの仰《おっしゃ》りたいことは、十分伝わりました。気をつけることにします。足かせにならないように」

ミャロは、そう言って話を足早に締めくくった。寮の入り口がもうすぐそこまで来ていたからだろう。

「そうしてくれると助かる」

寮に入ると、いつも通りの気の抜けた空気が漂っていた。やはり、まだ情報は広まっていないのだろう。

俺はミャロと別れると、自分の部屋に一人で入った。

そこには、一人の人間がいた。

そいつは、一連の面倒事の元兇《げんきょう》であるくせに、眉間に皺《しわ》を寄せている。

このやろー。

「なにむくれてんだよ」

キャロルは自分のベッドの上であぐらをかいて、

頬を膨らませていた。

「ふんっ」

そっぽを向いてやがる。

俺は発作的に膨らんでいる頬を手で潰して変な顔にしてやりたい衝動に駆られたが、なんとか抑えた。

「……女王陛下の決定が気に入らないのか」

俺はよっこいせと自分の机の椅子に座った。

ここいらで一つ話をしとかんとあかんな。

「……そんなわけはない」

「誤解のないように言っておくが、俺から頼んだわけじゃないからな。俺はこんな面倒臭いことはやりたくない」

「そんなこと、分かってる。おまえは自分から責任を負いたがる人間じゃないからな」

「気に入らないなら行くのやめるか？　俺としては全然構わないけどな」

いやほんと、そうしてくれたら万々歳なんだけど。

「そんな軽い気持ちでお母様に進言したわけではない。でも、お前が隊長というのは不本意だ」

「不本意でも構わんが、とにかくそういうことになったんだ。部隊行動中に俺の言うことを聞かなかったら、すぐに縄で引っ括って連れて帰るからな」

これだけは言っとかないと。

「……お母様の話だと、お前は私が自分勝手な行動をしでかさないか心配で心配で仕方ないみたいだな。一体、私のことをなんだと思ってるんだ」

えっ……。

「うーん……世間知らずの王女様で、正義感が強くて一度頭に血が上ると周りが見えなくなって突っ走る。ついでにいうと敵にとっては最高の戦利品。ってところかな」

晩飯時に警戒心のない鴨《かも》がネギ背負ってやってきたようなものである。

「なんだと……！」

「お前には、勝手に人をストーカーして悪漢に捕まったり、賭博に興味を持って有り金を巻き上げられたっていう前科があるだろ」

「ぐっ――昔のことをいつまでも持ち出すな」

「少しは成長したにしても、正義感が強くて直情的なのは事実だろ。それが悪いとは言わんが、戦場でああいうことをしたら洒落《しゃれ》にならんから、陛下も心配してわざわざ俺に頼んできたんだろ」

と俺が正論を吐くと、

「……むう」

と、キャロルは口をつぐんでしまった。

「ミャロも行くことになったんだ。俺とミャロに任しとけば、大抵のことは上手くいくさ」

「まあ、それはそうだが……」

「納得したか？」

「うん。まあ、そもそも決まってしまったことは仕方ないし」

そりゃそうだ。

「あと、お母様から伝言が一つある」

「なんだ？」

「騎士院生向けに王室から公示を出すから、草案を預かってきた。一週間以内に張り出してほしいそうだ」

なんとも準備のよいことである。

Ⅲ

公示

皇暦二三一八年四月四日　女王陛下の御名の下、以下の通り公示する。

この度キルヒナ王国で行われる見込みの防衛戦争において、戦地を見聞し敵対国の戦法について理解を深める目的で、今年次八年生ユーリ・ホウを隊長とし、同学年キャロル・フル・シャルトル及び十二年生リャオ・ルベを副長とした従軍観戦隊を結成し、これを派遣する。

ついては、騎士院上級生の参加者を募るものとする。

但し、申し込みに際しては別紙に掲げる条件を設ける。

条件を満たした志望者は、四月十四日の起床の鐘までに親権保持者の同意署名及び印の押された参加申込書を提出すること。

親権保持者の署名は、王都身元保証人によるものでは不可とする。所領が遠隔地にあり、期日までの提出が困難な志望者は、特例として公用特急郵便の使用を許可する。王城郵便鷲舎《トリカゴ》に事情を伝え手紙を発送すること。

提出先は今年次八年生第一寮前の特設郵便受けとする。

提出期限である四月十四日の翌、四月十五日に騎士院棟三一五号室にて個別に面談を行い、追って参加の可否を通知する。

特記注意事項：

参加申込書の署名には法的効力が発生するため、熟読の後に署名すること。

従軍観戦隊においては、参加者は作戦行動中、臨時的に発効された独自の軍法の下に縛られる。

この軍法の効力は女王陛下の御名のもと認められており、軍法に基いて行われた処断については、責任者は法的に全ての責任を免れる。

免責事項には、作戦行動中の死亡事故、甚だしい軍法違反に対しての処刑なども含まれるため、参加希望者は各々熟慮の上参加を決めること。

以上。

◇◇◇

別紙（皇暦二三一八年四月四日付公示配布物）

以下に観戦隊資格者の条件を記載する。

一、所得単位数が下記の水準を満たし、学力及び体力の充実に不足のない者。

六年生：２００単位
七年生：２２０単位
八年生：２５０単位
九年生：２７０単位
十年生：２９０単位
十年生より上：３１０単位以上

二、身体健康であり、健康に不安のない者。

三、騎乗用の駆鳥《カケドリ》一羽、槍一本、短刀一振、防具一着（皮革などを主に使った軽装の鎧とする）を持参できる者。

以上三つの条件を絶対のものとする。

加えて、以下の二つの条件を満たすことが望ましいものとする。

四、従軍観戦は原則として上空から眺めるに限るため、天騎士養成過程を受講している者が望ましい。（習熟の目安として、飛行免許または第一種単独飛行許可の所持を求める）

五、王鷲一羽を自前にて用意できる者。（五が満たせる場合、三にあげた駆鳥《カケドリ》の調達は不要である）

◇　◇　◇

「よし。これでいいか」

「はい、よろしいかと」

ミャロが同意した。

「いいんじゃないか」

そう言ったのは、ルベ家の長男であるところの、リャオ・ルべだった。

今年で二十二になるというこの男は、もちろんこの隊に参加する。

俺を含めたこの三人は、キャロルをハブった上で空き教室で密会していた。

キャロルが聞いたら、なにゆえ私を除《の》け者にするのだこの野郎、と激怒するであろう。

「悪いが、呼び捨てにするぞ。リャオ」

「ああ、構わんよ」

上級生相手なので普段であれば敬語を使うところだが、これからは俺の言わば部下格に落ち着くわけなのでそういう扱いはできない。

「率直に聞くが、お前は俺の部下に収まることについては不満はないのか？」

「なんだ、面接か？」

「お前を入れない訳にはいかない。だが、意思統一はしておく必要がある」

こいつはキャロルの次くらいに不安要素なのだ。

騎士院の学生というのは、将家の家臣のガキの寄せ集めと言い換えてもいいほどだから、大雑把に言って騎士院の四分の一くらいはルべ家の影響下にある。

こいつが土壇場になって、

「やっぱりあいつは信用ならん。キャロル殿下を誑《たぶら》かしておる。俺に同意するものは俺の下につけ」

などと言い出して部下を扇動しだせば、非常に厄介な事態になってしまう。

「俺はこの歳になって卒業してない男だぜ。お山の大将を気取るつもりはねえよ」

「それは聞いている。今年は卒業するつもりだということも」

ミャロからの情報で、それは伝え聞いていた。

リャオ・ルべという男は、騎士院演武会の常連で、遊び人で通った男であるらしい。驚くべきことに、演武会では優勝経験もある。

十九歳のときには二百八十単位を取得し、二十歳で三百十単位まで取り、単位上は卒業可能な水準まで達したが、卒業はしていない。

　卒業を嫌って、最後の必修単位を履修しなかったのだ。

　騎士院は三百単位取れば卒業だが、それは必修単位を取得した上での話で、必修単位が揃《そろ》わなければ四百単位取ろうが五百単位取ろうが卒業にはならない。必修でない選択単位というのは、要するに武術や戦術戦略の座学以外の、古典文学や法学やクラ語のような教養的な単位のことだ。選択単位だけを沢山とっても、もちろん騎士院の卒業生とは認められない。

　リャオは、単位を落としたのではなく、最初から履修しなかったのであるから、これは完全にわざとダブったと考えるのが妥当であろう。

　リャオは、生まれからすれば卒業したらすぐに実家の家臣団に加わり、世継ぎとして腕を振るう必要がある。

　なので、リャオの現状は、言ってみれば実家に就職が決まっている大学生が、わざと卒論を提出しないで留年しているようなものだ。二十歳を超えた騎士院生には、寮の居心地が良すぎて卒業を先延ばしにするという連中が沢山いるらしいので、その一員なのだろう。

「もし去年の初めに十字軍結成の報を聞いていたら、今頃は卒業していたか？」

「ここにはいなかっただろうな」

　やはり、知っていたら卒業していたらしい。

　そうしていたら、今頃は正規の軍人の一人としてルベ家騎士団の一部を率いていたことだろう。

「だが、別にそれを重く感じちゃいない。キルヒナのアホ連中のために命を張るなんて、くだらねえ」

「そうか」

「あっ、すまんな」

　？？？

　なんで謝られたんだ？

「なにがだ？」

「ゴウク殿のことを馬鹿にしたわけじゃない」

ああ、そういうことか。

「別に、気にしちゃいない」

　今にして思えば、ゴウクがキルヒナのために王鷲攻めなんてことをしたのは、将家の当主の行動としてはかなり異様である。

　将家は女王陛下に槍を捧《ささ》げた存在なわけで、シヤルタ王国のために死ぬのならまだしも、キルヒナ王国のために死んでやる必要は全くない。

　もちろん、戦場に赴いた以上は死と隣り合わせであるのだから、通常の軍務中に事故的に死亡したのであれば、これは仕方がない。だが、自ら決死隊の一員となり、積極的に死んでやる必要はなかった。

　キルヒナの女王はそりゃ助かっただろうし、だからこそご大層な勲章を死後に贈ってよこしたりしたわけだが、こっちのほうの女王陛下からしてみれば、どちらかというと褒め称《たた》えるより眉をひそめさせられるような行動だったはずだ。

「ルベ家はキルヒナ王国については詳しく調べているのか？」

「連中のことは、この国の誰より良く知っているさ」

　さすが領地が隣接しているだけあって、戦力分析はやっているらしい。キルヒナ王国とは建国以来喧嘩をしたことがないが、戦力を分析するのは国境の国の務めのようなものだろう。

「ルベ家の分析としては、勝つ見込みはあると見ているのか？」

　と、俺は興味本位で聞いた。

「希望は薄いな。連中はなんの対策をしたわけでもない。ただただ、戦力を補充しただけだ」

「ふーん……」

「今も身内で足の引っ張り合いをしている。このままでは勝ち目はないな。前回のような奇跡も、今回は警戒しているだろうから起こり得ない」

　ルベ家は戦局に関して悲観的らしい。

「まあ、俺も正直、勝てるとは思ってない」

　と俺は言った。

「どうしてそう思うんだ？　勘か？」

「勘じゃない。歴史上のシャン人国家は、一度領土を侵されると内部で仲違《なかたが》いして身動きが取れなくなるのが殆どだからな。キルヒナは既に北部を奪われているだろう」

　過去に亡《ほろ》びたシャン人の国は、テナア王国やモールオースのような例外はあるが、殆どはシヤルタ王国とさほど違わない国の形を取ってきた。

つまり、王家があって、王家直轄の天領があって、辺境には将家の自治領があるという形だ。

　この政体の重大な問題点は、軍を構成する最大の単位が複数ある将家と王家に分散されてしまっているということだ。

　どこかが攻められると、独立心が強い将家は軍を自分のために使いたがる。王家のほうも頂点は女王なので、象徴的な尊敬は集めることができても軍の旗頭にはなれない。

　さあ国難だ。挙国一致で戦おうという場面なのに、将家は軍を手放したがらず、消耗したがらず、女王は総大将を任命するが、そいつはバラバラの手下をなんとか纏めて戦う羽目になる。グダグダだ。

「さすが、きちんと勉強しているんだな」

「だが、キルヒナに一番なくなって欲しくないのはルベ家だろう。そう冷静に見てもいられないんじゃないか」

「まあ、それはそうだな」

　キルヒナが無くなった場合、北でキルヒナに接しているルベ家が矢面に立つのだから、できるだけ戦力を温存しておきたいと思うのが良心というものだ。

「王家もいい気なもんだ。将家にだけ援軍を出させて、近衛の第一軍からは一人の兵も出しやしない」

　キャロルが聞いていたら怒り出しそうな台詞《せりふ》だが、ルベ家がそう思うのは当然のことだろう。

　王家は音頭を取るだけで、何をしてくれるわけでもない。将家からは税金の一部を取り、叛意を起こせば暗殺者を送られ、暗殺が成功しなければ他の将家に指示を出して袋叩《ふくろだた》きにする。

　一般の騎士のあたりはその辺りの意識はなく、単純に王家を仰ぎ将家に忠誠を誓っているだけだが、将家の上層部からしてみれば損ばかりさせられているという意識しかない。援軍に出征しても、軍費に費やした分にはとても足りない報奨金を少し寄越すだけだけだ。

「気持ちは分からないではないが、キャロルの前では間違っても口に出すなよ」

「分かってる。そこまで馬鹿じゃないから安心しろ」

「しかし、キャロルのほうは馬鹿だぞ」

　と俺は言った。

「箔付けになると思って参加するんだろうが、場合によっては恥になるかもしれない。馬鹿を戦場に連れて行くんだから」

　俺は暗にキャロルが死ぬ可能性について言及した。

「あんたの評判は聞いているよ。戦場から女ひとり連れて帰れないほど無能ではあるまい」

　リャオは俺の発言の意図をすぐに察したようで、気の利いた答えを寄越した。

「戦場ではなにが起こるかわからないぞ。王鷲に乗っていても、流れ矢が目にでも入れば、人間は簡単に死ぬ」

「そうしたら、運が悪いと諦めるさ。戦場では確実なんてものはないしな」

「そうだな」

　そのへんは理解しているらしい。

　参加を辞退させるのは無理そうなので、あまり深掘りしないほうがいいだろう。

「さて。じゃあ人事だな」

「ああ」

「こいつはミャロ・ギュダンヴィエルだ。知っているな」

「ご紹介にあずかりました。ミャロです」

　ミャロは座ったまま軽く頭を下げた。

「ああ、知っている」

おそらく悪い噂だろうが、こいつの耳にもミャロの名は届いていたらしい。

「こいつは、総参謀長だ」

「参謀？」

参謀という言葉は、シャン語では俺が考えた言葉だった。この国には参謀という役職を意味する言葉はない。

「事務全般や助言を司《つかさど》る役職だ。命令権は俺にだけある代わりに、誰にも命令権を持っていない」

「そうなのか」

「ああ。できれば副隊長にしてやりたかったが、結局は混乱のもとになるだけだからな」

ミャロは生まれからして騎士からの信頼を得にくい。

平民生まれの一兵卒を率いるのであれば問題はないだろうが、今回部隊に加わるのは、全員が騎士のヒヨコどもだ。

そいつらの良識は疑ってかかるべきだし、ギュダンヴィエルが指揮するといったら従いたくないという者も多く出るだろう。

ミャロが副隊長になった場合、当然そいつらを軍法に従って処断してもいいわけだが、ミャロは体力的に強いわけではない。魔女家に反感を持っている者が半数以上いれば、処断しようとしても逆にミャロのほうがやられてしまう。

「公示の通り、お前は副隊長だ」

「謹んで拝命しよう」

「そうか。じゃあ、明日からここのミャロと頑張ってくれ」

と、俺は軽く雑務を丸投げした。

「？　なにをだ？」

「参加用紙を投函《とうかん》した連中が、本当に資格者なのか調べる必要がある。それに、できれば補給は誰かに頼るのではなく、自前で持って行きたい。キャロルも含めて三人で準備を進めておいてくれ」

「三人って……あんたはどうするんだ」

リャオは訝しげな顔で言った。部屋で寝ているつもりなのか、とでも言いたいところだろう。

「俺は、明日からキルヒナに入る」

「キルヒナに？　もしかして、出発までずっと向こうに出ずっぱりか？」

「いや、面接までには帰ってくる。だが、実際に現地を見ておく必要もあるからな。一度下見をしておかないと、危なくて仕方がない」

　これには時間がかかるので、戦争が始まりそうになってから慌ただしく済ませられる仕事ではない。他人任せにできることでもない。

「なるほどな。じゃあ、その間、こちらはできることをやっておけばいいのか」

「そうだ。そのへんは、ミャロが万事気がつく性格だ。俺よりも上手くやるだろう」

　ミャロはなにも言わず、リャオに向かってペコリと頭を下げた。

　よろしくお願いします。といったところだろう。

「ミャロには、俺は全幅の信頼を置いているし、キャロルも信頼している。無理にとはいわんが、お前も信頼してくれると助かる」

「それは俺のほうで決めるさ」

　そりゃそうか。

　他人が信頼についてどうこう言うのもおかしいもんな。

「最初から魔女の手先かと疑ってかかったりはしねえよ。その辺は安心してくれ」

「そうしてくれ。じゃあ、とりあえず今日はこのへんか。何か話しておきたいことはあるか」

「いや、ない。まだ募集もしてない段階じゃ、やることも少ないしな」

　そりゃそうだわな。

「それじゃ、今日は終わりだ。解散にするとしよう」

◇◇◇

　俺は二人と別れると、別邸に向かった。呼び出されていたからだ。

別邸の正門をくぐると、なんとルークとスズヤが玄関のドアの前で待っていた。まったく笑っておらず、なごやかな雰囲気ではない。

うあー。

回れ右して引き返したい衝動に駆られたが、ここはぐっと我慢して歩を進める。

「ユーリ、来なさい」

ルークが言った。

「はい」

ルークは、玄関のドアを開け、家の中に入った。

俺もついていく。

スズヤのほうを見ると、なんだか魂の抜けたような顔をしていた。

書斎に通されると、ルークは無言のまま椅子に座った。

「座れ」

俺はおとなしくフカフカの椅子に座った。ルークはムスッとしてる。

「なんで一言相談しなかった？」

やっぱりー。

王城にお呼ばれしたあと、こっちにくるので会いましょう。という伝言ではあったけれども。

「いえ……父上を煩わせるような大事《おおごと》ではないと思いまして」

「戦争に行くのが大事じゃないなんて考えてるなら、今からでも行くのをやめさせるぞ」

ぐうの音も出ない正論であった。

「いや……そんなふうには思ってませんが」

「出陣するまで、俺たちには隠しておくつもりだったのか？」

「いいえ」

そんなことはない。

ただ、女王陛下が話を通したあとで話せば楽だとは思った。

なにがルークさんには私から話を～だ。あのやろう。

「女王陛下にはよくよくお願いされた」

と思ったら、話は通してあったようだ。ルークには、俺の考えはお見通しだったらしい。

「俺は反対はしない。だが、なんで相談しなかった？」

「それは……」

「必要がないと思ったのか？」

まあ、そうです。

「選択の余地はないと思ったので」

「……なんでも自分だけで決めようとするな」

ルークの言うとおりだ。

俺はホウ家の跡取り息子なわけで、なんでも自分で勝手をしていいわけではない。

選択の余地があろうがなかろうが、俺は一旦は返事を保留してルークと相談するべきだったのかもしれない。

「これは家長としての言葉じゃないぞ。親としての言葉だ」

……それを言われると辛《つら》い。

「……お母さんが、どれだけ心配したと思ってる」

ルークは沈痛な面持ちだった。

そうだ、この家族は息子のことを心配しているのだ。

ああ。

そうだ。まっとうな親というのは、子供を心配するものなのだ。

日本に居たころの俺の親父《おやじ》は、息子のことなんてどうでもいいという人間だった。

他に女ができ、俺が跡継ぎにならないと知ったら息子のことはどうでもよくなった。もし俺の訃報を聞いたとしても、涙も流さなかっただろう。

そういう人間だった。

「……すいませんでした」

ルークもスズヤも、俺が死んだら泣くだろう。一ヶ月どころか、死ぬまで俺のことを忘れないだろう。

息子のことを真っ当に愛しているからだ。

そう考えると、俺の行為は、親不孝にもほどがあった。

「わかったら、お母さんのところに行ってやりなさい」

「はい……」

　俺は書斎を出た。

　スズヤがいる部屋に行くと、スズヤは椅子に座って小さい円卓に顔を伏していたようだった。

　俺が入ると、顔を上げてこちらを見た。

「ユーリ」

「母上」

　スズヤは泣いていたようだ。

「こっちにいらっしゃい」

　言われるまま、俺は近づいていく。

　スズヤの前までいくと、スズヤは椅子から立って、感極まったように俺を抱きしめた。

　もう、俺の背丈はスズヤを追い越している。

　それでも、スズヤは背伸びして、俺の首に腕を回して、ぎゅーっと抱きしめた。

「絶対帰ってきてね」

「約束します」

　俺は確かでもないことを約束した。

「大丈夫ですよ。父上から聞いたでしょう。そんなに心配するような仕事じゃありません」

「……そうなの？　じゃあ安心ね」

　スズヤは気丈に微笑みを作っている。安心などしていないことがまるわかりだ。

「はい。絶対無事に帰ってきますから」

「……お母さんは女の子に優しくしなさいって言ったけど、それで死んじゃったら元も子もないんだからね。ユーリには、待っている人が沢山いるんだから」

「わかっています。そんなに危険ではないですから」

　俺は、少しでもスズヤを安心させようと、矢継ぎ早に気休めを口にする。

「ほんとに？」

「ほんとにほんとです。絶対に危険な場所には近寄りません」

「そう……それなら少しは安心かしらね」

「はい。安心してください」

心が痛む。

ああ、帰ってこなければならないんだ。と、俺は改めて思った。

◇◇◇

実家を出て寮に戻り、用意しておいた荷物を持つと、俺は鷲舎《トリカゴ》へ向かった。日は既に傾き始めている。

だが、今日のうちに出発しておきたかった。

騎士院の事務室には既に届け出をしてあった。準備期間中、講義や訓練については出席扱いになるらしい。

鷲舎《トリカゴ》に入ると、俺は星屑《ほしくず》を引き出して、買ってきた獣肉を与える。

星屑は、肉屋が切った獣肉を鋭い嘴《くちばし》で拾い、拾い上げては飲み込んでゆく。

「くるるる……」

九割がた食ったところで、星屑は食うのをやめた。腹がいっぱいになったのだろう。

星屑は賢い鷲なので、これから飛ぶことを知っていて自分から食べる量を調節したのかもしれない。

余った獣肉を鷲舎《トリカゴ》の中へ投げこんで処分すると、俺は星屑の背中に鞍《くら》をまわした。家から持ってきた、ホウ家の家紋が入った鞍だ。

ベルトを一つ一つ締めてゆく。

「よし」

最後にぐっぐっと鞍を揺らし、装着具合を確かめた。

良く締まっている。

俺はふわりと星屑に跨《また》がった。すっと手綱を引くと、力をさほどかけずとも、意を得たりとばかりに星屑は離陸体勢に入った。

バッバッと、二、三回力強く羽をはばたかせると、俺を乗せて空へ舞った。

第四章　旅路

　初日は少しだけしか飛べず、途中の宿で一泊した。翌日の日暮れ時には、俺はルベ家領の北端、シャルタとキルヒナの国境線までやってきていた。

　二つの国の国境は、オルト川という自然の河川で分けられている。

　オルト川は、上流では急峻《きゅうしゅん》な渓谷を形成するが、下流では一気に川幅が広がり浅く穏やかな川になる。

　夏がくると雪解けの水で増水するために橋をかけるのが大変であるらしく、この川には今も昔も二つの橋しかかかっていない。

　俺は今、上空から二つの橋のうちの一つを見ていた。

　オルト川の上流部分に造られているこの橋を、ズック橋という。

　もう一つは川幅の広い下流にある長い橋で、そちらはホット橋と呼ばれている。上流のこのあたりは山の裾野になっていて、森が深くやや起伏のある地形をしているので、普通の旅人は河口に近い平坦《へいたん》な街道を通り、ホット橋のほうを使って国を越える。

　なので、こちらのほうは言ってみれば裏街道のような道になるわけだが、それでも人で混み合っていた。耳ざとく戦争の知らせを聞きつけ、早速キルヒナから離れようとする人々であろう。流れは一方通行で、全員がシャルタに向かって歩いている。

　実のところ、俺は今までズック橋を実際に見たことがなかったのだが、絵では見たことがある。

　このあたりは景勝地としても有名で、後ろに控える山脈を背景に森の峡谷と歴史ある石橋という組み合わせは、風景画では定番なのだ。

　確かに、平時に見れば風光明媚《ふうこうめいび》な場所なのだろう。だが、今は難民がごった返しているせいで、風景画というより戦争画の題材として相応《ふさわ》しい光景になってしまっている。

ズック橋の橋脚といえばそこそこ有名な建築物で、高度を下げてみるとその形が良く見えた。

これは大皇国時代の遺産で、谷の真ん中に孤立する岩を利用し、そこに寄生したような形になっている。

橋脚の土台となっている天然の大岩は、その姿の七割ほどが切り出した岩で補強されている。流されてくる木や岩に削られないようにか、川上に鋭角に突き出す突端が造られていた。

橋脚全体を見ると自然の岩石が石の靴を履かされ、そそり立ったつま先が川を割っているような恰好《かっこう》になっている。その上に橋脚が足のように立ち、緩やかなアーチ橋が両岸を結んでいる。

残念ながらアーチ橋の部分は大皇国時代のものではなく、百年ほど前に地震で崩れてしまったので再建したらしいのだが、見てみるとさほど違和感なく繋《つな》がっていた。

だが、そのズック橋は、今まさに改造が加えられつつあるようだ。

ズック橋の下流側で作業が行われているのだが、石橋に寄り添うようにして木で歩道を作り、要するに道幅の拡張工事をしている。

おそらくはルベ家が独自の判断でやっていることだろう。

岩場の余ったところに太い丸太を三本ほど並べて立てて支柱にし、その上に歩道を作っている。なんとも危なっかしい構造だが、隣に堅牢《けんろう》な石橋があるのでこの程度でも十分なのかもしれない。人間の重量などたかが知れているので、重量のある馬車などが来たら石橋を通せばいいからだ。

◇　◇　◇

この視察に来たのには、下見の他にもう一つ理由があった。主要都市の正確な座標を下調べしておきたかったのだ。

王鷲《おうわし》での移動は意外と不便なもので、勘で飛んでいてもなかなか目的地に着けるものではない。なので、町と町の位置関係を記憶したり、眼下に街道を収めながら移動したりする。

だが、都市の座標を知っていればそんなことはしなくてもよい。座標を知っていれば、地図上に正確な位置を記すことができる。あとは磁気偏角に気をつけながらコンパスを見て一直線に飛んでいけば良い。

というわけで、俺は重要そうな町を一つ一つ回って、座標を確かめる作業をしていた。

そんなことをしているうちに、あっという間に三日が経《た》った。

キルヒナ王国に入ると、街道沿いの町々には不穏な空気が漂っていた。避難をする人々が悪い噂《うわさ》を広めているのだろう。

誰もが自らも避難したほうがよいのではないかと思いながら商売をし、流れてきたよそ者のせいで治安も一時的に悪化している。

とてもではないが王鷲などという高級品を預けて宿屋に泊まれる雰囲気ではなかったので、俺は餌となる生肉を買い込むと、すぐに街から離れるようにしていた。

昼間になると、正午ごろに六分儀を持って観測をする。夜、晴れていれば北極星の位置を確かめて、磁気偏角を確認する。

ただ、どこで測っても、この半島は殆《ほとん》ど磁気偏角がない地域らしく、コンパスの針はいつも北極星を指していて、一度前後のずれしかなかった。

夜は日が暮れる前に寝る所を確保して、森を歩いて枝を探した。

この時期、夜はまだ寒い。太陽が落ちる前に焚《た》き火を作っておく必要があった。

俺はその日、いつものように枝を探しながら、森の奥に入っていった。

そこら中に落ちている枝を拾い集めているうちに、日が暮れた。

地元の住民が薪を取るために何本か木を切った場所をみつけ、そこで焚き火を作ることにする。

枝を十本かそこら組むと、俺は紙を手で破いて、瓶に入れて来た揮発油を染み込ませた。

その上に火打ち石で火花をやると、すぐに火はついた。

細く燃えやすそうな枝に火を移すと、次第に火は広がっていった。勢いがつけば、もう消えることはない。

俺はなるべく平らになった切り株に腰掛けると、言った。

「いつまで見ているんだ？」

ガサガサ、と下草を踏む音がして、人が出てくる。

「いやぁ、ばれていましたか」

仲間を呼ぶ様子もなかったから、一匹狼《おおかみ》の野盗かなにかと思ったが、違うようだ。

改めて見ると、山賊にしては、ずいぶんと身なりの良い格好をしている。

なんだかバツが悪そうに、頭を掻《か》きながら出てきた。敵意は今のところ感じない。

「なにか用か？」

「僕も野営をしようと思っていたので、よろしければご一緒しませんかと」

確かに男は、ついさっき言い訳ついでに集めたとは思えないくらいの量の枝を脇に抱えていた。

野営をするつもりというのは本当らしい。

「まあ、構わないがな」

薪が増えれば暖かくなる。それはいいことだ。

といっても、俺のような比較的金持ちの若者が、野宿をしたときに見知らぬ人間と出会った。などというときは、相手は野盗か物盗《ものと》りというのが定番だ。

警戒しておくに越したことはない。

「一応武器は持っていますが、お預けしましょうか」

　俺の危惧を読んだのか、男はそう言った。

　男は小型の弓を持っていた。表には見えないが、懐に短刀も抱いているのだろう。

　しかし、その言葉は柔和で、敵意を感じられるものではなかった。

「いや、いい……夜の間、賊に襲われないとも限らない。そちらも丸腰では心細かろう」

「それはそうですね。とはいえ、腕っ節のほうはまるで自信がないのですが」

　男は照れくさそうに言う。

　確かにヒョロっこいし、自信がないというのは本当に見えた。詐欺師ならともかく、どう見ても荒事を商売にしているようには見えない。

「では、失礼します」

　男は、焚き火を挟んで反対側の切り株に厚手の布を敷き、その上に腰を下ろした。

「食べるものはあるのか？」

「はい」

　男はリュックの脇にくくりつけてある革袋から、肉を取り出した。その肉は、肉といっても精肉屋で売られているようなものではなかった。

　どうやら鹿かなにかの足の部分なので、恐らくは抱えている弓を使って自分で獲《と》ったものだろう。

　腐ってはいないようだが血抜きも満足にされていない様子で、革袋からは濁ったような血が滴っていた。処理が下手だったらしい。

　狩猟自体が初めての経験だったのか、それとも、狩猟はしていたが解体は他人に任せていたか、どちらかだろう。それか、処理をする暇もないほど急いでいるかだ。

　どちらにせよ、こんなにおざなりな処理では食べられたものではない。焼いたところで、肉の中が腐った血の煮こごりのようになってしまう。

「火を使って焼いて構いませんか。少しお腹《なか》がすいていて」

「もちろん、構わんよ」

　こいつ、身なりはいいのに、なんでこんな食事をしているのだろう。

というか、身なりがいい以前に、実は胸に騎士のバッジがついているのだ。

これは一般に騎士章と呼ばれるバッジで、騎士院の卒業生に与えられるものだ。騎士は必ずつけていなければならない……というわけではないが、騎士号を持っていない者は装着してはいけない。

装着どころか、所持もしてはならず、拾った場合は速やかに届け出て返上しなければならない。

まあ、それは建前で、実際に返上されることは少ないのだろうが、かといって資格もないのに胸に付けて堂々と表を歩くという馬鹿はなかなかいない。

身分詐称に当たるので、捕まれば重罪になる。それはキルヒナでも同じはずだ。つまり、おそらくは彼は騎士であるという推論が成り立つだろう。

そうであるとすると、こいつはなにか犯罪でも犯し、逃げているのだろうか。

騎士院を卒業した者は、騎士になれなかったとしてもインテリ層の一員ということになるので、食うには困らない程度に稼げる職に就ける場合が殆どだ。詳しくは知らんが、キルヒナでもだいたい同じだろう。

誇りが邪魔して庶民の職に就けないという者もいるが、そういう人間は金がないにしても、狩りをしながらの旅などという土臭いことはしないものだ。

「いや、やっぱり焼くのはやめてくれ」

と、俺は言った。

「……そうですか」

そうすると、男は少し残念そうな顔をして、肉をひっこめた。

「その肉は俺の鷲に食わせよう。その代わりに、そちらは俺の肉を食え。ちゃんと肉屋が捌《さば》いて味をつけた肉だ」

「ああ、なるほど。それは助かります」

男は顔を明るくした。

まあ、そんな肉は食いたくないわな。栄養価はむしろ高いのかもしれないが、吐き気をこらえながらする食事などは、誰だって御免だろう。

「では、さっそく食べさせてあげて良いでしょうか」

「構わんよ。ちょうど腹が空《す》いている頃合いだ」

男が星屑《ほしくず》に近づいて鼻先に肉をやると、星屑は大きなクチバシで肉を摘《つま》んで、餌を受け取った。

若干の心配はあるが、ウジが湧いていたわけではないし、腹を壊すこともないだろう。

というか、王鷲はそもそも塩漬け肉より生肉をあげるほうが推奨されているので、こちらのほうがむしろ健康的な食事かもしれない。

肉屋で塩漬け肉しか売ってなかったから仕方なく買ったが、野生動物は本来血抜きなんぞしないわけだしな。

「よく出来た鷲ですね。所作が優雅です」

男は星屑を見ながら言った。

下手な王鷲だと、思い切り肉を奪い取ってガッツガッツと貪るように食ったりするので、そっと受け取るように肉を取ったのは、言ってみれば躾《しつけ》の行き届いた王鷲である証拠だった。

そういった台詞《せりふ》がスルリと出てくるということは、やはりこの男は騎士なのだろう。詐欺を働くために騎士章を身につけるような男は、王鷲など触ったことはないはずだ。

「そうだろう。自慢の鷲だ」

「失礼ながら、あなたはホウ家の関係者とお見受けしましたが」

ああ、早速ばれた。

まあ、そこに置いてある鞍《くら》に家紋が思いっきり刻んであるしな。身分を隠す旅ではないからバレても問題はないと思ったのだが。

「そうだな。とはいえ、俺からすると、そちらの出自のほうが気になるところだが」

と、俺はさりげなく探りをいれた。

「それはそうでしょうね。いえ、隠す必要があるわけではないのです。僕は、ジーノ・トガと申します」

トガ……。

トガ家といえば、キルヒナ王国の将家の一つなんだが。

ルークみたいに、騎士というレールから脱線して、汽車がそのままバスになってしまったような人生を歩んだ人が親であった場合は、ただの牧場主がホウの苗字《みょうじ》を名乗っている。ということも考えられる。

だが、そうでなければ普通は苗字として名乗るのは近縁の者に限られる。トガ家を名乗るということは、少なくともいいとこの坊っちゃんということになる。

そんな野郎がここでなにをしているんだ？

「ジーノか。俺はユーリという」

「なるほど。ユーリさんですか。よろしくお願いします」

ジーノはぺこりと頭を下げてきた。

「挨拶も済んだことだし、ともかく焼こう」

俺は荷物から肉を取り出した。塩漬けのヤギ肉だ。ステーキのように焼く肉で、厚めにスライスされている。

俺は鉄串を並行に二本肉に刺すと、ナイフを使って二枚に分けた。片方の串をジーノに渡す。

「頂きます」

ジーノは受け取ると、早速火にかざし始めた。

「皿はないがパンはある。焼けたら挟んで食うといい」

「それはいいですね。パンは久々に食べます」

今までずっと獣を狩って獣肉を食べていたのだろうか？　まるで原始人のような暮らしだ。

服を見ると、やはりだいぶ汚れているが、獣血でグシャグシャになってしまっているわけではない。仕立ての良い服であることは、まだ見て取れる。

なんだかチグハグだ。服も、身なりも、態度も上流階級のものなのに、暮らしぶりだけが原始人とは。

「答えたくないなら無理に答える必要はないんだ

が……貴殿はなぜこんな旅をしているのだ？　旅費が心もとないのか？」

と、俺はついに訊《き》いた。

俺もトガ家というのは名前だけしか知らないが、いくらなんでも将家の身内がそこまでしなければならないというのは、ちょっと想像ができない。

何かあったとしても、家から金目の調度を幾つか持ちだして売るとか、それもできないのであれば親戚を頼るなりすれば、旅費くらいは工面できるはずである。

「お察しのこととは思いますが、僕はこの国の騎士なのです」

ジーノはボロ布で焼けた鉄串を持ちつつ、頻繁に肉をひっくり返しながら言った。

「その中でも、落伍《らくご》者《しゃ》と言っていいでしょう。そして、今、この近くの宿は避難民でいっぱいです。食も足りていません」

落伍者であることと避難民がごったがえしていることとが、なにか関係があるのだろうか。

確かにここらの宿はいっぱいだし、小さな村に大勢がおしかけたもんだから、冬明けで備蓄も心細いこのあたりじゃ、なかなか食料の確保は難しいだろう。

俺が買った食料もかなり割高だったし。

「僕が宿に入るということは、避難する人々の寝床を一つ奪い、食を一つ奪うということ。落伍したとはいえ、僕も騎士の端くれです。我々騎士の至らなさのために避難を強いている人々に、せめて迷惑をかけないようにしようと思い、このような旅をしています」

なんとまあ。あきれ……いや、立派な心がけである。

「素晴らしいな」

「そうでしょうか」

素直に喜べないのだろう。ジーノは困ったような笑顔を浮かべた。

「いや、素晴らしいよ。言うは易《やす》いが、なかなかできることではない」

「いえ……」

「しかし、どうしてそういう考えに至ったんだ？　戦いの口がないわけではないだろうに。戦場が嫌になった口か？」

国、というか民のことを思うなら、騎士であれば、やはり戦場に出るのが一番の貢献だろうと思う。

俺は脱走兵はクズだとか考えている口ではないが、これだけ立派な志を持っているのに、戦場に背を向け、シヤルタ王国に逃げ落ちるというのは、やはり少ししっくりこない部分があった。

「どうにも騎士の方々に疎まれてしまい、外されてしまったのです。それに、僕は騎士号は持っていても、領地はありませんので」

ああ、と俺は我に返る思いがした。

「すまない。トガ領は、前の戦争で滅ぼされてしまったのだったな」

思い出した。トガ領というのは、ハロルの実家のハレル商会が伝統的に取引していた場所だった。

キルヒナ王国の北西部は、前回の戦争で侵攻され、切り取られてしまったと聞いている。その結果、ハレル商会は取引先を失うことになった。

「はい。そうなのです。今はもうトガ家は私だけしかいません」

なるほど。昔は将家として数多《あまた》の槍《やり》を束ねてきたトガ家も、今となっては一人だけというわけか。

いや、それってどうなの？

土地を失ったとはいえ、名目上はいまだトガ家の領地なのだから、取り返せばまた所有権を主張できるのではないだろうか。

全てを諦めてこんなところまで逃避行を続けてくるのは、何か大げさに悲観してしまっている気がする。

どうなんだろう。

失地を奪い返すには軍を動かす必要があるわけだが、こんなことになっているからには、トガ家の騎士団は既に消滅した状態なのだろう。

となると、軍はどこからか借りる必要があるが、そんなもん無料《タダ》で貸してくれるお人好《ひとよ》しはいない。方々《ほうぼう》に頼み込んで軍を出してもらって、代わりに奪い返してもらうという形になるはずだが、そうなったらトガ家の領地は他の将家で分割されるか、王家に接収されることになってしまうだろう。

領地を守りきれなかった連中には任せておけない、などの理由付けをすれば、トガ家を取り潰して領地を没収するのはさほど難しいことではない。

それに、領の再建を頑張っても大局を見ればキルヒナ王国は敗亡の縁にあるわけで、そんなことになんの意味があるのか……と考えているのかもしれない。

このジーノという人がどれだけ頑張って今に至っているのかは知らないが、それは間違った物の考え方ではないだろう。

そもそも十字軍は奪った土地は徹底的に略奪する上、特に国境地帯は奪い返されないよう念入りに焦土作戦をする。村落などは焼き尽くされてしまうので、取り返しても殆ど一からのやり直しになってしまう。

「なら、貴殿は天爵閣下ということになるな。どうも失礼した」

天爵というのは、将家の長が叙される爵位だ。ルークがそれである。

「いえ、爵位は返上いたしましたので。私はもう騎爵ですらありません」

騎爵というのは騎士号とは違うのだが、騎士としてどこか将家の騎士団に入れば、領を与えられていない給料雇いの騎士でも即時叙される爵位だ。

それがないということは、つまりは騎士章は持っているけども騎士としては無職ということになる。

「ふむ……では、気にせず話させてもらおうかな」

「はい、ぜひ」

そっちのほうが俺も気が楽だしな。

「貴殿は野に下ったということなのだろうが、トガ家の旗下にあった騎士団はどうしたのだ？」

文字通り全滅したのかな？

「それは正式に解散いたしました。結局、南方の会戦で軍団の体を為《な》さないほど消耗してしまい、旧士も取り返せぬ有り様で……戦力として不安のある状態でしたので」

南方の会戦というのは、つまりはゴウクが死ぬ前に起こったヴェルダン大要塞近辺での野戦のことだろう。

大規模な野戦の後、敗走した軍は比較的健全な戦闘単位から優先的にヴェルダン大要塞に入り、籠もった。

その後は籠城戦に入ったのだが、敵軍は全軍で包囲したわけではなかった。敵主戦力は撃滅したということで、一部はさらに北上して北西部を切り取った。

トガ家の騎士団が決戦の後も残っていれば、取って返してその別働隊と戦って防衛できたのだろうが、そうはいかなかったのだろう。

「では、トガ家のほかの騎士たちは、別の騎士団に仕官を求めたわけか」

「そうなります。僕には最早《もはや》、彼らの面倒を見てやれるほどの収入はないので……給金などは要らないと言ってくれる者もいましたが、遠ざけました」

ジーノは悲哀を感じさせる声で言った。

そういう、損得とは別のところで自分を慕い、槍を捧《ささ》げたいと言ってくれる騎士たちは、本来は将家にとって真の宝と呼ぶべき者たちだろう。それを自ら遠ざけたというのは、胸が痛む話だった。

「まとめて近衛《このえ》軍に入れてくれたら良かったのにな。それほどの者たちがいるのなら、王都で警備のような仕事をしている近衛よりずっと頼りになるだろうに」

さすがに他の将家の主を雇用する将家というのはないだろうが、近衛なら騎士団ごと組み入れても問題はないはずだ。

まあ、いろいろと面倒で軍組織に混乱をもたらすのは確かだから、それはしなかったのだろうな。

「まあ……私などは自らの領地も守れなかった無能な男です。雇いたくないのも当然でしょう」

「そうとも限らないと思うが」

「そうでしょうか」

実際のところはわからないけど。

こんな世間話で軍才の有無なんてわかりっこないし。

「今回の戦争について、貴殿はどういう意見をもっているんだ？」

俺は聞いてみることにした。

「どういう意見というのは？」

「勝つか負けるかとか、そんな感じの」

ああ、我ながら大雑把だな。

「私は悲観的です」

悲観的か。リャオ・ルベと同じような意見だな。

「どうしてそう思う？」

「敵は、おそらく前回に倍する数の鉄砲を用意してくるでしょう」

鉄砲というのは、シャン語では火矢というような字を書く。

火矢というのは……鉄砲としか言いようがないのだが、クラ人が使う原始的なマスケット銃のことを指す。

「鉄砲というのは、機械弓と比べて格段に厄介です」

機械弓というのは、クロスボウのことだ。鉄砲が登場するよりずっと以前からあって、シャン人の世界にも輸入されている。

「鉄砲に撃たれても実際に死傷する数はそれほどでもないのですが、遠距離から一方的に撃ちかけられると、どうしても兵が動揺し軍の腰が引けてしまうのです。特にあの大きな音が厄介で……」

「それはそうだろうな」

鉄砲が野戦で強力な理由は、その音にある。

前装式の滑腔《かっこう》銃というのは、装塡に時間がかかるために、火力としての脅威はそれほどでもない。弾丸の威力はもちろん高いし、優秀な武器であることに違いはないのだが、連射の点で難があり、射程や連射性では弓のほうが優れている場合もある。

　それでも、火薬が爆《は》ぜる大きな音を聞き、立ち上る煙を目の当たりにして、隣に立っていた戦友の体に大穴が開くのを見ると、人は実際以上の脅威を感じてしまう。

　大声で「射撃で何人か死ぬだろうが怖気《おじけ》づくな。物凄《ものすご》い轟音《ごうおん》がして味方がバタバタと倒れるが、実際の死者はそれほどでもない。見掛け倒しだ」といくら教えても、そんな言葉など戦場の惨烈な体験の前では意味をなさない。

　その結果、突っ込めば容易に押しつぶせる鉄砲隊を押しつぶせず、大軍の腰が引けて敗勢になるという現象が起こる。

「しかし、貴殿はまだ若く見えるが、戦場を経験したことがあるのか？」

　ジーノは若々しいが、シャン人特有の若作りを足したものなので、俺の見立てではせいぜい二十五歳前後だ。

　ゴウク伯父が死んだ戦争は十年も前なので、理屈が合わない。キルヒナでは二十歳以下でも戦場に出ることがあるのだろうか？

「ええ。父は十年前の戦争で負傷して寝たきりとなり、五年前に亡くなりました。僕はそれ以来、受け継いだ騎士団を動かし、旧土を取り返そうと何度か戦いました。ですが、恥ずかしながら戦果は芳しくありませんでした」

「なるほど、そういうことか」

　この十年間、シヤルタ王国は完全に戦争と無縁な日々を送っていたが、国境が敵地と接するキルヒナ王国ではそうではなかったらしい。ジーノは局地戦で頑張っていたわけだ。

　察するに、そうやってもがいている間に資金も底をついたんだろうな。動かす兵を雇う金も、家の財産を処分して得たんだろうし。

「実際戦った経験から言うと、鉄砲に対してどういう戦術が有効だと思う？」

「堀と奇襲ですね」

と、すぐに答えが帰ってきた。

「堀というのは？」

「こちらの陣営に、即席の堀を作るのです。土を掘って」

やはり、塹壕《ざんごう》のようなもののことを言っているらしい。

「鉄砲の厄介なところは、盾が通じないところです。矢と違って、持ち運びのし易い木の大盾などは貫かれてしまいます。分厚い鉄板を張れば弾《はじ》けますが、全軍の正面に張るのは現実的ではありません」

そりゃそうだろうな。

重いせいで、ただでさえ遅い歩兵の歩みがカタツムリの早さになるだろうし、鉄は高価なので費用が嵩《かさ》みすぎる。

木の盾をさらに分厚くして、丸太を並べた壁のようなものを作り、それを押し出すように戦うという手もあるが、それも現実的ではないだろう。

全員がゴリラみたいなパワーを持った怪力無双ならいいが、実際はそうではない。

「なので、土を掘って穴に入ります。鉄砲の弱みというのは、玉が直線にしか飛ばないところです」

「しかし、穴に入ったのでは攻められまい。それに……」

「包囲ですか」

先回りして言われた。

「そうだ」

機動力が低ければ、包囲されてしまう。

野戦での包囲という状況は、戦術上最悪の状態と言える。単純に孤軍になるし、退路がないので兵は恐怖を覚えて錯乱する。

それに加えて、円を二重に描いた場合、単純に外側を包んでいるほうが内側に対して面積が大きく、内側のほうは取れる面積が小さい。

つまり、内側は戦闘正面が広く取れないのだ。

戦場において、それはかなり大きな違いで、もしこちらが敵より多く、更に練度も高い兵を抱えていても、向こうは正面で五千人で戦えているのにこちらは三千人しか戦えていない。ということが起こってしまう。

　言ってみれば、一点に纏《まと》められながら、状況的には各個撃破されているような訳の分からないことになるわけだ。

　包囲が発生する要因は様々あるが、最も代表的なのは機動力の差だ。例えば敵軍が自軍の三倍の機動力を持っていれば、背後に回り込まれるのを阻止できるものではない。

　ジーノの言うように穴ぼこに隠れるのはいいが、隠れているだけではいいようにやられてしまうのだ。

「そこはカケドリで補います。鉄砲に唯一有効なのは、カケドリの突撃です」

「ふむ」

　包囲するのに、あるいは包囲を阻止するのに騎兵を使うという用兵は、これも古今の戦術の基本である。

「しかし、この戦法はこちらから攻める場合には使えません。相手に引かれてしまえば堀は使えませんから。先に実際に使った例があればよかったのですが」

　ジーノが戦ったのは旧領を取り返す戦だったので、近年のシャン人の戦いでは例外的に、攻める一方だったということだろう。

「それは、向こうの女王か誰かに提言したのか？」

「リフォルムを出る前に、将家の面々と女王陛下と王配殿下が集まる席があり、そこで提案いたしました。ですが、結局は煙たがられるだけで終わってしまいましたね。致し方のないことですが」

　そりゃそうだろうな。

　トガ家は将家の中では負け組といってもいい存在だ。そこの当主をしている若造が会議の場で奇抜な申し出をしても相手にされるわけがなく、一笑に付されるだけで終わってしまったのだろう。

「しかし、合理的ではあるように思えるな」

「そうですか？」

「だが、騎士団が寄せ集まった軍では、提案しても可能性はなかったな。凡庸な策しか取られんだろう」

トップが一人だけで、そいつに全権力が集中しているのであれば、そいつを説得できさえすればどうとでもなる。説得の成功自体が難しいという点は置いておいても、兎《と》にも角《かく》にも可能性は残る。

だが、キルヒナの軍というのは、シャルタもそうだが、将家が寄せ集まって作った連合軍だ。誰かが頭を張るといっても、そいつは議長職みたいなもので、独裁的な指揮権を持つわけではない。

トップが五人も六人もいれば、そいつらを全員奇抜な案に賛成させるなどということは、夢物語にすぎない。

誰かが賛成すれば、そいつと反目している誰かが「いやいや、それには反対だ」などといって、議論は平行線を辿《たど》るわけだ。

有能も無能も、平凡も入り交じった連中が全員

納得するのは、凡庸な策しかありえない。

「そうですね。結局、まともに耳を傾けてはもらえませんでした」

「だが、無意味ではない。誰かが内心では感銘を受けて、貴殿が席上で撒《ま》いた種を芽吹かせるかもしれない」

「……まあ、そうかもしれませんね」

「要らぬ気休めだったかな」

「いえ、気が楽になりました」

「そうか」

そう言いながら、俺は袋からパンを取り出してナイフを入れた。肉を挟む切れ目を作るためだ。

ジーノの手元の肉は、もう十分過ぎるほどに焼けている。

パンを手渡すと、

「いただきます」

ジーノは早速肉をパンに挟んで、鉄串を抜くと、おもいっきり頬張った。

よほど腹が減っていたのか、幸せそうな顔で噛《か》

みしめるように味わっている。

　美味《うま》そうに食うもんだ。

「もし必要なら、ホウ家へ仕官が叶《かな》うよう、紹介状を書いてさしあげるが」

「ふえっ!?　うっ……ゲホッゲホッ」

　ジーノはむせた。

「……貴殿の仕官が叶うかどうかは当主殿が決めることだが、最低限会うくらいはしてくれるだろう」

　俺が当主の息子だということは黙っておこう。

「それは……願ってもない。なんともありがたい」

「そうか。なら、食事が終わったら書くとしよう」

　食事が終わると、俺は簡単な紹介状を書いてやった。

　翌日、森のなかで彼の見送りを受けながら、俺は再び空に舞った。

◇　◇　◇

　四月九日になって、俺はようやくキルヒナ王国の王都リフォルムの上空に到達した。

　キルヒナ王国の王都リフォルムは、立派な城塞都市だった。シビャクと違って、海に直接面した港以外の部分は全て城壁で覆われている。

　城壁の中にはぎっしりと建物が詰まっているが、城壁がないぶん奔放に広がっているシビャクと比べると、都市圏はやや小さい。シビャクを見慣れている俺からすると、背の高い建物が多く緑が少ないこの都市は、ちょっと窮屈そうに見えた。

　俺は重要と思われる箇所を上空から軽くチェックし、王城に近づいて適当な空き地に星屑を降ろした。

「ふう」

　パパパッと手早くベルトを外し、星屑から降りる。とりあえずは星屑を鷲舎《トリカゴ》に預ける必要があるが、初めての場所なので場所が分からなかった。

　と、その前に人が駆け寄ってきた。

「おい！　なにをしとるか!!」

おっさんであった。どうも騎士のようだ。

少し面倒だが事情を説明せねばなるまい。

「ここは鷲を下ろすところではないぞ！」

あ、そうだったのか。

とはいえ、上空から見ると離着陸場のようにしか見えなかったが。

「そうなんですか。僕はシャルタ王国の騎士院生で、リフォルムは初めてなもので勝手が分かりませんでした。すみません」

「騎士院生だと？」

おっさんは眉をひそめた。

「この鷲を鷲舎《トリカゴ》に置かせてもらいたいのですが」

「今は戦時中である。物見遊山に来た学生に鷲舎《トリカゴ》を貸す余裕はない」

にべもなかった。

うーん、言い方が悪かったかな。

「僕は特別な依頼を受けて公務で来ています。物見遊山ではありません」

「ダメだダメだ。城壁の外に繋げ」

なんだこいつ。面倒臭えな。

「これを読んでください」

俺は懐から一枚の紙を取り出した。

「ん？」

「いいから読んでください」

おっさんは用紙を受け取って、目を通しはじめた。

そして読み終わると、

「……事情はわからぬが、シャルタの女王陛下の使者ともなれば、無下にするわけにもいくまい」

と言った。

俺が渡したのは、シャルタの大使や公式の使者が持たされるものと同じ身分証明書だ。

パスポートといったら変だが、女王の名前で「この人を丁重に扱ってください」というような内容が書いてある。

とはいえ、普通は俺のような年齢の者が持っているものではないし、気安く与えられるものでもないので、おっさんが戸惑ったような顔をしているのも当然といえば当然のことだろう。

「しかし、女王陛下に用向きがあるのであれば、鷲は親衛師軍の鷲舎《トリカゴ》に置くのが良かろう」

　察するに、親衛師軍というのは、シャルタでいう第一軍のことだろう。女王の客を名乗るなら第一軍に世話になれ、ということか。

　そう言われれば否応《いやおう》もない。どうやらお門違いの場所に降りてしまったようだ。

「なるほど、それでは、お手数ですが案内してください」

「まあ、よかろう」

　おっさんは面倒くさそうに歩き出した。俺は手綱を握って星屑を引っ張っていく。

　随分長いこと歩いただろうか。鷲舎《トリカゴ》に辿りついた。

「なんのご用向きでしょうか」

　つなぎ服のようなものを着た人の良さそうな飼育員さんが言ってきた。

　普通に着るものより更にダボダボのタイプで、特に汚れる仕事をする場合、普段着の上に重ね着して服が汚れないようにする汚れ着だ。

「僕はシャルタから公用で赴いた者です。一晩鷲を預かっていただきたい」

「了解しました。癖などはありますか？」

　癖というのは、鷲の癖のことだろう。

　ツツキ癖などの悪癖がある場合、世話役はヘルメットをかぶって中に入る必要がある。

「悪い癖は一切ありません。よく出来た鷲です」

「ふむ。では預からせていただきましょう」

「お願いします」

　俺は飼育員さんに手綱を手渡した。慣れた手付きで、すぐに鞍を外しにかかる。

「おい、そこのガキ」

　背後から声がかかった。

　俺が振り返ると、俺を案内したおっさんの隣に、三十歳くらいの男が立っていた。

　肩あたりまである長髪をなびかせた美男子で、

なんだか金糸の入った軍服風のおしゃれな服を着ている。軍服をアレンジしているのだろうか。

　誰もが好む趣味とは思えないので、これは正規のものではなく、趣味の交じったものであろう。

「僕のことですか？」

　俺は自分を指さしながら言った。

「そうだ」

　ガキと呼ばれるのは久々の体験である。入学したころにキャロルを助けたとき以来だろうか。

「なにか御用ですか？」

　なんか咎《とが》められるようなことをしたのだろうか。

「うむ、実はつい先日、鷲を駄目にしてしまってな。鷲を所望しておるのだ」

「そうですか」

　ああそう。と思いながら、俺はなんだか嫌な予感がしていた。

「ついては、その鷲を譲ってくれ」

　まあ言葉のキャッチボールでそうなるよな。

「さっきから腹が痛くてよ」「へーそう」「トイレ行ってくるわ」みたいな感じで、なんとなく読めてた。

　ふざけんな。

「お断りします」

　初対面の人間に鷲よこせとか、どういう類のアホだ。

「ふむ……」男はまったく髭《ひげ》が伸びていない綺麗《きれい》でつるつるの顎を撫《な》でた。「なにも無料《タダ》でと言っているわけではないのだぞ？　十分な金は払おう」

　だから、どういう類のアホなんだよと。

　ドッラとはまた方向性の違うアホというか、勘違い野郎だな。

「いくら金を積まれようが無理なものは無理です。この鷲は僕にとっては共に産まれ育ってきた兄妹のようなもの。金で売り渡せるものではありません」

「わからんガキだな。我が国はこれから戦争に入るのだ。お前は、年齢から見るに、出陣するわけではないのだろう？　今から戦争をする友邦の騎士が鷲を所望しておるのだ。これから使おうというのだ。優先順位というものを考えたまえよ。快く譲るのが当然というものだろう」

うわーこいつ本格的に頭おかしい人や。自分の都合でしか物事を考えられない系男子や。

「そんなことは僕の知ったことではありません。僕はシヤルタ女王の王命を受けて来たのです。これ以上勝手な話をするなら、二国の友好に亀裂が入ることになりかねませんよ」

「亀裂をいれたくないなら、黙ってその鷲を寄こせばよいのだ！」

いや、どう考えても、亀裂が入っても構わないのはシヤルタのほうで、入ったら困るのがアンタらだと思うけど……。

もう面倒だから、無視して鷲を預けるか。

いや、この有り様だと、預けたあと勝手に所有権を主張され、盗まれるかもしれん。

「嫌ですね」

「なんなんだお前は。だから金は渡すといっているだろう」

やべー話題ループしてる。なんなんだはこっちの台詞だよ。

「はあ……金があるならヨソで買えばいいでしょうに」

「戦時中だ。鷲の余りがどこにある」

なんだ、在庫がないのか。

まあ鷲を駄目にしたとかいってたし、恐らくよっぽど扱いが下手で潰してしまうから、騎士団から回してもらえないんだろう。

どこの騎士団の人間かは知らんが、血筋かなんか知らんがこんなのを置いてるようではたかが知れているな。

「ともかく、嫌といったら嫌です。いい加減聞き分けてください」

「貴様こそいい加減にしろ。少しくらい立場をわきまえたらどうだ」

あーもう面倒くさい。

押し問答かよ。

「しつこいんですよ。嫌と言っているんだから諦めなさい」

「いいから寄こせばいいんだっ！」

なんだか詰め寄ってきた。

手綱は、今キョドってるつなぎ飼育員のおっさんが握っている。

奪い取るつもりだろう。

俺は体重を乗せた前蹴りを放って、男のヘソのあたりを蹴り飛ばした。

「グッ！」

男は蹴り飛ばされ、背中を打って倒れこんだ。

「子供ですか。程度が低い」

騒ぎを遠巻きに見ていた連中が気色ばみ、帯びている武器に手を伸ばした。

俺が蹴った男もまた、怒気を発散しながら立ち上がる。

「貴様ァ……」

いやいや、お前がいちゃもんつけてきたんだろ。

こっちは被害者だよ。

「おいっ！　こいつを捕らえろ！」

男は周囲を見回しつつ、そう叫びながら、短刀を抜いた。

周りの連中も集まってくる。

俺を捕縛するつもりか。

幾らなんでも我慢にも限界っつーもんがあんぞ。

なんなんだこの国は。

「きさまら!!　俺を誰だか知ってのことか!!」

俺は思い切り怒号を発した。

突然の大声に、連中は反射的にビクッとすくんだ。

「俺の名はユーリ・ホウ！　シヤルタ王国の将家の一つ、ホウ家の嫡男である!!　キルヒナの騎士は大恩あるホウ家の名を忘れたというのか!!」

俺が睨《ね》め回しながら叫ぶように言うと、皆一様にして唖然《あぜん》とした顔をした。

「この俺をガキと侮るだけならまだしも、くだらぬ因縁を付け、騎士の魂である鷲を奪おうとするなど、恥を知るがいい!!」

俺は短刀を抜いた。

そして、男に歩み寄って短刀を突きつけた。

「俺の鷲をどうしても欲しいというのなら、正々堂々、決闘にて白黒つけようではないか！　先に剣を抜いたのであれば、当然そのつもりなのであろう！」

先に剣を抜いたといっても、こいつは自分の顔なじみの騎士どもが、よってたかって俺を捕縛してくれることを頼りに抜いたのだ。

俺と殺し合いの決闘をするつもりではないだろう。

「ぐっ……」

「さあ、早く短刀を構えよ！」

男はゆるゆると短刀を下げた。

「どうした!!　臆したか!!」

「チッ……」

バツがわるそうな顔してやがる。

「やる気がないのであれば、さっさと俺の目の前から消えて失《う》せろ」

俺は、邪魔だから消えろとばかりに腕を振った。

「……チッ」

男はもう一度舌打ちをした。

なんだよ、癖か。

「糞《くそ》ガキが……覚えてろよ」

そして、そう言いながら、俺に背を向けて去っていった。

「おい、そこの」

俺は、男の横に立っていた、俺をここまで案内してきたオッサンに声をかけた。

「さっきの者の名を教えろ」

「は、はぁ……いえ」

言いたくなさそうだ。

あーもう面倒くせえなあ。

「いかな者であろうと、貴い身分の者であれば名を教えられぬということはあるまい。それとも、先ほどの者はこの国では名も名乗れぬような身分の人物なのか？」

「そ……そんなことはない」

「では、教えても問題はあるまい。さあ、言いたまえ」

「……彼《か》の人は、近衛のジャコ・ヨダ、と申す者である」

　ジャコ・ヨダね。

　覚えとこ。

◇　◇　◇

　そのあと、鷲を預けついでに飼育員の人と話しながら情報を得ていると、王城のほうから人が走ってきた。

「はぁはぁ……お話中失礼致します。ユーリ・ホウ様でいらっしゃいますか」

「そうですが」

　どうも、この人は文官のように見えるな。

　体を鍛えておらず、教養院を出て王城で務め仕事をしているという感じだ。シヤルタでは、青猫寮という教養院の男子寮にいる人たちが多くこういう職業に就く。

「王城に案内をさせていただきます」

　案内してくれるらしい。

「わざわざご苦労様です」

　俺は慇懃《いんぎん》に頭を下げた。

　さっきの大騒ぎで、誰かが言いに行ったのだろう。

　悪いことをしてしまった。こんな血相を変えて走ってくる必要はなかったのに。

「それじゃ、失礼します」

と、俺は先ほどまで話をしていた飼育員さんに言った。

「はい。鷲はきちんとお預かりします」

　軽く手を振って別れると、俺は案内人の後ろに付き、荷物を持ってとことこ歩き始めた。

　荷物は星屑に無理のない重量に抑えてあるので、さほど多くはない。

　そのまま王城の中に入る。

リフォルムの王城は、誰も彼も忙しそうにしていた城の外と比べれば、随分と落ち着いていた。忙しげにしている人々も居るには居るが、殺気立っているわけではない。

どうやら、籠城用の資材を外から運び込んでいるらしい。

「こちらのお部屋にどうぞ」

と通されたのは、かなり上等の客室だった。

うーん。

俺がリフォルムに寄ったのは、王都の地理を下見をしておく必要を感じたからだ。

王城に寄ったのは星屑を預かってもらいたかっただけのことで、こんな豪勢な部屋で歓待してもらおうと思ったわけではない。宿は城下町に降りて探すつもりだった。

とはいえ、供されたものを「必要ない、絶対に歓待は断る。部屋もここには泊まらん」などと言って強情を張るのはおかしな話だし、それは失礼にあたるだろう。

「あの、夕食などは」

「はい、もちろんこちらでご用意させていただきます」

うっ……城下町で食ってくるからいいです。と言おうとしたのに。

そりゃ、こんないい部屋に通されたんだから飯の用意くらいはあるよな。酒場で情報収集をするつもりだったのだが。

「お食事の前に、湯浴《ゆあ》みとお着替えのお世話をさせて頂きます」

まー、俺のナリを見たらそう来るよな。

俺はもう五日も風呂に入っていないので、全体的に酷《ひど》い有様だ。

水浴びは川で何度かしたから、さすがに浮浪者には見えないだろうが、みっともなくはある。

下着はともかく上着やズボンは洗濯をしていないし、給仕からしてみれば、風呂に入る前はベッドやソファに座らないでくれ、と言いたいくらいだろう。

「ありがたくお受けします。よろしくお願いします」

俺は軽く頭を下げた。俺も、さすがにこの服でこの部屋を使うのは気が咎める。

「それでは、浴室にご案内いたします」

案内されたのは、恐らく将官用と思われる浴場だった。

浴場と分けられた脱衣所だけ見ても、下級兵が使っている浴場とは思えないような清潔さを保っている。

脱ぎ場で俺が脱いだ服を回収してゆくと、案内人のひとはするすると去っていった。

俺は素っ裸になって浴場の中に入った。

湯気の立ち込めた浴場の中に、寮にあるのと同じくらいの大きさの湯船がある。風呂の片隅に鋳物のブロックがあって、その下で火を焚いて熱を伝える仕組みになっている。

鋳物は何層かの板と柱の多層構造になっていて、間に湯が流れることで熱を伝えやすくなっている。素材は鉄であったり銅であったりするが、熱伝導率の高い銅のほうが高級品とされている。

寮の風呂にあるものは鉄であり、銅ほど熱くはならないので、湯中のブロックに背中合わせで二人が座り、尻を熱し、先に熱さに屈して尻を浮かせたほうが負けという、これほど頭の悪いチキンレースは見たことがないという遊びが毎夜行われている。

俺は近場のオケを使って頭から湯をかぶると、風呂に入った。

「……ふう」

俺は温かく湿った空気を肺いっぱいに吸い込んで、一息ついた。

あーあったけー。身にしみるよなー。

風呂にも入れない貧乏臭い野宿旅も、実のところ性に合っていて悪くはないのだが、やはりこういった贅沢《ぜいたく》な風呂に浸《つ》かるのは気持ちがいい。

風呂に浸かって五分ほどが経ち、いよいよ骨身

に熱が染みてきたころ、

「やあ」

と、湯けむりの向こうから声をかけてくる者があった。

先客がいたのには気づいていたが、話しかけてくるとは思わなかった。

「……どうも」

ここは多少ぶっきらぼうに答えても構わないだろう。別に仲良くなる必要もない。

「きみがユーリ・ホウくんかね」

なんで名前知ってるの……。

こわい……。

「はあ、まあそうですが……」

「先ほどはうちの者が失礼したようだ」

なんだ、情報が早いな。まだ騒動から一時間経たないくらいかと思うが……。

「いえ、別に気にしてはおりませんので」

星屑盗まれなきゃなんでもいい。

「大層ご立腹と報告を受けたが、怒ってはおらんのかね」

報告ってことは、こいつはあの馬鹿の上司ってとこか？

予《あらかじ》めメイドか誰かに事情を聞いて、風呂場に先回りして待っていたというのか。

どういうこっちゃ。

まあ俺を誘導してきたのは例の文官さんだから、そういった流れになっていてもおかしくはないが。

「あまりにしつこかったので、怒って見せねば諦めぬと考えただけのことです。穏やかにしていればつけあがる輩《やから》というのは、どこにでもいるので」

「フフフッ……手厳しいな」

苦笑いはしているが、どうやら気に障った様子はない。

やはり、もともと素行に問題のある男だったのか。

「不快であったのは確かですから。激怒とまではいかないまでも、怒りはあります。ただ、そんなものは、一晩寝れば収まるもの。わざわざ機嫌をとらずとも、明日には忘れていますよ」

　怒ってみせたのは半分以上演技なのでどうでもいいが、俺は上官が最速で風呂場に出向いてきてご機嫌取りをしなくちゃならないほどの大物ではない。

　国主でも王族でもないんだから。

「そうは行かぬな。国というものにも体面というものがある。詫《わ》びなど要らぬといわれても、詫びの品を持って頭を下げにゆく。それが外交というものだ」

　うーん、めんどくさい。

　社交辞令を重要視しているのは分かるが、そんなのはいらないんだが。

「あの男が言っていたことも一理あります」

「ほう？」

　謎のおっさんは興味深げに反応した。

「この忙しい時分に戦場見物に来た若造など、邪魔者扱いされて当たり前の立場です。その上に気遣いまでされては、本当にただ邪魔しにきたようなもの。それこそ、騎士の恥でしょう」

　こう言っておけば正解か。

「ふむ……なるほどな」

「戦勝の祝いの席でなら、幾らでもお受けいたしますよ」

　というか、なんか貰《もら》っても星屑に積んでいかなきゃならないんだから、荷物になってしまう。

　送るにしても、陸路は難民で梗塞を起こしている最中なので、金を払えば送れはするのだろうが、俺の荷物なんぞが塞栓の一部になるかと思うとさすがに気後れする。

「では、せめて夕食に招待させてもらおう」

　へ？　なぜそうなる……。

　部下がやらかした詫びに、上官が夕食に誘う。

　まあ、ありえなくはないか。

「お気遣い頂かなくても本当に結構ですが」

　食事は城が出してくれるって言ってたし。

「これは君が得をして我々が損をするという話で

はないのだよ。ユーリくん」

はて？

どういうこっちゃ。

「君は余計な邪魔はしたくない。面倒をかけたくない。と思っているのだろうが、それは間違いだ。このまま君を飛んでいかせては、我々は大恩あるゴウク殿の甥御《おいご》にとんだ無礼を働いたまま行かせてしまったことになる。これから続々と来るシヤルタの援軍がその話を聞けば、そんな無礼者たちを守るために命をかけるのは馬鹿らしい。と思うだろう。個人が思う思わないではなく、大勢の中には、必ずそう思う人間が現れるのだ」

あー、まあそりゃそうか。

「それは我々にとって、とても大きな損失なのだ。しかし我々が詫び、礼を尽くして君をもてなした。ということになれば、そういうことにはならない。つまりは、我々にとっても得なのだよ」

どうも、俺の思慮のほうが足りてなかったらしい。

「分かりました。そういうことであれば」

と、俺は了承した。

気乗りはしないが仕方がない。言われてみれば、こいつの言うことは一々正しい。

歓待とかは苦手だが、問題を起こしてしまった者としては、相応の責任の取り方があるということだろう。

一応は俺が隊長ということになっているのだから、ここはそつなくこなしておく必要がある。

「では、王城で用意されるという食事には断りをいれなければいけませんね。リフォルムの地理には不案内なのですが、どちらに伺えばよろしいのでしょうか？」

「なに……？　ハハハッ！」

なんだ、突然笑い出したぞ。

「なにかおかしなことを言いましたか？」

「ふふ……いや、おかしなことはない。そういえば、名乗りもしていなかった」

「はあ」

誰だよ。

いや、高位の貴族だってことは察するけれども。

「俺はこの国の女王の夫だ」

「へ？」

女王の夫ってことは、つまり王配ってことか？

「だから、君は部屋で待っていれば良い。あとで使いの者を呼びにやる。なにせ、ここは俺の家だからな」

ああ……。

そりゃそうだろうよ。なんだ、このおっさん、王配だったのか。

そういえばキルヒナの王配は存命だったんだよな。

キャロルのとーちゃんは若くして病死したから、王配というのは初めて会う。

それにしても、王配に食事に招かれるとは。

俺もよくよく、王族と飯を食うことにかけては縁のある男らしい。


部屋に戻ってメイドさんが持ってきた服に着替え、案内された先は城の奥まった一角であった。

シビャクの王城と同じように、公務スペースと私的空間が分かれているようで、途中に一つだけ兵が脇に立った仰々しい門があった。

その門を通って中に入り、少し歩いたところの部屋に通される。

中には、三人の人間がいた。

まず一人、こいつは先程のおっさんだ。もう一人は、おっさんと同年齢のおばさん。俺の見る金髪碧眼《へきがん》の女性その四であり、おばさんというには若干心理的抵抗が生まれる感じの、若作りの女性であった。

最後の一人は、金髪碧眼の女性その五であり、こちらは少女であった。

その五は、その四と王配殿下の間に出来た娘であろう。とすぐに察せられた。なんとも顔のパーツが似ている。俺より若干年下のように見受けられるな。

しかし、こちらはキャロルと違って伏し目がちで、俺の目を見ようともしない。どうも人見知りらしく、オドオドしてるようにも見える。シモネイ女王の娘たちは両方とも勝ち気なので、こういったタイプは初めてだ。

　というか、その四だのその五だの心のなかで呼んでいたが、考えてみれば、俺は女王陛下とその娘の名前は知っているのであった。

　ジャコバ陛下と、テルル殿下だ。

「お初にお目にかかります」

　俺は室内に入ると、略式の礼をした。

　これは膝をつけないでもいいやつで、よくよく女王と接することの多い立場の人間がやる。

　初対面ではあるが、俺は招かれた立場だし、ここが玉座であるならともかく、気安い食事の席で最敬礼というのはＴＰＯ的に少しおかしい。これで失礼にはあたらないはずだ。

　今にして思えば、シモネイ女王に最初に招かれたときのあれは、ちょっと大仰すぎた。

「ホウ家のユーリと申します。本日はお食事の席にお招きいただき、恐悦至極に存じます」

　と、挨拶だけは丁寧にしておいた。

「よい、楽にせよ」

　ジャコバ女王が言ったので、俺は略式礼を解いた。それから、女王は開いた手の指を揃《そろ》えて、どうぞ、と自分の対面の席を示した。

「失礼いたします」

　俺は席を引くと、その席に座った。

　挨拶が終わったので、改めて軽く室内を見回してみると、意外と小さな部屋だった。

　食堂という感じはしないし、テーブルも四人が掛けられる程度の円卓だ。質のよい壁紙には油絵が掛けられており、天井には蠟燭《ろうそく》が立った小ぶりなシャンデリアが吊《つ》るされている。

　私的領域では大人数を招いての夕食会などはしないから、これで十分なのだろう。

　王配が口を開く。

「私の紹介はいいな。妻の紹介も、きみには必要ないだろう。きみの左手に座っているのが、私たちの娘だ。さ、自己紹介しなさい」

と、テルル殿下に促す。

「ぁ……あの……」

なんだか消え入りそうな声で喋《しゃべ》りだした。

う、うーん。

引っ込み思案なのかな……やはり、うちの王室には居ないタイプだ。

「存じ上げておりますよ。テルル殿下ですね」

と、ニッコリ笑いながら助け舟を出してあげた。

俺も、どちらかというと初対面の人間とフレンドリィに話すのは苦手なタイプだったから、気持ちはよく分かる。

「……は、い」

「さすが、勉強熱心であるな」

と言ったのはジャコバ女王であった。

「そのくらいは存じ上げておりますよ。殿下は将来、キルヒナ王国の女王になられるお方なので」

「まあ、な……ところで、話の前に詫びておかねばなるまい。我々の親衛がとんだご無礼を働いたようだ」

ああ、そうだったな。それが本題だった。

そもそも招いた動機から考えてみれば、飯を食い終わったあとで、ついでのように詫びの言葉を言うのでは恰好がつかないということなのだろう。

それにしても、こっちの女王陛下は、なんだかキリっとしてるな。どちらかというとおっとりとしているシモネイ女王とはタイプが違う。

キャロルが大きくなったらこんな感じになるのかも。

「王配殿下にも申し上げましたが、気にしてはおりません。なにやら大事《おおごと》になってしまったようですが、具体的になにを損じられたわけでもありませんので」

「そうであるか。そう言ってもらえると、我が国としても助かる」

元より外交問題になるかどうかは微妙な線だと

思うが……。

まあ俺も家格からしたら結構な血筋なので、一応は大事を取ったというところか。外交的にミスが許される時勢ではないので、これで正解なのだろう。

「いえ、礼を言わなければならぬのは、本来こちらのほうです。槍も貸さず戦場を見物しにくるなどというのは、貴国にとっては迷惑にしかならぬこと。女王陛下におきましては、それを寛大なお心でお許しいただいたのですから、感謝こそすれ、怒る資格などはありません」

と、ついでにお決まりの挨拶もしておいた。観戦隊のための挨拶はこれでいいだろう。

といっても、俺は本番ではリフォルムに立ち寄るつもりはない。迂回《うかい》する気でいる。観光に来るのではないのだし、そもそも本物の軍が行動する邪魔になるからだ。

作戦の性格上、実際に戦闘を行う軍団とはなるべく接触しないルートで、行った、見た、帰った。

というのが理想だろう。

ウチの女王陛下からしたら、大金を使って援軍を出してやるのだから、そんな気兼ねをする必要はない。という意見なんだろうが、俺の意見はまた違う。

こんな従軍武官のような真似《まね》は、迷惑がられこそすれ、歓迎などされるわけはない。それを、空気を読まず英雄ぶって大都市をハシゴなどすれば、ひんしゅくを買ってトラブルを起こすだけだ。

「こちらとしても、貴殿の率いる隊が大いに学ぶことは、将来的には利のあることだ。遠慮などしなくてもよい」

「はい。では、なにかありましたらお願いに伺わせていただきます」

「うむ……それより、今日は食事を楽しんでいってくれ。料理人には腕によりをかけて作らせるように言ってある」

そいつは楽しみだ。

こんな状況では、味などわからない……と言いたいところだったが、近頃はめっきり人らしい食事もしていなかったので、純粋に楽しみであった。

下処理されたカブと薄切りにした赤身魚にあっさりとしたソースをかけた前菜をたいらげると、次にメインの肉料理がきた。

「トナカイの肉煮込みです」

とメイドさんに差し出されたのは、煮こまれた肉の上に何やらソースがかかった料理であった。

これがトナカイの肉らしい。

トナカイはシャルタ王国より更に北の地域に生息している動物なので、肉を食べたことはなかった。

見た目は……のっぺりとした赤身で、鹿肉そっくりだ。

いや、トナカイもシカの一種だから、これも鹿肉ではあるのか。まあ、少なくとも、アカシカだのヘラジカだのの肉とは見分けが付きそうにない。

「美味《おい》しそうですね。頂きます」

ナイフで切って口に入れてみると、普通の鹿肉とは若干異なる、独特の癖のある油が口の中に広がった。

よく煮込まれており、ソースには酒の香りがわずかに残っている。

癖はあるが、臭みはない。調味料や煮込みでうまいこと臭みを消しているのだろう。

「どうかな？」

と女王陛下が聞いてきた。

「とても美味しいです」

と答えた後、もうちょっと褒めるべきかと考えた。

「トナカイ肉というのは初めて食べましたが、北方ならではの野趣あふれる風味がしますね」

うん、こんなところでいいだろう。

実際、癖のある肉というのも、臭みが消えていれば悪くない。長い文化的生活の中で欠乏してしまった滋養を満たすような、独特の悦《よろこ》びを堪能できる。

「ふむ、そうか。気に入っていただけたようでなによりだ……ところで、さきほどの話の続きだが」

「はい」

俺は小さく切った肉を少しずつ口に入れながら答えた。

肉を小さく切って食べるというのは、マナーというよりも必要性からくるもので、こうすると口の中でモグモグする時間が減り、スムーズに会話しつつ、会話の合間に食事をすることができる。

「先ほどの話の内容からすると、森のなかで野宿をしながらやってきた、というように思われるが」

「そうなりますね。季節柄、とても寒かったですが」

「なるほど。ホウ家の者だけあって、豪胆なのだな」

と王配が言った。

豪胆とは。俺という意識が発生してから初めて言われた言葉だ。

「そんなことはございませんよ。野宿くらい、商人の方々などは誰でもしていることです」

というか、行軍に野営は付き物なので、騎士院で実習するのだ。

さすがに、そのときはテントを始めとする野営道具は完備してあるし、行き当たりばったりの野宿ほどキツくはないが。

どちらにせよ、もうすぐ十八歳にもなるのだから、それくらい一人でできなければ恥ずかしい。

「しかし、将家の御曹司が野宿の一人旅というのは、なかなか聞かぬな」

そういえば俺も聞いたことがないが。

いや、聞いたことどころか、見たことがあるんだった。ついでにいえば、最近会った。

「道中で会ったジーノ・トガという方は、僕よりもっと厳しい旅をしていましたよ」

と、俺が言うと、夫婦は軽く目を見開いて、まったくそっくりに口を一の字につぐんだ。

似たもの夫婦だな。

「彼に会ったのか？」

「ええ、森のなかで焚き火をたいておりましたら、木々の間から現れ、一晩火を貸していただけないだろうか、と言われました」

「それは……」

なんだか渋い顔をしている。

ああ、この言い方だとジーノが俺に迷惑をかけた、というように聞こえるか。

「彼に焚き火の用意がなかったわけではないですよ。二人で一つの焚き火を囲めば薪が倍使えるので、お互いにとって得なのです。まあ、そのあと一夜語り明かしました」

簡単に弁護しておいた。詳しい部分は話す必要もないだろう。

「ふむ……そうか。達者であったのならよい」

「達者といっても、道中まったく宿も取らず、食事は弓で狩りをして得た獣肉で済ましている様子でしたが」

「そうであるか」

簡単に流された。あまり話したくない内容のようだ。

俺がジーノと会っていたことには驚いたが、ジーノがどんな旅をしているかについては、これはどうでもいいらしい。

彼ら的には終わったことなのかもしれない。

「といっても、特に具合が悪いようにも見えませんでした。ご安心ください」

「……」

なんだか黙ってしまった。

やはり、他国の人間とは話したくない話題なのだろう。

「シヤルタに向かっていたようなので、就職先ということで、父への紹介状を持たせました。彼はホウ家で引き取ることになるかもしれません」

このことは、通達しておかなくても良いのかもしれないが、一応言っておいた。後々トラブルがあってもいけない。

「ふむ、それは良い。彼には苦労をかけた。できれば楽をさせてやってほしい」

特に問題はないようである。

まあ、ルークが彼を気に入るかどうかは定かではないが。

そういうわけにはいかん、やつは知ってはいけない情報を知ってしまっている。可及的速やかに引き渡してもらいたい。どうせなら死体でもいいぞ。ガハハ。

みたいなことを言われなくてよかった。


「失礼致します」

美味しいトナカイ料理の皿が下げられると、また新しい料理がやってきた。

「オオマスの香草塩包みでございます」

と、誰に言うでもなく、カートを持ってきたメイドさんが言った。

蓋が開くと、そこには大皿に塩のドームのような物体が乗っている。

その場で塩を崩すと、むわっと湯気が立って中身が現れた。ドームの中には、丸々一匹のオオマスが入っている。

そのままナイフと平べったい匙《さじ》を使って切り分け、各々の皿に盛りつけてゆく。

塩包み焼きか。

毎度毎度思うことだが、料理に関しちゃ、シャン人の国は色々工夫してるよな。

スパイス類も、赤道近辺の果実類も、五葷《ごくん》に数えられる香りの強いネギ類も手に入らないというのに、よくもまあこんなに美味い飯を作れるものだ。

女王陛下が最初で、次に王配、その次が俺……と、つまりは時計回りに順番に用意されていった。

すっと、目の前に皿が置かれた。

「以前ゴウク殿と同じように食事をしたときのことを思い出すな」

と、おっさんが言う。

見れば、しみじみとした表情をしている。

ゴウクが同じように饗《きょう》されていてもおかしくはないよな。というか、ゴウクは俺と違って正真正銘命を張って援軍に来ていたわけだから、そんくらいはして当然であろう。

「あのとき、ゴウク殿は、テルルを見て娘そっくりだ。などと言っていたのだ。そういえば、貴殿はその娘殿と従兄妹《いとこ》の関係にあたるのであったか」


　俺は思わず首を傾《かし》げそうになった。

　テルルを見る。

　うー……ん、シャムと似てる……かなあ？

　どうなんだ……？

　テルルは、俺に変な目線を向けられて驚いたのか、恐々とした様子でうつむいてしまった。

　シャムは、たしかに初対面の人間でも超フレンドリィってタイプではないが、ここまで人見知りをする性格でもないんだが……。

　ゴウクから見ると、同じ超インドアタイプということで、似ているということになったのか……？

「どうしたのだ？」

「あっ……ああ、すいません。従妹《いとこ》ですね。はい、シャムといいまして、とても仲良くしています」

「そうであるか。貴殿はもちろん知っているだろうが、私とゴウク殿は二度前の十字軍のときからの知り合いなのだ。といっても、初めてお会いしたときは、彼はまだ軍を率いてはいなかったが……」


　二度前の十字軍というのは、向こうでいうところの第十三次十字軍のことであろう。もう四十年も昔の話だ。

　そのときは、キルヒナのさらに東にあったダフィデ王国という国が、トドメが刺されたというか、終止符が打たれ、滅びた。

　今回と同じように大量の流民が出たと聞く。

　ゴウクはその頃青年の年齢であったはずだが、参加していたらしい。

「なるほど、興味深いです」

「次に会ったとき、彼は人の親になっていた。子供たちが安寧を得られる時を稼がねばならぬ、などと言っていた。まさかあのようなことになるとは、そのときは思わなかったが……」

……そういう動機があったのか。

確かに、そこはゴウクの言った通りで、ゴウクが第十四次十字軍を失敗させてくれたおかげで、俺は平和な十年を過ごすことができた。

感謝しなきゃいけないな。

失敗したらどうなっていたんだ。という点に目をつむれば、ゴウクが死んでもルークが後を継いで、騎士団は順調に立て直されているわけで、ゴウクの目論《もくろ》見《み》は完全に達成されている。

とはいえ、それは終わりよければ全てよしという話で、王鷲攻めがリスキーであったことを考えると、それってどうなの、と思わざるをえないところもあるが。

「実際に、僕も従妹も、ゴウク伯父のおかげで安楽な学院生活を楽しませてもらいました。ゴウク伯父も本望でしょう」

「そう言っていただけると、こちらも気が楽になる」

「僕も、手が余るようであれば、貴国の戦に助力したいと考えてはおりますが、未熟者の身の上なれば、なかなかそれも難しそうです」

一応、そつのない感じで意思表明しておくか。

変なほうに会話がいっても困る。

「うむ、無理をする必要はあるまい。貴殿らの隊には、貴い身の上の方も参加するのだから、万一のことがあっては我らも申し訳が立たぬ」

貴い身の上というのは、言うまでもなくキャロルのことだろう。

言ってみれば参加者は全員が貴い身の上ではあるのだが、やはりキャロルは別格だ。

申し訳が立たぬというか、万一キャロルが誘拐、というか捕虜になるようなことになれば、状況的に奪還の可能性があった場合、軍のほうも兵を出す必要に迫られるかもしれない。

そうしたらとんだ大迷惑だ。

そこまで考えての発言かどうかは分からないが、

そんなことになったら困るから余計なことはするなよ。と釘《くぎ》を刺されたのかもしれない。

「それにしても、この魚料理は絶品ですね」

と、俺は半ば無理やりに話題を移した。

料理は美味いが、こういう場は精神がすり減らされる思いがするな。

「それでは、今日はお招きいただき、本当にありがとうございました」

「うむ、気をつけて部屋に戻られよ」

と女王が言った。

「明日は早朝に出るのだったな。鷲舎《トリカゴ》に早めに餌を食べさせておくよう伝えておこう」

王配が言う。それは正直、助かる申し出だった。

「ありがとうございます。助かります」

「もし必要なら、寝室に酒を届けさせるが……」

「いえ、せっかくですが、飲まないのは本当ですから……」

俺の禁酒を人前だけのことかと思ったのだろうか。

ここまできたら二十歳までは絶対に酒は飲まない。ここで飲んだら寮の連中などに「それみたことか」と言われかねない。

「それでは、失礼します。テルル殿下も、今日は楽しい時間でした。おやすみなさい」

無言を貫いている少女に一応は挨拶をする。少女は嬉《うれ》しがりもせずに、ぺこりと頭を少し下げただけだった。

俺は踵《きびす》を返すと、案内を受けて寝室に戻った。

もう一泊してリフォルムで情報収集をしたいところだったが、これから国境に近い場所に宿営地の目星をつけておかなければならない。

それが終わったら、学院に帰って面接だ。日程に猶予がないので、明日の早朝には発《た》たなければならなかった。

終章　そのころ

ミャロ・ギュダンヴィエルは、その日書き物をしていた。

騎士院のとある建物、良く日の差す資料室。窓に面した机の対面にはリャオ・ルベが座って、同じ作業をしている。

やっている作業は大した仕事ではなく、要するに応募条件を満たしていないのに応募用紙を提出してきた者に対して断りの返事を書いているのだった。

ミャロは半切りにされた紙に短い文章をしたためると脇にやり、すぐに新しい紙を持ってきて文章を綴《つづ》る。

氏名、寮名、応募条件のどこを満たしていないのか、丁寧な文調でしたためてゆく——おそらく応募者は不適格を自覚していて、チェックミスによるすり抜けを狙った悪質犯なのだろうが、応募用紙にはれっきとした騎士である父親のサインが入っているので無下にはできない。なにせ、中には千人以上の兵を引き連れてキルヒナに赴く高位の騎士家も交じっているのだ。留守を任された以上、そして時間が余っている以上、トラブルが起きる可能性は少しでも減らしたかった。

「ふうっ……やれやれ。そろそろ休憩にしないか、ミャロさんよ」

「——そうですね」

ミャロは言うと、羽根ペンを置いた。確かに、脳が少し疲労しているのを感じる。

羽根ペンの書き味が悪くなってきていたので、ナイフを取ると、

「俺がやろう」

と、リャオが言いだした。筆圧で潰れた羽根ペンの先を削り直す作業を代わりしよう、という申し出だ。

「いえ、自分でやりますよ」

「構わん。どうせ、俺はそちらほど役に立ってないからな。休んでいてくれ」

確かに、リャオの横にある記入済みの用紙の束は、ミャロの横にあるそれの半分ほどしか積まれていない。

ミャロの筆が早すぎるのもあるが、リャオはこういった退屈な事務作業には嫌気が差してしまうタイプのようだった。

「……そうですか。では、お願いします」

と、ミャロは羽根ペンを渡す。リャオは自分のナイフを取ると、危なげのない慣れた手つきでペン先を削りはじめた。

「こういうのには適材適所というものがある。こういった作業は、俺には向いていないな」

どうやら自覚しているようだ。

「ルベ家の当主になったら、恐らくはこんな仕事ばかりですよ」

「誰か他の者にやらせるさ」

「任せられるほど信頼できる者がいれば、それもいいでしょうね。当主がそういう役割を投げて、任された人間が不正や横領を働くというのはお決まりの流れですが」

「冗談で言ってるんじゃないぜ。俺は嫁さんをそういう人間にしたいと思っているんだ」

嫁？

突然、何の話だろう。

「ほら、ユーリ殿のところにサツキという人がいたろう。ゴウク殿の未亡人の」

「ああ、そうですね」

ミャロはすぐさまリャオの述べたいことを察し、内心で少し感心した。この男は世間のことを良く知っているようだ。

世間で起きた出来事を自分なりに分析し、教訓として取り入れることのできる人間というのは、実のところさほど多くはない。

「あの人は、ずっと昔から印を預けられて領を切り盛りしていたそうじゃないか。お会いしたことはないが、余程きちんとしたお人柄なのだろう。

そういう人だから、ゴウク殿が亡くなった後も遺言を忠実に執行してホウ家を守ることができた。天爵の伴侶としてはまさに理想的だと俺は思っていてな」

「まあ、確かにそうかもしれませんね」

ミャロは、内心で半分は肯定しながら、相槌《あいづち》を打つようにして返事をした。

世の中にはそれで上手《うま》くいっている家もあるだろう。だが、王佐の才を妻に求めるというのは英雄の発想ではない。心から賛同したくなるような意見ではなかった。

「俺のお袋はそういうのは全くできない人だからな。まあ、親父《おやじ》は婿養子だから否応《いやおう》もなかったのだろうが、俺は血筋より能力で選びたい」

リャオ・ルベの父であるキエン・ルベは、ルベ家の嫡流の人間ではない。ルベ家の先代には男子がなかったため、嫡女が婿を取った。キエン・ルベは、妻である嫡女の従叔父《いとこおじ》に当たる男で、若い頃から先代の右腕と呼ばれていた男だった。

家系図で表すと一段上の親の世代と結婚したことになるが、実際の年齢は親というほど離れてはいない。確かキエンのほうが十歳ほど歳上《としうえ》で、なのでリャオはキエンにとってはかなり遅く生まれた子となった。

そういう事情があるので、キエンは妻を選んで結婚したわけではない。だがリャオは堂々たる正嫡の血筋なので、自由に嫁選びをできるということだろう。

「そうですか。まあ、いいんじゃないですか」

正直、ミャロにはあまり興味がない話題だった。嫁など勝手に選べばいいと思う。

「――ユーリ殿はどうなんだ?」

と、ユーリの話題に話が移った。ちらと目を見ると、探るような眼差《まなざ》しでこちらを見ている。

ユーリはキャロルと仲がいい。現在のところは親しくしているだけだが、男女が親しくしていれば周囲は別の意味で捉える。そういう意味での噂《うわさ》は常にあるが、二人は人前でも喧嘩《けんか》をするので噂話も統一性を保てていない。

リャオは、雑談にかこつけてそのあたりの情報を仕入れたいのだろう。それは見え透いていて、態度からすぐに意図が分かってしまった。

どうやら、雑談中に相手の口を滑らせるような話術は持っていないようだ。

「さあ……結婚については、まだ何も考えていないと思いますが」

と、ミャロは話題を流した。

「確かに、まるで浮いた話はないようだな。キャロル殿下の妹御……えーっと、カーリャ殿下か。あれと恋仲だという噂は一度耳にしたことがあるが」

「事実だと思いますか？」

ミャロは朗らかに質問を返す。あれを事実と思うようなら余程の馬鹿である。

「いいや、思っていない。妹と交際しているなら、キャロル殿下はあんなに仲良くしないだろう。そのあたりの貞節には厳しそうだからな」

「まあ、そうですね」

確かに、カーリャ殿下と交際しているのであれば、妹の恋人と同室で寝起きするのを嫌って部屋を移るくらいのことはするだろう。

「しかし、そういう話もないならユーリ殿は普段なにをしているんだ。あらかた単位を取って、折角自由な時間が多いのに、全て例のホウ社とやらに使っているのか？」

「大抵はそうですね」

もしくはイーサ女史の研究室に行ってクラ語や歴史の勉強をするか、それでも暇なときは斗棋《とうぎ》を楽しんだりしている。お金を有り余るほど持っている若者の遊び方としてはかなり朴訥《ぼくとつ》というか、ストイックなほうだろう。

以前に休日を一日過ごしたときも、一緒に王都の旧跡を巡っただけだった。

アーロン事変のときに王家側の援軍が接近していることを耳にしたアーロン・ムーランが、腹立ち紛れに切りつけたとされる刀痕の残った柱だとか、シャルタ最古とされる木造建築の聖沼信仰の聖殿だとか、そういうところを巡ってから予約していたレストランで食事を摂《と》り、何事もなく帰った。

　ユーリにはデートという感覚はなかったのだろうが、ミャロにとっては楽しい思い出である。

「俺からしてみれば、信じられないな。遊ばないなら一体なんのために金を稼いでるんだ？」

「別に、娼婦《しょうふ》や酒場女と遊んで交接した人数を増やすことが男性の楽しみの全てではないでしょう」

　ミャロはやや辛辣な言葉を吐いた。リャオ・ルベは遊び人として有名である。

「ハハッ、まあ確かにな。だが、女に興味がないなら一体なにが人生の楽しみなんだ？　賭け事をしているという噂もないし、別に楽しくてあの仕事をしているわけではないだろ」

「まあ、あなたには分からないかもしれませんね」

「なにが分からないんだ？」

　と、リャオは柔和に装っていた笑みを薄めてミャロを見た。眼光が鋭くなっている。

「あなたはルベ家の嫡男として産まれて、騎士としての振る舞いを褒められ、それを当たり前のように受け入れてきたはずです。なので、ユーリくんの行動を理解できないのだと思いますよ」

「は？——どういうことだ？」

「ユーリくんは家柄の繋《つな》がりやお金の繋がりに価値を見出《みいだ》していないんです。だからお金で性行為を買うことは虚《むな》しいと思っているし、肩書を見て寄ってくる人にも興味がありません。ユーリくんは、おそらく他人と絆《きずな》を結ぶことに価値を見出して、興を覚えているのだと思いますよ」

「ふうん……ホウ家とは別のところでねえ。確かに、俺はさしてそういう風に考えたことはないな。最初から、ルベ家の一党はみな身内のように思っている」

「まあ、それが悪いと言いたいわけではありませんよ。それが普通で、ユーリくんのほうが異質なんです」

「異質というより、その口ぶりではより優れていると思っているんだろう」

リャオの口ぶりはやけに尖《とが》っている。

攻撃的な怒りは感じないが、棘《とげ》が刺さった程度には気に入らないのだろう。あまり対立させるのも良くない。

「一長一短でしょう。ユーリくんはユーリくんで、公の付き合いや夜会を軽視し過ぎるきらいがあります。ホウ社の会長としてはそれでいいでしょうが、ホウ家の跡取りとしては諸侯との繋がりを軽視するのはよろしくはありませんね」

「ふむ……」

ミャロは、ユーリを適度にくさすことでリャオの感情を撫《な》でた。

「さ、雑談はこれくらいにして続けましょう。残りは三分の一くらいですよ」

◇　◇　◇

「おい、ミャロ！」

書類仕事が終わり、一人寮に帰る道を歩いていると、キャロルが声をかけてきた。

「はい？」

「リャオ・ルベと仕事をしていたそうだな」

「ええ、まあ」

ばれてしまったか、とやや気まずい思いを抱きながら、ミャロは平静を装って返事をした。

「なぜ私を除《の》けものにするんだ」

「除けものにしたわけではないですよ。ただ、ちょっと参加をお断りする手紙を書く作業でしたので」

「なんで私を交ぜない」

「だって」

と、ミャロは即座に言い訳を組み立てる。

「お断りの手紙ですから、無資格なのに応募した人を咎《とが》める内容なんですよ。そんな手紙に殿下のサインが入っていたら、届けられた人は深刻に受け取ってしまいます」

「むっ……」

　王族というのは、何事につけ言動を大げさに受け取られがちだ。カーリャのように普段から軽率な行動をしているならともかく、真面目なキャロルに咎められたとなれば真正面から気に病む者が現れかねない。

……という言い訳だった。

　今考えてみればそれも問題ではあるが、実際の理由は、リャオ・ルベの推した高位騎士家の人材に一人だけ単位が少し足りない者がいたからだ。

　言ってみれば不正合格を隠蔽するために考課表のリストを見せたくなかったのである。

　ユーリはそういった小さな必要悪については柔軟に対応するだろうが、ミャロはキャロルがどのように反応するのか確信が持てなかった。また、怒り出したときにユーリなしで上手く説き伏せられる自信もなかった。見せたところで気づく可能性は低かったが、念の為《ため》隠蔽したほうがいいと判断した。

「すみませんでした。あらかじめ言っておくべきでしたね」

「いや、謝らないでくれ」

　ミャロは、自分を親友と思ってくれている友人に、こんな不誠実なことをしてしまう自分が嫌だった。

　だが、自分の中の一面が、その不誠実さは必要な資質だと囁《ささや》いている。

　友達甲斐《がい》のない人間だ。本当なら、騙《だま》すのではなく怒らせてでも喧嘩をするのが本当の友達なのではないか。そんなことも思うが、実行には移せない。

「……寮に帰るのなら、少し話しましょうか」

「うん」

　ミャロが歩き始めると、キャロルはその横にとぼとぼと並んだ。蚊帳の外にされたことにしょげているようで、ちょっと元気がない。

「ユーリくんもボクも、殿下を厄介に思っているわけではないですよ。疎ましく思っているわけでもありません。ボクたちと立場が少し違うので、頼りにできる仕事が限られるだけです」

ミャロは言葉を選んで言った。これは事実だ。ユーリは観戦隊という存在にさしたる意義を見出していないが、かといってキャロルを嫌っているわけではない。ユーリは嫌っている人間をも助けたいと願うタイプの博愛主義者ではない。

「でも……なんだか私だけ仲間はずれにされている気が……」

「そんなことはありませんよ」

そんなことはある。情報共有のテーブルにおいてキャロルだけが一つ下の階層にいるのだから。

そのせいで疎外感を覚えるのは当たり前のことだ。

「嘘《うそ》だ。三人だけでヒソヒソと密談しているのを知ってるぞ」

「うーん……まあ、確かに、ユーリくんは少し殿下のことを過小評価している部分がありますからね」

と、ミャロは再びユーリのせいにした。

実際そう思っているので嘘ではない。ユーリはキャロルのことを一度興奮しだしたら自滅的な行動を取ってしまう取り扱い要注意動物のように扱っているが、ミャロはもう少し高く評価している。

キャロルはどんな状況においてもユーリと自分の言葉に対しては聞く耳を持つだろう。極限状態において耳を塞いで手のつけられない利かん坊のような態度を取るとは思えない。ユーリは究極的にまずい展開になったらそういうこともありえると考えているようだが、少しばかり心配しすぎのように思えた。

「そうなんだよ。ユーリは一体私をなんだと思っているんだ」

「大切に思っているんですよ」

「大切に、って……」

照れている。

「殿下は、ボクと違ってユーリくんの手元で働くだけで満足する人じゃないですから。箱入り娘のように守っておきたいんじゃないですか？」

「……でも、リャオ・ルベだって従属するタイプじゃないだろ」

「ふふっ、おかしなことをおっしゃいますね。リャオ・ルベはユーリくんにとって大切な人ではないですよ。だからどうだっていいんです」

　リャオは従えるのもルベ家の一党が殆《ほとん》どになるだろうし、ユーリにとっては極論、リャオが暴走して全員が戦死したところで何も問題ないのだ。

　口で警告くらいはするだろうが、身を挺《てい》してまで止めようとするとは思えない。

　だがキャロルのことはそうは思っていない。命を捨ててでも守ろうとするだろうし、自分の命がなくなるまで見捨てようとは思わないだろう。

　ユーリは自分が死ぬこと以上に、大切に想《おも》っている誰かが死ぬことを恐れている。

「どうだっていいことはないだろう」

「殿下はどうですか？」

「何がだ？」

「リャオさんが危機に瀕《ひん》しているとき、必死になって助けようとしますか？」

「……うーん」

　キャロルは夕方の薄暗闇の中で、少し悩ましげな顔をした。

「答えにくいことを聞くな……」

「ふふっ、まあ、そうですよね。なら、ユーリくんが死にかけていたらどうですか？　殿下は、助けようとしたら自分の命が危なくなる状況であっても迷わず救おうとするはずですよ。ボクもそうですが」

「……まあ、それはそうかな」

　先ほどリャオとした会話では一長一短などと言ったが、あれはリャオをなだめるための空言《そらごと》で、ミャロの本心ではなかった。

　ユーリと親しい人々は、ユーリが全財産を失っても、ホウ家から追われて平民になったとしても、なにも変わらず彼の味方をするだろう。それは、逆の立場であったらユーリがそうするからだ。

ユーリが命を捨てて助けてくれるなら、自分も迷うことなくそうするし、その想いを利用しようとは思わない。

それは損益で繋がった味方とは全く違う性質のものだ。損益で繋がった味方は、より大きな利益があれば容易に裏切る。だが人間性の繋がりで友となった仲間は裏切らない。それは最上級の味方といってよい。

「ユーリくんは、その恐怖を心に抱きながら殿下を戦場に連れて行こうとしているんですよ。少しばかり過保護になるのは致し方ないかと」

「……うーん、でも、除けものにされるのはちょっとな……」

「まあ、続きは寮でゆっくりお話ししましょう。今日はドッラくんは実家に帰る日でしたよね。もし良かったら部屋にお邪魔しますよ」

「そうか？　もちろん大歓迎だ。いろいろと話したいこともあるし、ユーリのベッドで寝るといいよ」

女友達と過ごす一夜はどんなものになるのだろう。ミャロは少し心を躍らせながら家路についた。

あとがき

拙著を手にとっていただきありがとうございます。不《ふ》手《で》折家《おるか》と申します。

今作の第一巻は二〇二〇年四月二五日に発売されました。この本の発売日のちょうど十ヶ月前ですね。

時が経《た》つのは早いものです。時節の話をしますと、二〇二〇年は新型コロナウイルスの大流行がありまして、僕にとっては激動の一年でした。おそらくほとんどの読者様にとってもそうだったと思います。

第一巻は悲しいことに最初の緊急事態宣言下での発売となってしまい、とても落ち込んだりしたのを憶《おぼ》えています。なんとか三巻の発売まで漕《こ》ぎ着けたのは、皆様の応援のお陰です。感謝してもしきれません。

三巻の内容ですが、いよいよ天測航法が実用化されて交易が開始されますね。

人類史というのは非常に興味深いです。天測航法以前には大海原の中で船の位置を特定する方法はなかったはずなのに、実際にはハワイ島やタヒチ島、イースター島やガラパゴス諸島のような小さな小さな孤島にも人類は辿《たど》り着いていました。

彼らがどうやって航海を成功させたのか。研究者は居ますが実際のところは定かではないようです。彼らの言語の多くは文字を持たないので、失伝してしまったわけですね。

かといってまるで分からないのかというと、そうでもありません。天測航法やGPSを使わない、伝統的なヨットと己の体一つだけを使う縛りプレイで当時の航法を再現しようとしている人々がおり、実際にハワイ‐タヒチ間の航海を成功させています。

彼らによると、海には海流があるので、まるで同じように見える大海原でも海流の変化を記憶することで現在位置がなんとなく分かったりするのだそうです。そしてやはり時間感覚、距離の感覚、そして星座の位置関係を正確に記憶することが重要なようです。

そして、海には波があります。波は島嶼《とうしょ》に当たると跳ね返りますから、島に接近すると海洋波の乱れが起こり、それを観測することで島の位置が分かります。

最初の人々は、海での生活のどこかでそういった跳ね返る波を見つけ、行ってみては人類の生息域を拡大していったのでしょう。もしかしたら、孤島の日々代わり映えのしない生活にうんざりした人々が、新天地を見つけたくて頑張ったのかもしれません。

なんだか壮大な話になってしまいましたね。

三巻でもう一つ大きな動きとしては、戦争が始まったことがあるかと思います。

防衛戦争です。ユーリくんは本格的に参戦する立場ではないですが、なんとなく見に行くことになりました。女王陛下は大変なお立場です。新大陸を探そうとしているユーリくんの思惑など露知らず、現実的な手段で深刻な侵略に対処しようと必死です。

現実の歴史もそうですが、為政者というのは常に間違いを犯します。正解など分からない状態で、手探りで自分なりの最善策を探し、決断して実行をするのが為政者という人々です。

新型コロナウイルス病禍の対処においても、世界中の指導者たちは自分なりの最善策で国を守ろうと必死だったと思います。少なくとも、自ら自分の国を悪くしようと思って失敗をした政治家というのは、一人も居なかったとは断言できませんが、ごくごく僅かだったのではないでしょうか。

小説の話に戻ります。シャン人国家の敵となる十字軍という存在については、あまり長たらしく解説すると冗長になってしまうので大きくカットしています。カットしているというか、小説家になろう版でも解説していません。
詳しく知りたいという奇特な方は小説家になろう内で参考資料集（黄金の夜明け前）という形でアップしているので、そちらをご参照ください。（めちゃくちゃ長いです）
当作品の世界史についておおまかな設定が書いてあります。

諸事情によりあとがきページが余ってしまったので、毎度のこと最後に書いているお話の続きを書きたいと思います。

夜中にランニングをしていた父親が車中泊をしているおじさんに声をかけられた続きですね。

「今日の新聞をくれって言ってきたんだ。どうしてですか、って聞き返すわな」

「そうだね」

と僕は言いました。

「どうも、その日の新聞の求人欄がどうしても見たかったらしいんだが、なにせ夜九時頃だからコンビニで売ってなかったみたいなんだ。だけど新聞は仕事場にあるだろ」

父は新聞を自宅ではなく少し離れた仕事場に取っているのでした。

「明日図書館が開いたら読みに行けばいい、と言ってもよかったんだが、あの歳《とし》でずっと車中泊をしている人を無下にはできなくてな。そのまま仕事場まで走って行って、新聞を探して渡してやったんだよ」

「偉いじゃん」

僕はこの父親にも慈悲があるんだな、と妙に感心をしました。

「そうしたらえらく感謝されてな」

おっと、またしてもあとがきが足りなくなってしまいました。

名残惜しいですが、続きはまたの機会にさせていただきたいと思います。

どうか続きがありますように。

作品のご感想、ファンレターをお待ちしています

・あて先・

〒141-0031　東京都品川区西五反田 7-9-5 SGテラス5階
オーバーラップ編集部
「不手折家」先生係／「toi8」先生係

スマホ、PCからWEBアンケートにご協力ください

アンケートにご協力いただいた方には、下記スペシャルコンテンツをプレゼントします。
★本書イラストの「無料壁紙」　★毎月10名様に抽選で「図書カード（1000円分）」

公式HPもしくは左記の二次元バーコードまたはURLよりアクセスしてください。
▶ **https://over-lap.co.jp/865548495**
※スマートフォンとPCからのアクセスにのみ対応しております。
※サイトへのアクセスや登録時に発生する通信費等はご負担ください。

オーバーラップノベルス公式HP ▶ **https://over-lap.co.jp/lnv/**

亡びの国の征服者 3
～魔王は世界を征服するようです～

発行　2021年2月25日　初版第一刷発行
著者　不手折家
イラスト　toi8
発行者　永田勝治
発行所　株式会社オーバーラップ
〒141-0031
東京都品川区西五反田7-9-5
校正・DTP　株式会社鷗来堂
印刷・製本　大日本印刷株式会社

ISBN　978-4-86554-849-5 C0093

【オーバーラップ　カスタマーサポート】
電話　03-6219-0850
受付時間　10時～18時（土日祝日をのぞく）

コミカライズも
大好評!
「小説家になろう」で
絶大な人気を誇る
人外転生
ファンタジー!!
最弱《スケルトン》から進化でめざす
最強冒険者!
丘野 優
イラスト: じゃいあん
望まぬ不死の冒険者

OVERLAP NOVELS
現代社会で乙女ゲームの悪役令嬢をするのはちょっと大変
It's a little hard to be a villainess of a otome game in modern society
二日市とふろう
[イラスト] 景
「北海道開拓銀行を買収するわ」
好評発売中!!!
2008年9月15日、リーマンショック勃発。
とある女性もまた時代の敗者となり――そして、現代を舞台にした
乙女ゲームの悪役令嬢に転生!?
持てる知力財力権力を駆使し、悪役令嬢・桂華院瑠奈はかつての
日本経済を救うため動き出す。

OVERLAP NOVELS
とんでもスキルで異世界放浪メシ
江口連　イラスト：雅
——その男、
異世界の胃袋を鷲掴み!!
「小説家になろう」
2億PV超の
とんでも異世界
冒険譚!
重版御礼!
シリーズ好評発売中!!

OVERLAP NOVELS
経験値貯蓄でのんびり傷心旅行
~勇者と恋人に追放された戦士の無自覚ざまぁ~
Author
徳川レモン
illust.riritto
これぞLv3000級の諸国漫遊!
WEB デンプレコミックにてコミカライズ!!
パーティーでお荷物扱いされていたトールは、勇者にクビを宣告されてしまう。
最愛の恋人も奪われ、居場所がどこにもないことを悟ったトールは、一人喪失感を抱いたまま旅に出ることに。だが、【経験値貯蓄】スキルによってLv300になり……!?

第8回 オーバーラップ文庫大賞
原稿募集中!
イラスト：ミユキルリア
思いをコトバに。夢をカタチに。
【賞金】
大賞…300万円
（3巻刊行確約+コミカライズ確約）
金賞……100万円
（3巻刊行確約）
銀賞………30万円
（2巻刊行確約）
佳作………10万円
【締め切り】
第1ターン 2020年8月末日
第2ターン 2021年2月末日
各ターンの締め切り後4ヶ月以内に佳作を発表。通期で佳作に選出された作品の中から、「大賞」、「金賞」、「銀賞」を選出します。
投稿はオンラインで! 結果も評価シートもサイトをチェック!
https://over-lap.co.jp/bunko/award/
〈オーバーラップ文庫大賞オンライン〉
※最新情報および応募詳細については上記サイトをご覧ください。
※紙での応募受付は行っておりません。